给孩子美的阅读 楹联

剑 钧 著
JIAN JUN

天地出版社 | TIANDI PRESS

图书在版编目（CIP）数据

楹联 / 剑钧著 . — 成都 : 天地出版社 , 2022.1
（给孩子美的阅读）
ISBN 978-7-5455-6561-4

Ⅰ.①楹… Ⅱ.①剑… Ⅲ.①对联—作品集—中国—当代 Ⅳ.① I269.7

中国版本图书馆 CIP 数据核字（2021）第 178805 号

YINGLIAN
楹联

出 品 人	杨　政
作　　者	剑　钧
责任编辑	李　蕊　江秀伟
装帧设计	宋双成
责任印制	董建臣

出版发行	天地出版社 （成都市槐树街 2 号　邮政编码：610014） （北京市方庄芳群园 3 区 3 号　邮政编码：100078）
网　　址	http://www.tiandiph.com
电子邮箱	tianditg@163.com
经　　销	新华文轩出版传媒股份有限公司
印　　刷	三河市冠宏印刷装订有限公司
版　　次	2022 年 1 月第 1 版
印　　次	2022 年 1 月第 1 次印刷
开　　本	880mm×1300mm　1/32
印　　张	9
字　　数	233 千
定　　价	28.00 元
书　　号	ISBN 978-7-5455-6561-4

版权所有◆违者必究
咨询电话：（028）87734639（总编室）
购书热线：（010）67693207（营销中心）

如有印装错误，请与本社联系调换。

目录
CONTENTS

开头的话 / 1

名人篇

　　李白与采石矶 / 2
　　王维与扬州城 / 7
　　白居易与瘦西湖 / 12
　　欧阳修与岳阳楼 / 16
　　王安石楹联趣闻 / 20
　　苏轼与杭州孤山 / 24
　　李清照与嵌名联 / 29
　　陆游的家国情怀 / 34
　　朱熹与漳州学府 / 38
　　赵孟頫的楹联画意 / 41
　　罗贯中与《三国演义》联 / 46
　　解缙与说理联 / 52
　　杨慎与山水云南 / 57
　　顾宪成与东林书院 / 63
　　洪应明的宠辱不惊 / 67

1

李渔的引典入联 / 71
郑板桥的归隐联语 / 78
曹雪芹与《红楼梦》联语 / 83
梁章钜与他的楹联人生 / 90
林则徐的正气与骨气 / 97
曾国藩的自箴格言联 / 103
左宗棠的"半亩情怀" / 109
俞樾与他的状景联 / 114
张之洞的"楹联总督"之名 / 121
钟云舫的"长联圣手"之誉 / 126
康有为联语中的激愤忧思 / 133
蔡元培与近代楹联教育 / 139
梁启超联语中的风花雪月 / 145
鲁迅楹联中的骨气和正气 / 151
郭沫若联语中的潇洒与才气 / 157
老舍楹联中的简约风格 / 164
赵朴初的寺院联语 / 169

名联篇

《题岳阳楼》长联 / 176
《题昆明大观楼》长联 / 181
《题成都南郊武侯祠》楹联 / 186
《题南阳武侯祠》楹联 / 190
《题熙春山憩亭》楹联 / 193
《题邵阳亭外亭》楹联 / 196
《题杭州西湖净慈寺》楹联 / 200
《题苏州沧浪亭》楹联 / 203

《题庐山虎溪三笑亭》楹联 / 206

《题南昌滕王阁》楹联 / 209

《题涿郡张飞祠》楹联 / 212

《题莫愁湖胜棋楼》楹联 / 214

《题昆明西山三清阁》楹联 / 217

《题白公祠》楹联 / 220

《自题宅院》楹联 / 222

《题黄平飞云洞》楹联 / 224

《题独秀峰五咏堂》楹联 / 226

《楼对》楹联 / 228

《题秦淮河停云水榭》楹联 / 230

《题苏州留园五峰仙馆》楹联 / 233

《题汤阴岳庙》楹联 / 238

《题汨罗屈子祠》楹联 / 241

《题盟鸥馆》楹联 / 244

《自题春联》楹联 / 246

《题成都崇丽阁》楹联 / 249

《题台北阳明山》楹联 / 252

《"春秋传"与"北西厢"》楹联 / 254

《"拼命酒"与"断肠诗"》楹联 / 257

《自题妙联》 / 260

《人名趣联》 / 263

《书名巧联》 / 266

附录：和孩子聊一聊民间楹联 / 268

开头的话

一

儿时，我最期盼的事儿就是过年，一进入腊月，年味就一天比一天浓了。那会儿，北方人过年要办八件事：杀年猪、购年货、蒸豆包、包饺子、买年画、换新衣、写对联、放爆竹。大人们忙着准备美味佳肴，孩子们也就像尾巴似的跟在大人身后，目的是想解解馋而已。还记得当年有句口头禅——"谁家过年还不吃顿饺子？"现在的孩子听到这话，也许不知其所以然。可那会儿，我们国家物质匮乏，人们生活水平不高，孩子们盼着过年就不足为奇了。如今，人们的生活水平高了，在吃穿上，可以说是天天过年，年味自然也就越来越淡了。虽然年味淡了，但人们精神上的需求却越来越迫切了。人们不再忙于杀年猪、蒸豆包了，可写对联、贴对联这个古老的习俗不但没有丢，反倒成了家家户户红红火火过大年的象征。

对联又称楹联，是写在纸、布上或刻在竹子、木头、柱子上的对偶语句；之所以称楹联，是因为古时候对联多悬挂或贴于楼堂宅殿的楹柱上。楹联的历史悠长，也得了许多别名，譬如：对偶、门对、宜春帖、春联、对子、桃符等。楹联对仗工整、平仄协调、字数相同、结构相同，是中华语言独特的艺术形式。

说到这儿，想必孩子们对"楹联"这个名字不再感到陌生了吧？楹联是我们中华民族的传统文化，已有近1300年的历史了。相传远在周朝，就有了桃符悬挂于大门两旁之说。那么，问题又来了，什么是桃符呢？

据《淮南子》记载，桃符是用长条的桃木板做的。在桃木板上写上神荼、郁垒二神的名字，或者画上这两个神像——左神荼、右郁垒，悬挂在大门两旁。古人是以在桃符上书画此二神来压邪的，这也就是汉族民间俗称的"门神"。又据《后汉书·礼仪志》所载："正月一日，造桃符著户，名仙木，百鬼所畏。"这是因为桃木是红色的，红色有吉祥、避邪的意思。

唐朝以后，除了以往的神荼、郁垒二将，人们又把秦叔宝和尉迟恭两位唐代武将当作门神。相传唐太宗生病时，听见门外似有鬼魅呼号，彻夜不得安宁。他便命这两位将军手持武器立于门旁镇守，第二天夜里就再也没有受到鬼魅骚扰了。其后，唐太宗让人把这两位将军的形象画下来贴在门上，这一习俗从此在民间广为流传。

到了公元964年，也就是五代十国时期，后蜀有个喜欢舞文弄墨的皇帝叫孟昶。他在临近过年之际，突发奇想，钦命翰林学士辛寅逊在桃木板上写两句吉祥话，挂在寝宫的门外。辛寅逊煞费苦心地写完了，孟昶冷眼一看，却不满意，索性就自己吟了两句，还亲力亲为地写在桃符板上："新年纳余庆，佳节号长春。"因是皇上御笔，虽说文采欠佳，却在《宋史》等史书上保存了下来。有人称，这是今天能看到的最早的一副对联。

不过，人们对这一说法也有争议。根据记载，在莫高窟藏经洞出土的《敦煌遗书》上记录了十二副先人在岁日、立春日所写的春联。"三阳始布，四序初开。"这副春联序位排列第一，为唐人刘丘子于开元十一年（723年）所撰。《敦煌遗书》记载的楹联，大都带有吉祥寓意。有学者认为，这些楹联比后蜀皇帝孟昶的题联早了241年，所以这才是最早的楹联。

贴春联的习俗究竟起于何时，至今尚无准确的材料可供查证。不过，我们从南朝梁宗懔所著的《荆楚岁时记》一书可了解到，立春日那天，湘、鄂两地的人们除将彩色的绸布剪成燕子的形状戴在头上外，还要写"宜春"两个字贴在家中，即宜春帖，又称春帖。唐朝孙思邈的《千金玉令》也提到人们于立春时张贴宜春帖的习俗。由于立春与春节接近，而宜春帖的形式又与现在的春条、横批相似，一些学者认为现在的春条、横批直接源自宜春帖，只是名称不同而已。

民间贴春联的习俗到了宋代开始流行。那会儿,"春联"还被称为"桃符"。联语却不限于题写在桃木上,而是题写在楹柱上,后人称其为"楹联"。有人集诗经古语,有人集唐宋诗句。人们在立春日祈求招祥纳福,用色纸剪成"宜春"二字,张贴在门柱上,也有一些是写成单句的吉祥话,贴于门楣上。总之一句话,只图个红红火火。

二

谈到楹联,不能不提北宋大文学家王安石的一首七言绝句《元日》,里边还特意谈到桃符了呢。这首诗从标题就可以看出是写新春佳节的。"元",有"第一"和"开始"之意,"元日"指的就是农历正月初一。诗中写道:

爆竹声中一岁除,春风送暖入屠苏。

千门万户曈曈日,总把新桃换旧符。

诗的前两句,写的是大年初一,人们燃放爆竹、饮用屠苏酒的喜气情景。古人先前用火燃烧竹子,发出噼里啪啦的响声,俗称"爆竹",以表"驱鬼辟邪"之意。后来,燃烧竹子便成了过年过节的习俗。到公元9世纪的晚唐时期,随着火药的发明,人们开始用纸把火药卷起来,两头堵死,点着引线,发出爆裂声。虽没有燃烧竹子发出的声响,但人们仍称其为爆竹。在诗中,王安石巧妙地用了一个"除"字,表达在爆竹声中一年已经过去了的感叹。

"春风送暖入屠苏"中的"屠苏",原本是一种草的名称。古人常用这种草来遮盖屋顶或编成挡风的墙,故而"屠苏"又用来指草屋。到魏晋南北朝时,屠苏又成了一种酒的名称。唐代韩鄂在《岁华纪丽》中记载了这样一个故事:很多年以前,有位居住在草屋的长者,每年除夕都要给附近村里的村民送一把草药,并嘱咐将草药用布袋包扎好,于当晚浸泡在水井里,等大年初一的一大早，将井水取出，掺在酒中饮用，全家可免得瘟疫。因为老人居住的草屋叫"屠苏"，人们都称他屠苏爷爷，于是，后人便把这种用草药浸泡过的酒，命名为"屠苏酒"。"入"有饮入的意思。这句诗的大意是说，和煦的春风给人们带来温暖，在充满暖意的春风中饮用屠苏酒，愈发醉人了。"千门万户曈曈日"中的"曈曈日"，形容太阳初升时的气象。"总把新桃换旧符"中的"新桃"就是新桃符，"旧符"就是旧桃符，意指用新的桃符替换旧的桃符。依照古代风俗，大年初一这一天，家家户户都要把新的桃符悬挂在大门上，以求"避邪"。

王安石这首诗，以其洗练的语言，向我们勾勒出迎新春的画面，燃放爆竹、饮屠苏酒、悬挂新桃符……真可谓"一元复始，万象更新"啊！《元日》诗中描写了送暖春风、初升的太阳，以及表示辞旧迎新和祈求吉祥的桃符，等等。他的写作特色在于，通过对一些富有象征性的景物描写，来抒发情感，表达作者的言外之意和弦外之音。

从历史背景上看，王安石不光是个大文学家，也是个大政治家。宋神宗熙宁二年（1069年），他任相当于副宰相的参知政事，第二年又官拜宰相，主持了历史上有名的熙宁变法。《元日》写于宋神宗熙宁四年（1071年）的元月。此时，正是王安石官场得意，志在改革之时，自然界冬去春来，万象更新；政界推行新法，实效显著。王安石面对两方面的新气象，喜出笔端，挥毫写下了《元日》这首七言绝句，通过描写老百姓喜洋洋过新年的景象，抒发内心无比喜悦的心情，并借以表达自己致力于变法革新的决心。尤其诗的结尾，"总把新桃换旧符"一句，含义尤为深刻。通过"换"桃符，不仅描写了人们在新春佳节之时祈求吉祥、平安的风俗，而且喻示了事物发展的规律：新生的、进步的事物必然要取代陈腐的、落后的事物。在"新桃换旧符"的前面还冠以"总把"二字，说明了除旧革新乃是大势所趋的历史潮流，也是黎民百姓的普遍要求和愿望。《元日》这首诗的艺术性在于，它不是即景之作，而是经过巧妙构思的，既借景抒情又托物言志。

三

由此可见，在宋代，楹联仍被称为"桃符"，所发生演变的是：桃符由桃木板改为了纸张，又有了别称——"春贴纸"。这一习俗在宋代开始流行，到了明代盛行。要说"桃符"真正被称为"春联"，那还是明代的事儿。据明代文人陈云瞻记载，"春联之设，自明太祖始。帝都金陵（今南京），除夕前忽传旨，公卿士庶家门上，须加春联一副，帝微行出观。"朱元璋不仅微服出游，观赏笑乐，他还亲笔给学士陶安等人题赠春联。帝王的提倡，使春联日盛，经久不衰。

到了清代，春联的思想性和艺术性都有了很大的提高。据清代富察敦崇的《燕京岁时记·春联》记载："春联者，即桃符也。自入腊以后，即有文人墨客，在市肆檐下，书写春联，以图润笔，祭灶之后，则渐次粘挂，千门万户，焕然一新。"当时，还流传着一本梁章钜编写的专著《楹联丛话》，对楹联的起源及各类作品的特色都作了论述。

楹联在清代已成为一种大众化的文学艺术形式，种类繁多。依其使用场所，可分为门心、框对、横批、春条、斗斤等。"门心"贴于门板上端中心部位；"框对"贴于左右两个门框上；"横批"贴于门楣的横木上；"春条"根据不同的内容，贴于相应的地方；"斗斤"也叫"门叶"，多贴在家具、影壁上。据《梦粱录》记载："岁旦在迩，席铺百货，画门神桃符，迎春牌儿……士庶家不论大小家，俱洒扫门闾，去尘秽，净庭户，换门神，挂钟馗，钉桃符，贴春牌，祭祀祖宗。"满族崇尚白色，清宫廷春联用白纸，蓝边包于外，红条镶于内。但满人入关久远，深受汉文化影响，此风俗在民国后渐渐消失。

在古代的时候，楹联之所以风行于世，我想有这样几个因素：其一，它是千百年来中国老百姓喜闻乐见的艺术形式。它的传承与其自身的独特艺术魅力是分不开的，这是楹联艺术不断发展的最重要原因。其二，它与当朝皇帝和权贵的喜好和提倡有关。像明太祖朱元璋、清圣祖康熙皇帝、清高宗乾隆皇帝等都非常喜爱楹联，题写了大量的楹联，并流传至今。其三，它与文人雅士的创作和推动是分不开的。像唐代的李白、王维、骆宾王，宋代的苏轼、王安石、欧阳修、陆游、寇准、朱熹、黄庭坚，明代的解缙、洪应明、唐伯虎、罗贯中、张居正、顾宪成、张岱、于谦，清代的纪晓岚、郑板桥、汤显祖、李渔、左宗棠、金圣叹、袁枚、黄遵宪、张之洞、赵之谦，等等，他们的身后都留下了大量名联或集句联佳作，至今广为传颂。

在历经唐、宋、元、明、清后，我国的楹联文化有了很大发展，其种类约分为春联、喜联、寿联、挽联、孝联、装饰联、行业联、交际联、杂联（包括谐趣联）等。时至今日，它已普及全国各地，成为广大人民生活中喜闻乐见的艺术形式。

四

年轻的时候，我下过乡、插过队，在当地百姓对写对联、贴对联的热情中耳濡目染。农村中保存最广的习俗当是贴春联和贴门神了，所以，当人们在家门口贴对联的时候，就意味着要过大年了。乡亲们写春联大都用红纸，各家各户，不光大门上要贴春联，连猪圈、鸡、鸭舍等处也要贴对联，寓意六畜兴旺。除此之外，还有许多供神仙的对联。供"灶王爷"的春联是"上天言好事，下界降吉祥"，意为灶神上天后向玉帝汇报时多说好话，下凡回来时多降吉祥，俗称送灶神。供"土地爷"的春联是"土中生白玉，地内长黄金"，意为只要辛勤劳动，就能在土地中得到收获。供"天地爷"的春联是"天高覆万物，地厚载群生"，短短十个字，就把天地间的一切都包罗了进去。院子里的大树需贴上"树大根深"，院子里的墙面需贴上"春光明媚"，家里靠炕的墙上需贴上"幸福健康"，厨房里需贴上"勤俭节约"等。尽管很多对联的字迹有些粗糙，但那股写对联的热情，给我留下了深刻的印象。

如今，很多乡里人也像城里人那样，不再求人写春联，而是到市场去买现成的春联了，但楹联作为中国独有的特殊文学样式，已经深深植根于中华大地。这一古老而独特的传统文化，从古到今，一直深深地影响着我们华夏儿女。

每当新春佳节到来之际，无论城市还是乡村，都会看到写春联、对春联、贴春联的热闹情景。楹联，这颗中国传统文化中的璀璨明珠，看似偏离大众，却又与我们的日常生活息息相关；看似生僻深奥，却又那么生动有趣。当可爱的孩子们围在大人们的身旁，看着他们拿出文房四宝，饱蘸激情，挥毫泼墨，把对祖国山河的热爱、对美好生活的憧憬写进楹联时，那该是一种什么样的感觉！它飘溢着中华传统文化的馨香，它播撒着华夏高雅艺术的种子，它闪烁着五千年文明的辉煌……

读好的楹联，可以开阔孩子们的视野，因为好多妙趣横生的历史典故就蕴含在里面；读好的楹联，可以扩宽孩子们的知识面，因为好多中华传统文化的精华就植根在里面；读好的楹联，可以受到高雅艺术的熏陶，因为好多优美的语句就滋生在里面；读好的楹联，可以得到精神上的享受，因为好多博大精深的理念就凝聚在里面。接下来，我愿意通过这本书的"名人篇"和"名联篇"，向孩子们一一讲述蕴含在楹联里面的有景、有情、有趣、有益的故事，以共同分享我们国家这份宝贵的文化遗产。亲爱的同学们，你们有兴趣吗？

名人篇

中华民族拥有上下五千年的文化历史，犹如我们的母亲河——黄河那般源远流长。我们的祖先，以其勤劳和智慧，创造了辉煌灿烂的文化，留下了十分宝贵的文化遗产。楹联文化就是其中之一，它是我们国家的国粹，是我们民族的瑰宝。我们说楹联是国粹，主要出于其鲜明的民族性，且植根于中华民族这片文化热土之上，是独一无二的；我们说楹联是瑰宝，主要出于其高雅的文学性，中国文字之美当为世界之最，以之天成楹联，更是美不胜收。千百年来，我国涌现出以《诗经》"唐诗""宋词""元曲"为代表的博大精深的中华文化典籍。而这些经典之作，多出于蜚声海内外的名人大家之手。他们中间，有很多文学大家本身就是诗歌楹联创作的大师，像李白、王维、白居易、苏轼、欧阳修、王安石、陆游、罗贯中、解缙、洪应明、李渔、曹雪芹、郑板桥、林则徐、梁启超、鲁迅、蔡元培、巴金、郭沫若、老舍、赵朴初等等。说起来，读名人的楹联，讲名人的趣闻，也是一种别样的享受呢。

李白与采石矶

说到文学大家,就不能不提大诗人李白(701—762)。他是唐代伟大的浪漫主义诗人,被誉为"诗仙",与"诗圣"杜甫并称"李杜"。李白的诗句雄奇飘逸,笔下的山河壮丽磅礴;李白的诗风雄奇奔放、俊逸洒脱,因而李白被贺知章称为"谪仙人"。李白的诗歌对后世产生了极大的影响。像中唐的韩愈、孟郊、李贺,宋代的苏轼、陆游、辛弃疾,明清的高启、杨慎、龚自珍等著名诗人,深受李白诗歌的影响。

同学们也许要问,诗又与楹联有何关系呢?这恐怕就要从源头说起了。楹联脱胎于中华民族的传统文化,千百年来,逐步形成了一种凝缩的文学艺术品类。在众多的文学品类中,楹联与格律诗有着千丝万缕的联系,也有着极其相近的特征。譬如,楹联与格律诗都以最精巧的语言和有节奏的韵律来表达人们面对生活而抒发的情感。楹联与格律诗都讲究平仄,其实质是相同的,只有形式上的不同而已。从另一种意义上讲,楹联是具有特殊形式的诗。楹联应当是从律诗的对仗中脱胎而来的。李白的诗中有一部分是律诗和绝句,有些诗的对仗极为工整,拿出来就是一副很好的楹联。也正因如此,后人经常集李白诗句为楹联,我想列举两例以供赏析。

蓬莱文章建安骨

青莲居士谪仙人

这副楹联为后人集李白两首诗的诗句而成，并题在李白生前饮酒赋诗之地，不仅巧妙地选取李白诗句而不露痕迹，更妙在精当称誉李白之诗仙风采与绝世文才。

上联出自李白的《宣州谢朓楼饯别校书叔云》，是天宝年间，李白在宣城期间饯别秘书省校书郎李云时所作。诗中说："蓬莱文章建安骨，中间小谢又清发。俱怀逸兴壮思飞，欲上青天览明月。抽刀断水水更流，举杯消愁愁更愁。"这是一首很有名的饯别抒怀诗，讴歌了汉代文章和建安诗人的作品和情怀。在诗中，诗人面对族叔李云，辞情慷慨、语言刚健，既满怀豪情逸兴，又掩抑不住郁闷与不平，情感跌宕，一波三折，抒发了诗人遗世高蹈的豪迈情怀。

下联出自李白的《答湖州迦叶司马问白是何人》："青莲居士谪仙人，酒肆藏名三十春。湖州司马何须问？金粟如来是后身。"李白在这首诗中直抒胸臆，给人以豪迈奔放、飘逸若仙的感觉。"谪仙人"原本是好友贺知章对李白的戏称，意为李白天才绝世，非人世之人，当是贬谪凡间的仙人。李白呢，对此称呼也很惬意，数次在诗中自称"谪仙"。

这副楹联镌刻在安徽马鞍山采石矶的李白祠的正厅两侧木柱上，多年前，我曾有幸一睹它的风采。在万里长江上，有湖南岳阳的城陵矶、安徽马鞍山的采石矶、江苏南京的燕子矶,合称为"长江三矶"。美丽的长江三矶都留存着饱经沧桑的历史文化典故,采石矶则因大诗人李白而闻名遐迩。李白平生游走无数名川大山,尤为钟情采石矶,多次登临吟咏,写下了《横江词》《牛渚矶》《望天门山》《夜泊牛渚怀古》等数十首脍炙人口的诗篇。

登临采石矶太白楼,走近太白祠,追寻李白诗魂,流连吟读,李太白之潇洒诗风依稀可见。据说,李白在太白楼写过许多诗篇,唯独没题写过楹联,颇为憾事。到了明洪武年间,太白楼有过一次搬迁,但仍有将李白诗句集为楹联的佳作。在太白楼北墙的东面,就有一副武陵人王以敏集太白诗句而成的楹联:

青天骑白龙,我欲因之梦吴越
长风送秋雁,对此可以酣高楼

这副楹联的上联出自李白的两首诗:《送杨山人归嵩山》和《梦游天姥吟留别》。

"青天骑白龙"出自《送杨山人归嵩山》:"我有万古宅,嵩阳玉女峰。长留一片月,挂在东溪松。尔去掇仙草,菖蒲花紫茸。岁晚或相访,青天骑白龙。"这是一首送别诗,奇在全篇没有一丝离愁别恨,有的却是高远的峰、清幽的月、淡雅的花、寥廓的天和空中的云。青天骑白龙,在湛蓝的天上,仿佛白龙蜿蜒游走,一位仙风道骨的诗人骑在白龙上与青天构成了唯美和谐的意境,且与上联的下半句构成了有机

名人篇

整体。

"我欲因之梦吴越"出自《梦游天姥吟留别》,前两句写道:"天台四万八千丈,对此欲倒东南倾。我欲因之梦吴越,一夜飞度镜湖月。"这是李白非常有名的记梦诗,也叫游仙诗,写于李白离开长安后的第二年。诗人并没有直接写天姥山何等高,而是巧妙地借天台山即使是"四万八千丈",在天姥山面前也显得极其矮小,以反衬天姥山的高峻。从"我欲因之梦吴越"开始,诗人进入了梦境,进而构成了构思缜密、意境雄伟的奇幻画面。

王以敏将这两首诗的句子融为一体,着重体现了李白的浪漫,有天马行空、独往独来的意境。

这副楹联的下联"长风送秋雁,对此可以酣高楼",也出自李白的《宣州谢朓楼饯别校书叔云》,其中前两句写道:"弃我去者,昨日之日不可留;乱我心者,今日之日多烦忧。长风万里送秋雁,对此可以酣高楼。"在诗中,李白面对朝政愈趋腐败的现实,一改浪漫诗风,既说"弃我去"又说"不可留",既言"乱我心"又称"多烦忧",忧愤之情跃然纸上。但随之,诗人笔锋一转,以写实的笔法,用长风、秋雁、高楼组成一幅壮美的秋景图,遥望寥廓明净的秋空,目送万里长风吹送鸿雁,不由得激起酣饮高楼的豪情逸兴。如此说来,这才是李白的大家风范。

李白的诗既豪迈奔放,又洒脱飘逸;既想象丰富,又意境奇妙;既语言神奇,又立意高远。因此,继李白之后,历朝历代,无数名人雅士来采石矶凭吊诗仙。最有名的是唐代白居易《李白墓》:"采石江边李白坟,绕田无限草连云。可怜荒垄穷泉骨,曾有惊天动地文。但是诗人多薄命,就中沦落不过君。"后人为纪念诗人,在李白写诗饮酒的地方建了太白楼。它与湖南岳阳楼、湖北黄鹤楼、江西滕王阁并称长江著名的"三楼一阁"。在此登楼远眺,长江如练,绿洲溢翠,百舸争流,鸥鸟翱翔。

王以敏寻幽探胜,集李白诗句为楹联,以情景结合的意境,以浪漫与现实相统一的手法,诠释了一个真实的李白,岂不悠哉快哉!

王维与扬州城

唐代大诗人王维（701—761），字摩诘，与诗仙李白同年出生，仙逝也只相差一年。若论才学，虽名气不及李白，但按当今时尚提法，同属一线诗人之列。王维不但诗写得好，画工也十分了得，三十岁状元及第，后官拜右拾遗、监察御史、河西节度使。唐玄宗天宝年间，王维拜为吏部郎中、给事中。唐肃宗乾元年间，王维任尚书右丞，故史称"王右丞"。

看来，王维从政要比"天子呼来不上船"的李白略胜一筹。不过，让王维名垂史册的还是诗画。王维的诗作多为五言、七言绝句，情真挚、语自然、去雕饰，有淳朴厚重之美，可与李白、王昌龄的绝句媲美，代表了盛唐绝句的最高成就。王维多咏山水田园，擅长边塞军旅诗，与孟浩然合称"王孟"。王维书画各臻其妙，后人推其为南宗"山水画之祖"。苏轼曾评价："味摩诘之诗，诗中有画；观摩诘之画，画中有诗。"

有关王维的楹联逸事不少，但多无从考证，传得最广的就是王维进京赶考夜宿的趣闻。有一次，王维夜走荒野，疲累难挨时，好不容易见到一茅草屋，惊喜之余，小心敲门。不想开门者却是一妙龄少女，她说:"父亲大人交代了,客人留宿,须对楹联,对不上者,恕不接待。"王维一喜,心说,这是我的强项呀!少女吟道:"空空寂寞宅,寡寓安宜寄宾宿?"王维心一惊,这上联每个字都有宝盖头,哪里去寻这十二个对应字呢?少女冷冷一笑,说:"进京赶考,连个联都对不上,不送!"王维无奈,只好转身离开,可又一想:曹植能七步为诗,我再差,十二步也总可以吧?他向前走了六步,又向后走了六步,就去敲门。少女拉开个门缝,见还是那个书生,便要关门。王维忙说:"迢迢逶迤道,适逢邂逅遇迷途。"少女闻后,洞开大门,盛情款待了王维。这是一个典型的才子遇佳人的故事,一副楹联就像是白马王子和灰姑娘的缠绵对话,可以从中看到演绎的成分。但我接下来讲的,可就确有其事了。

在扬州古迹中,镌刻在楹柱上的楹联映入眼帘,名人的名联名句随处可见,其中也有多副是王维的律诗和绝句。于是,我就发现了一个奇怪的现象,唐代诗人中,李白、孟浩然、高适、白居易、刘禹锡、李商隐、杜牧等诗人大多在扬州留下过足迹。李白来了五次,留下过"烟花三月下扬州"的千古名句。杜牧的扬州情结也很深,他在踏上仕途之前,曾是后来唐朝著名宰相牛僧孺的幕僚,并在此留下许多风流韵事,写了许多称颂扬州的诗文。可惜,在众多诗人中,却未见王维。对扬州而言,这毕竟是种遗憾,便有文人雅士通过集王维诗句而成的楹联来聊以补憾。在此,信手采撷几副,供大家欣赏。

瀑布松杉常带雨

橘州风浪半浮花

这副楹联集王维和同为唐代诗人的陆龟蒙的诗句而成。上联取自王维的《送方尊师归嵩山》，入选《全唐诗》的第128卷："仙官欲往九龙潭，旄节朱幡倚石龛。山压天中半天上，洞穿江底出江南。瀑布杉松常带雨，夕阳苍翠忽成岚。借问迎来双白鹤，已曾衡岳送苏耽。"

这首诗原本与扬州无关，写的是河南登封嵩山太室峰的风景，送的是登封方姓的出家"尊师"。诗中有瀑布，有杉松，有夕阳，也是嵩山的奇观，却让扬州人巧妙地移植到扬州瘦西湖的"双峰云栈"中来。我到过瘦西湖，知晓"双峰云栈"为瘦西湖二十四景之一。在这儿生长最多的植物是黑松，树形奇形怪状，与山、瀑布相得益彰，自然天成，再加上前人"又于功德山绾幽凿险，筑听泉楼"，此景与王维笔下的嵩山风光确有异曲同工之妙。

下联取自陆龟蒙的《全唐诗》第625卷中的《奉和袭美夏景冲澹偶作次韵二首》："蝉雀参差在扇纱，竹襟轻利箨冠斜。垆中有酒文园会，琴上无弦靖节家。芝畹烟霞全覆穗，橘洲风浪半浮花。闲思两地忘名者，不信人间发解华。"

陆龟蒙是苏州人，曾为湖州、苏州从事，常携书籍、茶灶、笔床、钓具泛舟于太湖，自号江湖散人。他去世后，唐昭宗追赠他为右补阙。陆龟蒙与皮日休齐名，世称"皮陆"。

下联所选的"橘州风浪半浮花"，当是全诗最出彩之处，可以引发人们的遐想。瘦西湖的"双峰云栈"一带，有水岬，有深潭，有水池，有溪流，有瀑布击撞山石溅起的"飞琼溅雪"，犹如远方橘洲飞溅的浪花，与王维的上联句，构成了一幅绝美的图画。

在扬州还有几处取自王维诗句的楹联，多与清代一位集联者金兆燕有关。金兆燕年轻时，遍游黄山等名山大川，眼界开阔，其诗词奇崛雄伟，名震淮扬。他喜楹联，善集名人雅士诗句入联。

竹室生虚白
波澜动远空

这是金兆燕集句题于扬州小洪园小江潭的一副楹联，据清人梁章钜《楹联丛话全编》载："小洪园中有流波华馆，挺入湖心……其右数折，为小江潭。联云：竹室生虚白（陈子昂），波澜动远空（王维）。"这副楹联仅仅10个字，便仿佛将小江潭的竹室、波澜、远空融于一幅山水画中，有动有静、有虚有实，可谓赏心悦目。

金兆燕不愧是集名人名联的高手，他在扬州蜀冈报丰祠外的"击鼓吹豳"戏台，集了一副取自王维和皇甫冉诗句的楹联，为扬州二十四景再添姿色。

川原通霁色
箫鼓赛田神

上联取自唐代诗人皇甫冉的《福先寺寻湛然寺主不见》。下联取自王维《凉州郊外游望》："野老才三户，边村少四邻。婆娑依里社，箫鼓赛田神。洒酒浇刍狗，焚香拜木人。女巫纷屡舞，罗袜自生尘。"这首诗是王维在凉州（今甘肃武威）乡村游览时，对所见闻的田家赛田神活动的描写。郊野不多的几家农户，很少四邻。依傍着社树婆娑起舞，吹箫击鼓祭田神。酒浇在草扎的狗上，燃起香拜木偶神人。女巫们纷纷起舞，罗袜轻扬雾似的芳尘。诗中边乐边舞，刍狗、木人、女巫齐现，好不热闹。

从表面上看，金兆燕将甘肃的塞外风光移到江苏似乎不伦不类，但"箫鼓赛田神"又恰恰与报丰祠外戏台额上所题"击鼓吹豳"很和谐，读之，并不会产生生硬的感觉。难怪《楹联丛话》中说："扬州各胜迹楹联，多集晋宋及唐人诗句。盖卢雅雨（时任两淮盐运使）都转见曾属金棕亭博士兆燕为之，借载于李艾塘（斗）《扬州画舫录》中，今择其佳者，列之于左。"

对扬州人来说，如此这般，也多少弥补了王维未到扬州的缺憾了。

白居易与瘦西湖

白居易（772—846），与李白、杜甫并称唐代三大诗人，在中唐时期影响极大。白居易与元稹共同倡导了新乐府运动，世称"元白"，在中国诗史上占有极其重要的地位。白居易的诗歌主张和诗歌创作，以及对通俗性、写实性的突出强调和全力表现，奠定了其唐代伟大现实主义诗人的地位，其代表诗作有《长恨歌》《卖炭翁》《琵琶行》等。

白居易生活的中唐时代，楹联文化还远不如宋代那般流行。因而，像李白、杜甫、白居易、王维这样的大诗人，也就很少留下传世的楹联，若有，也多为后人集他们的诗句而成。不过，像白居易这样的诗人，很多诗句都是浑然天成的楹联，流传甚广。

白居易《长恨歌》的名句就曾被后人集为楹联。梁章钜的《楹联丛话》卷十二载："张南山为余述武后庙联云，'六宫粉黛无颜色；万国衣冠拜冕旒。'武后何以有庙，庙亦不知在何地，而联语则亦庄亦谐，精切不易矣。"

其上联"六宫粉黛无颜色"，取用白居易《长恨歌》中"回眸一笑百媚生，六宫粉黛无颜色"的下半句，意指武则天一开始也像杨贵妃一

样倾国倾城,使得貌美如花的六宫嫔妃都黯然失色。

其下联"万国衣冠拜冕旒",取用王维《和贾舍人早朝大明宫之作》中"九天闾阖开宫殿,万国衣冠拜冕旒"的下半句。"衣冠"指的是文武百官,"冕旒"指的是皇帝,描绘了大明宫早朝的氛围与皇帝的威仪,用在这里意指武则天当了女皇后的威严。后来大清朝的慈禧太后只是"垂帘听政",还算不了皇帝,所以,这副对联在中国历史上只有送给武则天最合适了。

楹联集句是创造性劳动,没有一定文学功底难以驾驭,即便鸿篇在手,也难集成佳对。在集句对中,集者只有根据自己的意念,作出思考与选择,方能从浩瀚的文山诗海中撷取两个毫不相关的句子配成佳联。从这个意义上讲,选取好的集句联远比自撰联难度大。也正因为集句之难,历史上许多文人雅士都在此尽显才华,集楹联于大成,让人读后拍案叫绝。以白居易诗句为例:

染就江南春水色

结成罗帐连心花

这副楹联题于扬州蜀冈一带的染色房。当时江南染房,盛于苏州;扬州染色,以小东门街戴家为最。

上联"染就江南春水色"取自白居易诗《缭绫》,是《新乐府》50篇中的第31篇。诗中写道:"缭绫缭绫何所似?不似罗绡与纨绮。应似天台山上明月前,四十五尺瀑布泉。中有文章又奇绝,地铺白烟花簇雪。织者何人衣者谁？越溪寒女汉宫姬。去年中使宣口敕，天上取样人间织。织为云外秋雁行，染作江南春水色。"

显而易见，《缭绫》是一首记录越溪女劳苦的诗。其意在表达那些身着缭绫的宫廷妃嫔们光彩耀人的奢侈是建立在越溪女的苦难之上的。诗歌先是描述缭绫的制作过程，而后她们要依皇帝口谕，按照宫中御用的式样，织成飞在云上的一行行秋雁，染上江南一江春色。

集句者选取了其中的"染作江南春水色"，与下联"结成罗帐连心花"组成一副完整的楹联，构成了另外一种意境。这是一副风格质朴的楹联，上联写"染"，下联写"结"。

据历史记载，白居易曾在扬州居住数年，留下很多诗作，所以，扬州人对白居易情有独钟。在扬州的清妍堂就有副集李商隐、白居易诗句的楹联：

露气暗连青桂苑
春风新长紫兰芽

上联"露气暗连青桂苑"取自李商隐的《药转》，收入《全唐诗》第539卷。这是一首晦涩难懂的诗，历来多有争议。姑且不谈全诗的内容和意境，仅从"露气暗连青桂苑"的字面意义来说，"露气"指"甘露"；"青桂苑"，原指汉武帝的桂宫；因桂宫与神明台承露仙人有复道相通，所以称"暗连"。

下联"春风新长紫兰芽"取自白居易的"予与微之，老而无子，发

于言叹……""春风新长紫兰芽"的意思是:仿佛春风又到,吹生出新的紫兰嫩芽。

两首诗的内容本是风马牛不相及的事,但集者在一个特定的环境中,将两个句子集成一副楹联,就产生了奇妙的效果。读者已经无法从中找到两首原诗内容的影子了,联语起到了推陈出新的效果。

白居易是现实主义诗人,其诗作无处不在体现他的创作理念。他在《与元九书》中明确说:"仆志在兼济,行在独善。奉而始终之则为道,言而发明之则为诗。谓之讽喻诗,兼济之志也;谓之闲适诗,独善之义也。"后人集他的诗句作楹联,也多能展示出这一点。

欧阳修与岳阳楼

欧阳修（1007—1072），字永叔，自号醉翁，北宋政治家、文学家，官至翰林学士、枢密副使、参知政事，谥号文忠，世称欧阳文忠公。欧阳修是宋代最早开创一代文风的文坛领袖，领导了北宋诗文革新运动，后人把他与韩愈、柳宗元、苏轼合称"千古文章四大家"，他也是"唐宋八大家"之一。

欧阳修自幼喜爱读书，但家境贫寒，常从城南李家借书抄读，不待抄完，已能成诵。少年习作诗赋文章，文笔犹如成人老练。10岁那年，欧阳修从李家得唐代《昌黎先生文集》六卷，捧读其文，爱不释卷，终成大器。他的散文《醉翁亭记》《秋声赋》脍炙人口；他的词《采桑子·群芳过后西湖好》《蝶恋花·庭院深深深几许》情真意切；他的诗作《戏答元珍》《忆滁州幽谷》富有情韵。

上大学的时候，我就非常喜欢欧阳修的诗文，但对他的楹联作品，却知之甚少。直到有一日，出差路过岳阳，我特意登上岳阳楼，方发现欧阳修不光在诗文上开创了北宋一代文风，其楹联也独领北宋的一代风骚。

岳阳楼始建于公元215年，其前身相传为三国吴将鲁肃的"阅军

楼"，西晋时称"巴陵城楼"。岳阳楼耸立在湖南省岳阳市西门城头，紧靠洞庭湖畔，自古有"洞庭天下水，岳阳天下楼"之誉，与江西南昌滕王阁、湖北武汉黄鹤楼并称为"江南三大名楼"。历代文人骚客题咏岳阳楼者众多，对联数量也是累百上千，欧阳修的楹联在众多楹联中，以其豪放大气，寓意深邃，独树一帜，也为岳阳楼添了奇光异彩。

我每一醉岳阳，见眼底风波，无时不作
人皆欲吞云梦，问胸中块磊，何日能消

欧阳修的诗文受韩愈的影响较大，主要体现在其散文手法和以议论入诗上。但他的诗文并不与古人亦步亦趋，故仍然具有自己的特点，其议论往往与叙事、抒情融为一体，所以能得韩诗畅尽之致而避其枯燥艰涩之失。欧阳修的这副楹联也承继了他诗文的特点，时空跨度很大，情绪亦跌宕起落，气魄宏大，然而文气仍很婉转，娓娓如诉家常，读之，可以给读者以很大的想象空间。

其上联"我每一醉岳阳，见眼底风波，无时不作"，看似作者无意之作，实则颇具匠心，只一个"醉"字，便将登楼者对岳阳楼的情感倾泻出来。表面写的是岳阳楼的景观——洞庭湖烟波浩渺，但透过纸背，"眼底风波，无时不作"，喻指人世艰难以及宦途险恶。

其下联"人皆欲吞云梦，问胸中块磊，何日能消"，写登楼者借景生情，欲借云梦泽之水，洗尽心中"块磊"的感慨。这句楹联，议论精警，又富有情韵。"吞云梦"取自汉代司马相如《子虚赋》："乌有先生曰：'……且齐东陼巨海，南有琅邪……秋田乎青丘，彷徨乎海外，吞若云梦者八九，其于胸中，曾不蒂芥。'"文中的乌有先生极言齐田猎之地广阔，足以容纳楚国云梦泽八九个还绰绰有余，后人以"胸吞云梦"形容胸襟阔大。"块磊"通"块垒"，泛指郁积之物，常用来比喻胸中郁结的愁闷或气愤，其出自《世说新语·任诞》：王孝伯问王大："阮籍何如司马相如？"王大曰："阮籍胸中垒块，故须酒浇之。"阮籍心怀不平，经常饮酒浇愁。后来经常用此词指代怀才不遇，无以施展，无可奈何，借酒消愁的情感。蒲松龄《聊斋志异·仙人岛》有句"一身剩有须眉在，小饮能令块垒消"，说的就是这种心情。此"块垒"亦作"垒块"。

读欧阳修这副楹联，让我不禁想到岳阳楼的古往今昔。这座宋代古楼因其得天独厚的人文优势和范公"先天下之忧而忧，后天下之乐而乐"的名句而名噪天下，其中让世人惊叹的绝不是"洞庭天下水，岳阳天下楼"的美誉，而是中华民族"穷则独善其身，达则兼济天下"的情怀。这也正是欧阳修这副楹联的价值所在。

说到"独善其身"和"兼济天下"，还要提到一副集欧阳修和苏舜钦诗句而成的楹联，这是梁章钜因编辑《沧浪亭志》而获得的集句联：

清风明月本无价
近水遥山皆有情

上联"清风明月本无价"，取自欧阳修的《沧浪亭》。新政推行不久，欧阳修的好友苏舜钦被政敌算计，丢了乌纱帽，来到苏州，用四万贯钱买下废园，整饬一新，在水边造了"沧浪亭"，并邀文坛宗师欧阳修写下《沧浪亭》长诗。诗中欧阳修调侃道："清风明月本无价，可惜只卖四万钱。"沧浪亭从此名声大噪。清风、明月，自古为文人所青睐，原本就是无价的，况且是融在沧浪亭的美景中，更是可遇而不可求。中国士大夫的审美情趣是：崇尚高雅、清淡、闲适的意境。达则尊孔孟，积极入世，讲究修、齐、治、平；穷则重老庄，消极出世，转向自然，寄情山水。因此，上联的含义是：清风明月到处都有，但对俗人来说，有钱也买不到。

下联"近水遥山皆有情"，取自苏舜钦诗《过苏州》。这是一首七言律诗，盛赞了苏州的山明水秀、风物清雅，写出了诗人无限眷恋的情怀。诗中写道："绿杨白鹭俱自得，近水远山皆有情。"说的是，清风徐来，绿柳依依，宛若起舞；春水泱泱，白鹭相随，犹如爱侣。近水、遥山本为无情之物，但在诗人眼里，都成了有情之物。

上联以清风对明月，下联以近水对遥山，二者相映生辉，相映成趣，使得韵致更谐美，画面更生动。虽说是集句联，却是一副高超的佳联，上下契合且天衣无缝。

王安石楹联趣闻

王安石（1021—1086），字介甫，号半山，北宋著名的思想家、政治家、文学家，"唐宋八大家"之一。熙宁二年（1069）任参知政事，次年拜相，主持变法。因守旧派反对，熙宁七年（1074）罢相。一年后，宋神宗再次起用，旋又罢相，王安石退居江宁。元祐元年（1086）保守派得势，新法皆废，王安石郁然病逝于钟山（今江苏南京），赠太傅。绍圣元年（1094）获谥"文"，故世称王文公，有《王临川集》《临川集拾遗》等存世。

在楹联文化流行的北宋，王安石作为诗、文、词都有杰出成就的文学宗师，自然行在潮头，因而，后世留下很多有关王安石楹联的逸闻趣事。当然，其中有演绎的成分，但这都不影响他的文学成就，也可从中领略古代文学大家的风范。

王安石与苏轼在北宋时同朝为官，关系密切，又同为才华横溢的文学大家。两人不仅在文学上互相匹敌，而且在政治上各持己见，一度曾为政敌，但到最后，两人在仕途上也有了同样遭遇，都丢了乌纱帽，只剩下惺惺相惜了。在《警世通言》中，记述了这样一段趣闻，王安石给苏轼出了楹联的上联：

一岁二春双八月，人间两度春秋

此联句大意是说，这一年赶上闰八月，正月立春，腊月又逢立春，所以是"人间两度春秋"。就时令来讲，这当属从客观现实出句，说得贴切而自然。不过，就楹联而言，很令苏轼作难，一时竟难以找到与之相匹配的下联，直到后来才有人对出下联：

六旬花甲再周天，世上重逢甲子

古时候，人们使用天干地支纪年法，60年周而复始，"再周天"，即从甲子年重新开始。总体来看，下联虽然对上了，却有些生硬，不如上联出句那么自然流畅。

这桩楹联逸事一定让苏轼有些尴尬，但这并不影响两人在文学上的互相赏识。宋代《西清诗话》记载，王安石对苏轼评价说："不知更几百年，方有如此人物。"苏轼在读到王安石的词作《桂枝香·金陵怀古》后，更是由衷佩服，赞叹道"此老乃野狐精也"。由此可见，二人在文学上彼此尊重，以苏轼的豁达和王安石的正直，两人理当成为亲密文友。只叹他们之间政治见解大不相同，同朝为官，也就注定了两人之间亦敌亦友，恩怨难明了。

据说，王安石赴京赶考时，一日路过马家镇，偶然碰到马员外家里的小姐在以对联招亲。王安石好奇地看了一眼，不禁心跳加速，生出爱意。马小姐不仅长得俊秀可人，且自幼熟读诗书，琴棋书画无所不通。王安石痴痴地站在马府门口，看眼前悬着一盏走马灯，灯上挂有一条上联：

走马灯，灯走马，灯熄马停步

这条联语以"走马灯"倒顺回读成联，巧妙而又工整。王安石忍不住赞叹道："真是好句！"因赶路赴考要紧，他就把此联默记在心。王安石按时赶到京城，一拿到试题，便胸有成竹，挥毫应试，是第一个交卷者。主考官欧阳修一直在关注这个少年才俊，见他文笔流畅、思维敏捷，由衷地喜欢这个年轻人，便有意指着厅前随风飘动的飞虎旗吟道：

飞虎旗，旗飞虎，旗卷虎藏身

王安石灵机一动，马上以在马家镇的"走马灯"上看到的上联应对。欧阳修一听，禁不住拍手称绝。考罢，王安石生怕走马灯的上联有对，急匆匆地朝马家镇赶，远远看到那"走马灯"的上联仍悬在马员外大门口。他喜出望外。他疾步走到马府门前，大声说："我来对下联。"众人皆笑，哪里来的莽莽撞撞的后生？王安石大声喝道："拿笔来。"人们都拥上来，想看看他的笑话。王安石也不说话，挥毫写下整副对联：

走马灯，灯走马，灯熄马停步
飞虎旗，旗飞虎，旗卷虎藏身

周围的人都看呆了，交口称赞这是一副绝对。马员外见这个小伙子如此儒雅，也乐得合不上嘴，即以女儿相许，并择日在马府完婚。不日，马府张灯结彩，喜气盈门。王安石与马小姐正在拜天地时，官府差人来报喜：王大人金榜题名了！王安石欣喜之余，信手在一张大红纸上写下了连体的"喜"字。据说，这就是中国人后来在办喜事时，张贴红双喜字的由来。

一副小小的楹联，竟成全了王安石人生的两大喜事，可谓"洞房花烛夜，金榜题名时"。从此，王安石外有恩师欧阳修教诲提携，内有贤妻马小姐辅佐，最终青史留名，成为宋代著名的政治家、思想家和文学家。

苏轼与杭州孤山

苏轼（1037—1101），号东坡居士，世称苏东坡，是北宋著名文学家。他在诗、词、散文、书、画等诸方面都有着极高的成就。其诗歌题材广阔，内容清新豪健，善用夸张和比喻，独具风格，与黄庭坚并称"苏黄"；其词开豪放先河，与辛弃疾同是豪放派代表，并称"苏辛"；其散文著述宏富，豪放自如，与欧阳修并称"欧苏"，同入"唐宋八大家"；其书法"结体短肥"，为"宋四家"之一；其绘画，尤擅墨竹、怪石、枯木等。苏轼著有《东坡七集》《东坡易传》《东坡乐府》等传世之作。

苏轼文坛得意，仕途坎坷，任过翰林学士、侍读学士、礼部尚书等，并出任杭州、颍州、扬州、定州等地知府等职，但晚年不得志，被贬黄州、汝州、惠州、儋州等地。到宋徽宗时，他才获大赦北还，不幸在途中病逝。宋高宗时追赠太师，谥号"文忠"。也许正因如此逆境，苏轼才会在文学领域纵横驰骋，成为宋代文学成就最高之人。

后人对苏轼的作品都耳熟能详，但他出知杭州期间，题在孤山苏寒岩的一副楹联，就鲜为人知了。这副楹联可视为杭州名胜早期楹联的代表作，一共24字，并没有像一般状景联那般描绘湖光山色，而是采取了借景咏史的笔法。

爵比郭令公，历中书二十四考
寿同广成子，住崆峒万八千年

上联"爵比郭令公，历中书二十四考"，字面所言为官爵高，实则言孤山的不同凡响和重要地位。"郭令公"即唐代大将郭子仪。"中书"与"二十四考"典出于《新唐书·郭子仪传》，讲郭子仪因屡建战功而授以太尉中书令，他任中书令久，主持官吏的考绩达二十四次，故有"权倾天下而朝不忌，功盖一代而主不疑"之说。后人常以"二十四考"来称谓某人长期担任要职。这种称谓到了宋代用得更为广泛。

下联"寿同广成子，住崆峒万八千年"，字面所言为寿命长，实则言孤山历史的源远流长和不同寻常。"广成子"相传为上古黄帝时期的道家人物，活了1200岁。《庄子·在宥篇》载有"黄帝问道广成子"的故事："黄帝闻广成子在空同之上，故往见之，问以至道之要。"黄帝问道这一千古盛事，在《史记》等典籍中也有记载，称秦皇、汉武因"慕黄帝事""好神仙"而效法黄帝西登崆峒。从那之后，司马迁、王符、杜甫、白居易、赵时春、林则徐、谭嗣同等文人墨客相继在此留下了大量的诗词、华章、碑碣、铭文。"住崆峒万八千年"，讲的是广成子住禹州北崆峒山上。"崆峒"即崆峒山，位于甘肃省平凉市城西，是道教的发源地，也是道教主流全真派圣地。这里属六盘山支脉，环境受风化、水冲蚀、崩塌等外动力作用，形成了孤山峰岭。据说，这里峰丛广布，怪石突兀，山势险峻，气势雄伟奇特。相传广成子就住在禹州西北崆峒山的石洞里，度过了"万八千年"。

司马迁在登临崆峒山后，在《太史公自序》中说："吾尝西至崆峒，北过涿鹿，东渐于海，南浮江淮。"广成子作为中国古代的神仙人物，传说大于真实，但他的名号代表了一种内容，也有集中国文化大成之意。苏轼在联语中，引用这一传说，既体现了他对中华文化的尊崇，也体现了他身为诗人的浪漫情怀。

苏轼是宋代诗词大家，他擅长用诗人的眼光和诗的表现技巧来撰写楹联，并在内容和形式上都有所突破，他是最早撰写每边三句对联的作者之一。苏轼对道家文化很感兴趣，他的每边三句对联《题许昌天宝宫》也涉猎道家文化。

天宝宫位于河南许昌市西北的艾庄乡艾庄村北，与长葛市石固镇相邻。据《许州长社创建天宝宫》碑文载：南宋理宗嘉熙四年（1240）创立天宝观。元世祖至元六年（1269），皇帝下旨"易观为宫"。也正是在元朝皇帝的推崇下，真大道教的影响与日俱增。天宝宫因为是当时真大道教第九祖、第十祖弘法布道的场所，所以被尊称为第九、第十祖祖庭。苏轼的此联为状景联，与对联《杭州孤山苏寒岩》的最大不同就是写了实景：

庙貌与天齐，云去云来风不定，无异空中楼阁
画工从地起，花开花谢景常新，真乃仙境蓬莱

上联着力写了"庙貌与天齐"，以衬托天宝宫的宏伟高大。苏轼借"云去云来"，写了天宝宫飘逸的道风仙骨；借"空中楼阁"，刻画了天宝宫的险峻和奇异。下联着力写了"画工从地起"，也就是天宝宫的画工技巧。诗人又借"花开花谢"，写了天宝宫的景色多姿；借"仙境蓬莱"，写了天宝宫的风光奇幻。

全联采用的每边三句的格式，将天宝宫精湛高超的古建筑群、厚重沧桑的景致，以及源远流长的道教文化，都神似地表现出来，既通俗易懂，又不乏典雅，字里行间充满了诗情画意。

苏轼虽是楹联大家，但"千里之行，始于足下"，世间还流传着少年苏轼的一段楹联佳话呢。

苏轼出身书香门第，从小就受父亲苏洵的影响，喜欢读书，擅长弄文，再加他天资聪慧，记忆力超强，可谓过目不忘、博闻强识、出口成章。如此一来，听到的自然是一片赞扬声。苏轼那时虽年幼，但已是饱学之士，别人看不懂的书，他能懂；别人不识的字，他能识；别人不解的文章，他能解。于是，苏轼少年得志，无论走到哪里，身后都有一群"粉丝"。这一度使得苏轼有些扬扬自得了。启蒙老师见状很是忧虑，特意将"学无止境"的条幅送他，他却不以为意，随手丢在书房角落里。一日，苏轼乘兴挥笔写了一副对联贴在大门两旁：

读遍天下书

识尽人间字

一天，苏轼正在家里看书，门外有位长者求见。他走出大门，见长者白发苍苍，便问道："老人家有什么事？"长者指着门上的对联，笑了笑："先生真已读遍天下书，识尽人间字了？"苏轼眉头一皱，有几分不高兴："难道我能骗您不成？"长者掏出一本书说："老夫才疏学浅，有本看不懂的书，求教先生。"苏轼心说："这有何难！"他接过书，连看也没看，就放言："您老听着，我念给您！"苏轼翻开书，便傻了，从头翻到尾，居然无一字认识。他急得直冒虚汗，便问："您这书从何而来？"长者一笑："先生，书从何而来并不重要，天下的书你不是都读完了吗？"苏轼面红耳赤，只好说："我没读过这本书。"长者说："你这本书没有读，为什么要贴这副对联呢？"苏轼羞愧万分，伸手想撕去那副对联。长者上前阻止道："慢！还是把对联改一下吧。"苏轼顿悟，回书房将对联的上下联各加了两个字，又重新贴了出来：

发愤读遍天下书
立志识尽人间字

苏轼知耻而后勇，愈发谦恭苦读，勤奋学习，终于成为北宋的大文学家。由此可见，一副楹联也足以表明一个人的志向和学识。当人们登上黄鹤楼，领略苏轼的盖世文采之时，也不要忘记，他的成就是如何造就的。

李清照与嵌名联

李清照（1084—1155），号易安居士，宋代著名女词人，婉约词派代表。生于书香门第的李清照，从小生活优裕，喜读书、善词作，有"千古第一才女"之称，出嫁后与夫赵明诚致力于书画金石的搜集整理。金兵入据中原时，李清照流寓南方，境遇孤苦。她所填之词，前期多写悠闲生活，后期多悲叹身世，情调伤感。诗词善用白描手法，自辟途径，语言清丽。论词强调协律，崇尚典雅，提出词"别是一家"之说，反对以作诗文之法作词。其诗留存不多，有《易安居士文集》《易安词》，已散佚。后人有《漱玉词》辑本，今有《李清照集校注》。

李清照少女时代随父亲生活于宋朝都城汴京（今河南开封）。父亲李格不但是进士出身，也是苏轼的学生，官至礼部员外郎，善属文，工于辞章。这是一个文学氛围十分浓厚的家庭，家中藏书甚富。李清照自幼耳濡目染，受家学熏陶，加之聪慧颖悟、才华过人，所以"自少年便有诗名，才力华赡，逼近前辈"（宋·王灼《碧鸡漫志》）。宋代学者朱彧在《萍洲可谈》别本卷中称扬她的"诗文典赡"，是"无愧于古之作者"。

少时优雅的生活环境，以及京都的繁华景象，激发了李清照的创作热情，除作诗之外，她开始在词坛上崭露头角，并写出了为后世广为传诵的著名辞章《如梦令·昨夜雨疏风骤》。此词一问世，整个京师都轰动了，"当时文士莫不击节称赏，未有能道之者"（《尧山堂外纪》卷五十四）。李清照的才学不仅表现在诗词上，她的楹联也显露出才女的灵气。

露花倒影柳三变

桂子飘香张九成

这是李清照题的一副很有名的嵌名联。顾名思义，嵌名联就是嵌入人名的对联，也就是把人名、地名或其他事物名称嵌入联内的有关部位，使上下联相互对应，以提高对联的趣味性和感染力。下面，我和同学们一起分析一下这副嵌名联。

首先需要了解一下联中出现的两个人物，一位是柳三变，一位是张九成。我们对柳三变这个名字有些陌生，但若提柳永，很多人就熟悉了。他也是北宋著名词人，婉约派的代表人物之一，尤其那首《雨霖铃·寒蝉凄切》成了千古绝唱。"多情自古伤离别，更那堪，冷落清秋节。今宵酒醒何处？杨柳岸，晓风残月……"柳永，原名为三变，字耆卿，少时习诗词，有功名用世之志。后进京科举，屡试不中，遂一心填词。他曾任余杭县令等职，以屯田员外郎致仕，故世称柳屯田。柳永是第一位对宋词进行全面革新的词人，也是两宋词坛上创用词调最多的词人，对宋词的发展有着深远影响。

张九成的知名度略逊一筹，但也是南宋才子。绍兴二年，朝廷策试进士，张九成慷慨陈词，直言不讳，痛陈宋金形势，认为"去谗节欲，远佞防奸"，为中兴之道。因得考官赏识，选为廷试第一，被宋高宗钦点为状元。他的一大功绩就是创建了海宁的第一所书院——张文忠公书院。张九成研思经学，多有训解，著有《横浦集》20卷、《四库总目》及《孟子传》，并传于世。其学派被称为"横浦学派"。

李清照整副楹联只有14个字，但人名就占了六个字，粗看此联，并无惊人之笔，但细心揣摩就会发现李清照过人的才气和驾驭文字的能力。

露花倒影柳三变

上联的"露花倒影"是一个典故，出自柳永的词《破阵乐·露花倒影》："露花倒影，烟芜蘸碧，灵沼波暖。金柳摇风树树，系彩舫龙舟遥岸。千步虹桥，参差雁齿，直趋水殿……"这是柳永一首颇为优美的词，延续了他的婉约风格。"露花倒影"意指带着露水的花在水中映出倒影。"三变"源于《论语·子张》："君子有三变，望之俨然，即之也温，听其言也厉。"李清照巧妙地将柳永的词和他的名字组合到一起。没有非凡的功力是无法将人名解义为"三变柳影"的。

桂子飘香张九成

下联的"桂子飘香"也有异曲同工之妙，出自张九成《廷试对策语》，"……澄江泻练，夜桂飘香，陛下（宋高宗）享此乐时，必曰：西风凄劲，两宫（徽宗、钦宗）得无忧乎？""桂子飘香"多指中秋前后桂花开放，散发馨香。唐代宋之问《灵隐寺》诗中的"桂子月中落，天香云外飘"和宋代陆游《老学庵笔记》卷二中的"张子韶对策有'桂子飘香'之语"，也同有这层韵味。联中的"九成"源于《书·益稷》："箫韶九成，凤凰来仪。"李清照将两个典故连在一起，取"香张（飘）九成（十分之九）"之意，可谓巧妙，二者堪称绝对。

从整副楹联看，李清照有着很高的集联技巧：一是以"三变"对"九成"，巧用嵌名之妙；二是以"三"对"九"，巧用数字之妙。除此以外，上联的"露花倒影"是柳永的词句，而下联的"桂子飘香"是张九成的文句，其中的"成"字和"变"字也可对，二者皆为我国古代乐理名词。此联不但用词精巧，对仗也是十分工整的，从中反映出李清照的文思敏捷和善于创意出奇的独到之处。

丈夫赵明诚卒后，李清照大病一场。为保存赵明诚所遗留的文物和书籍，李清照历尽周折。在颠沛流离中，所余文物又散失大半。孤独无依之中，李清照再嫁张汝舟，却饱受欺凌，无奈离婚。李清照离婚后，意志并未消沉，以诗词创作来寻找精神的解脱。绍兴四年（1134），李清照完成了《金石录后序》的写作，还曾作《武陵春》词，感叹辗转漂泊、无家可归的悲惨身世；而后又作《题八咏楼》诗，悲宋室之不振，慨江山之难守。其"江山留与后人愁"之句，堪称千古绝唱。后人曾集李清照词为一副长联，名曰《题李清照》：

寻寻觅觅，冷冷清清，凄凄惨惨戚戚，对此柔肠当寸断。黄花怎奈西风，阵阵紧

点点滴滴，淅淅沥沥，缕缕断断续续，念彼伊人独憔悴。梧桐更兼细雨，声声慢

上联的"寻寻觅觅，冷冷清清，凄凄惨惨戚戚"，取自她的《声声慢》；"黄花怎奈西风"是由她《醉花阴》中的"帘卷西风，人比黄花瘦"演化而成。下联的"点点滴滴""梧桐更兼细雨""声声慢"是由她的《声声慢》中的"梧桐更兼细雨，到黄昏，点点滴滴"演化来的。这副长联是对李清照人生悲情的真实写照。

陆游的家国情怀

陆游（1125—1210），字务观，号放翁，南宋文学家、史学家、爱国诗人。宋孝宗赐其进士出身，其历任福建宁德县主簿、敕令所删定官、隆兴府通判等职，因坚持抗金，屡遭主和派排斥。宋光宗继位后，升其为礼部郎中兼实录院检讨官，不久又因"嘲咏风月"被罢官，归居故里。嘉泰二年（1202），宋宁宗召陆游入京，主持编修孝宗、光宗《两朝实录》和《三朝史》，官至宝章阁待制。书成后，陆游长期蛰居山阴，于嘉定二年（1210）与世长辞，留绝笔《示儿》。陆游一生笔耕不辍，诗词文俱有很高成就，著有《剑南诗稿》《渭南文集》《南唐书》《老学庵笔记》等。陆游的诗歌今存9000多首，其诗语言平易晓畅、章法整饬谨严，兼具李白的雄奇奔放与杜甫的沉郁悲凉，尤以饱含爱国热情对后世影响深远。陆游亦有史才，他的《南唐书》"简核有法"，史评色彩鲜明，具有很高的史料价值。

陆游年轻时就以慷慨报国为己任，把收复沦陷的国土当作人生第一要旨，但他的抗敌志向屡屡受挫，只有借助诗歌来抒发悲愤之情。如《书愤》一诗中道："早岁那知世事艰，中原北望气如山。楼船夜雪瓜洲渡，铁马秋风大散关。塞上长城空自许，镜中衰鬓已先斑。出师一表真名世，千载谁堪伯仲间！"陆游的文学成就以诗为最，他在《小饮梅花下作》中自言"六十年间万首诗"，大部分抒发了慷慨激昂的报国热情和壮志难酬的悲愤，爱情诗词只占了其中极少部分。

陆游为数不多的楹联，表现了这位爱国诗人志存高远、壮志未酬的悲情。陆游一生不得志，满腔报国之情无处施展，只有埋头书房，寄情诗词，或打发时光，或抒发政治抱负。他自题过一副《书巢》楹联，就流露出这番愁楚：

万卷古今消永日
一窗昏晓送流年

这副楹联的上联"万卷古今消永日"，侧重描写陆游酷爱读书的场景。自古华夏社会就有"读万卷书，行万里路"的传统和"读书破万卷，下笔如有神"的佳话，陆游可谓忠实的实践者和楷模。以"巢"命名书斋，以书为友，万卷伴终生，是陆游人生的真实写照。陆游有"读书有味身忘老，病中书卷作良医"的名句千古传世。后人也盛赞其"放翁嗜书，老而弥笃。晴窗万卷，耽书如年，是真名士！"

上联中的"万卷"言家中的书数量极多；"古今"是指书的内容海量，题材极广，古往今来无不涉猎；"消"为消磨时光之意，"永日"是指从早上一直到晚上。譬如，汉代刘桢《公䜩》的"永日行游戏，欢乐犹未央"和唐代李咸用《宿隐者居》的"永日连清夜，因君识躁君"都用了这个词。陆游上联中仅用了寥寥七个字，就勾勒出一幅书巢的画面，使读者读后如见其人，如闻其声，如入其境。

这副楹联的下联"一窗昏晓送流年"，是陆游慨叹匆匆流逝的岁月。透过下联，我们还可以看到诗人当时极端郁闷的心情。诗人的拳拳爱国心、报国志无处施展，无奈只有寄情诗书之中，在书海里消磨这苦闷的漫漫长日，而大好的年华也在这书海中渐渐流逝。

下联的"一窗昏晓"是指其读书之专注，达到了废寝忘食的地步，既不知窗外的黄昏，也不知窗外的晨晓。这里的"昏晓"泛指黄昏与拂晓。譬如，《南齐书·东昏侯纪》的"干戈鼓噪，昏晓靡息"说的就是大动干戈，从早到晚也不停息；唐代杜甫《望岳》诗中"造化钟神秀，阴阳割昏晓"的"昏晓"，指的也是昼夜。这里的"流年"是指流逝的岁月，如辛弃疾《水龙吟》词里的"可惜流年，忧愁风雨，树犹如此"，说的就是这个意思。陆游于昏晓抒发内心的痛楚和矛盾心理，一个"送"字道出了心中的无奈：岁月年华就这样不知不觉地逝去了。陆游的这副《书巢》楹联可谓他当时的生活写照：既很享受读书时光，又很无奈壮志难酬。

这副楹联对仗十分工整，很有诗词的韵律美。"万卷"对"一窗"，"古今"对"昏晓"，"消"对"送"，"永日"对"流年"，不仅词性与平仄相对仗，而且意义上也相互对照。在写法上，作者采用的是正对的修辞手法，正面直接描绘作者废寝忘食的读书形象。这副楹联颇受后人的喜爱，并广为传颂。

陆游一生写了许多思想性和艺术性都很强的诗篇。他的诗描写细腻生动、语言清新优美，诗中对仗工丽的联句常被用作书斋或亭台的楹

联。据报载,几年前,在江西抚州临川区的一个古老乡村就发现了用陆游诗写成句的一副楹联:

床头酒瓮寒能熟
瓶里梅花夜更香

这副楹联是在竹溪村的一个叫"大夫第"的古宅内发现的。厢房正面的墙壁上有一幅苍龙起舞的水墨画,画的两边正是这副楹联。整联出自陆游的《岁暮书怀》诗:"世事从来不可常,把茆犹幸得深藏。床头酒瓮寒难熟,瓶里梅花夜更香。薄命元知等蝉翼,畏途何处不羊肠?诗成读罢仍无用,聊满山家骨董囊。"

这是陆游的一首对岁暮的感怀诗,诗中流露出现实的冷酷和悲凉。楹联仅将原诗中"床头酒瓮寒难熟,瓶里梅花夜更香"的"难"字改为"能"字,这一字之差就将原诗的意味变了,由悲凉转为了乐观,这也符合集联者求福求乐的心理。

古宅70多岁的主人说,这所民居始建于清代道光年间,已有200多年历史了,据其族谱记载,主人十分仰慕陆游的人品和诗词文章,故新居建成后,将陆游《岁暮书怀》书写于厢房之中,每天瞻仰。家人将此联一直传到今天。

由此可见,陆游的家国情怀,并非无本之源,而是深深植根于民众之中。人们怀念陆游的爱国主义精神,他的家国情怀也因此成为鼓舞人民的精神力量。

朱熹与漳州学府

朱熹(1130—1200),字元晦、仲晦,号晦庵,晚称晦翁。宋朝著名的理学家、思想家、哲学家、教育家、诗人,闽学派的代表人物,儒学集大成者,后世尊称朱子。朱熹19岁考中进士,曾任江西南康知州,福建漳州知州,浙东巡抚,做官清正有为,振举书院建设。后官拜焕章阁侍制兼侍讲,为宋宁宗皇帝讲学。朱熹的理学思想对元、明、清三朝的影响很大,成为三朝的官方哲学,他是中国教育史上继孔子后的又一人。朱熹著述甚多,有《四书章句集注》《太极图说解》《通书解说》《周易读本》《楚辞集注》等。其中,《四书章句集注》成为钦定的教科书和科举考试的标准。

朱熹的诗文独树一帜,但不及苏轼,唯独他的教育思想和实践在宋代无人可及。他不求仕进,一生热心教育事业,潜心著书立说,广收门徒,聚众讲学,并先后创办了同安县学、武夷精舍、考亭书院、白云岩书院,重建了白鹿洞书院和岳麓书院;亲自制定了学规,编撰了"小学"和"大学"教材;培养了一大批有识之士,其中包括不少著名学者,形成了自己的学派。朱熹很享受这种教育人生,即便做官,心思也都用在了办学上。朱熹一生"笃意学校,力倡儒学"。他在知江西南康军,每五日一诣学,为诸生讲说。若地方上有贤德的人才,他就礼聘其为学官。公元1190年,朱熹改知漳州也是一样,"每旬之二日必领官属下州学视诸生,讲小学,为正其义"。

据《漳州府志》载,漳州白云岩紫阳书院是朱熹在任漳州一年内创办的,他还曾在亲手创办的白云岩书院题了一副楹联:

地位清高,日月每从肩上过
门庭开豁,江山常在掌中看

这副楹联以夸张的笔法和丰富的想象,将白云岩书院写得气魄宏大,极富神韵。这中间蕴含着他的远大理想和博大襟怀,至今读来,仍然令人胸怀激荡、心潮澎湃。

上联"地位清高,日月每从肩上过",写的是仰视所见:在漳州龙海市的白云山上,在山野之间、万绿丛中,一座巍峨的红色楼阁傲视远方,连日月都要日复一日、月复一月地从它的肩上划过,像是在倾听读书声,拜谒两袖清风的学者,感悟古老文明的传承。可见"地位清高",是形容学者两袖清风、可昭日月的品德,题在这里,并不为过。

下联"门庭开豁,江山常在掌中看",写的是俯视所见:书院门庭洞开,广纳八方文人雅士,他们身上的文人风骨,蕴含"先天下之忧而忧,后天下之乐而乐"的情怀,充溢着"穷则独善其身,达则兼善天下"的志向。由此,"门庭开豁",以喻书院人杰地灵的人文之盛。"江山常在掌中看"尤为举重若轻之笔,连江山都舒掌可观,与上联

"日月肩上过"一起刻画出一个顶天立地的白云岩书院。全联写得很有气势,代表了华夏民族仁人志士崇高的精神追求和思想境界。

他到漳州后,曾为当地某士题赠一副楹联,写得很接地气。这是一副用韵联:

东墙倒西墙倒窥见室家之好
前巷深后巷深不闻车马之音

上联写的是家境。作者以夸张的笔法,将一个读书人贫寒的现状展现出来:院墙摇摇欲坠,东倒西歪,但隔墙能看到和和睦睦的一家人。这就形成了简陋到甚至有些寒酸的屋舍和快乐和睦的家庭的巨大反差。

下联写的是环境。作者以写实的笔法,将深居陋巷的读书人的冷清现状表现出来:家舍偏在城中一隅,小巷又窄又深,门前冷落听不到车马的声音。这就描述出一个地位卑微的读书人的家里,虽没有官宦人家那般的车水马龙、宾客盈门,但无人登门拜访,倒可以静下心来安心读书。

这副楹联的一大特色就是上联和下联各有押韵。有人说,这是最早出现的用韵联。一般来说,楹联用韵并非必要,但在特定场合,用韵后读起来更入调,也更风趣。朱熹的这副联语很有人情味,再加上用了韵,也显得很幽默。

赵孟頫的楹联画意

赵孟頫（1254—1322），字子昂，号松雪道人，又号水精宫道人、鸥波，中年曾署孟俯，吴兴（今浙江湖州）人，元代著名书法家、画家、诗人。赵孟頫博学多才，能诗善文，懂经济，工书法，精绘艺，擅金石，通律吕，解鉴赏。他的篆、隶、真、行、草书，成就很高，尤以楷、行书著称于世。其创"赵体"书，与欧阳询、颜真卿、柳公权并称"楷书四大家"。他的绘画成就可与书法齐肩，开创了元代新画风，被称为"元人冠冕"。至元二十三年（1286），行台侍御史程钜夫将赵孟頫引见于元世祖忽必烈，忽必烈赞赏其才貌。两年后，任集贤直学士，后出任济南路总管府事。元贞元年（1295），赵孟頫回京修《世祖实录》，后借病乞归。至治二年（1322）去世，追赠江浙中书省平章政事、魏国公，谥号"文敏"，故称"赵文敏"。著有《松雪斋文集》等。

赵孟頫出身名门望族，是宋太祖赵匡胤十一世孙、秦王赵德芳嫡派子孙。其父赵与訔曾任南宋户部侍郎兼知临安府、浙西安抚使。他的绘画成就，按照明人王世贞的说法是"文人画起自东坡，至松雪敞开大门"。这句话道出了赵孟頫在中国绘画史上的地位。无论是研究中国绘画史，还是研究中国文人画史，赵孟頫都是一个传奇性的人物。其实，赵孟頫的诗歌也好生了得，只不过被他绘画和书法的名气掩盖了而已。我很喜欢赵孟頫游杭州西湖的诗句："画舸西湖到处游，别来飞梦到杭州。百年底用忧千岁，一日相思似几秋。"这里有景、有梦、有意、有情，字字精彩。那年我去杭州，就住在灵隐寺附近的中国作协创作基地，自见他为灵隐寺所题的一副楹联后，我便蓦然发现赵孟頫不愧为大画家，连题联都充满了浓浓的画意，在众多描写灵隐寺的楹联中，此联可以说是最为精彩的一联。

龙涧风回，万壑松涛连海气
鹫峰云敛，千年桂月印湖光

这副楹联题于灵隐寺山门，既写得虎虎生风，又写得景色宜人。灵隐寺，又名云林寺，位于杭州西湖西北面，在飞来峰与北高峰之间灵隐山麓中，远远望上去，两峰挟峙，林木耸秀，深山古寺，云烟万状，怎一个"美"字了得！灵隐寺是江南著名古刹之一，创建于东晋咸和元年，至今已有1600余年的历史。当年印度僧人慧理来到杭州，见这里山峰奇秀，认为是"仙灵所隐"，所以就在这里建寺，取名"灵隐"。

上联"龙涧风回，万壑松涛连海气"，写出了灵隐寺的气势。"龙涧"是指西湖西南隅凤篁岭之龙泉涧，唐代已干涸，五代吴越王钱镠在此掘井，也就是现在龙井茶的产地。"风回"借用了南唐后主李煜的《虞美人·春怨》中"风回小院庭芜绿"的词汇，引出了万壑松涛。上联中的"海气"与下联中的"桂月",化用自唐代诗人宋之问《灵隐寺》诗中的"楼观沧海日"与"桂子月中落",语而不露痕迹,可谓笔有藏锋。

下联"鹫峰云敛,千年桂月印湖光",写出了灵隐寺的风情。"鹫峰"即灵隐寺前之飞来峰。《大清一统志》引《舆地志》,称晋代僧人慧理见此山叹曰:"此乃中天竺国灵鹫山之小岭,不知何以飞来。"故飞来峰又称灵鹫峰。"鹫峰云敛"写出了飞来峰云收雾散的迷人景色。"桂月"是月亮的别称,源于传说"月中有桂"。南北朝诗人庾信的《终南山义谷铭》中有"桂月危悬,风泉虚韵"之句,也写了月和水,却不如"桂月印湖光"唯美。

品读赵孟頫所题灵隐寺联,犹如品味一幅山水风景画。我登临北高峰顶览胜时,这种感觉尤为深刻。遥望山下郁郁葱葱,云林漠漠,整座灵隐寺宇在淡淡的晨雾之中,显得美轮美奂。北宋时,就有人品第江南诸寺,将气象恢宏的灵隐寺列为禅院五山之首。灵隐寺这座雄伟寺宇就深隐在西湖群峰密林的浓绿之中,可谓深得"隐"字的意趣。赵孟頫的这副诗意楹联,出句为动,对句为静,采用了动静结合的写作手法,意境雄浑幽深;在艺术形式上,采用了正对的手法,将诗歌的诗意化和绘画的写意化融入楹联的创作中,十分难得。

赵孟頫一生为许多名寺名楼题写过楹联,一以贯之的诗情画意。元朝初年,扬州有个姓赵的富商,平日里喜欢结交好友,款待客人。他家有明月楼,常借请客之名,邀人写楹联,所题者众,但竟无一联合他心意。有一天,赵孟頫路过扬州,赵氏得知后,恭请他来明月楼,用丰盛的佳肴宴请他，席上所用器皿均为银制。酒过半巡，拿出文房四宝，请求赵孟頫题写明月楼联。赵孟頫挥毫写道：

春风阆苑三千客
明月扬州第一楼

赵氏拿到楹联后，欣喜万分，连连称谢，命人将酒具全部撤下，赠予赵孟頫。赵氏为何如此青睐这副楹联？我想，主要是楹联用了"阆苑""三千客"两个典故，提高了主人的身价。"阆苑"也称阆风苑、阆风之苑，传说中在昆仑山之巅，是西王母居住的圣地。诗词中常用此泛指神仙居住的地方，比如东晋葛洪《神仙传》有"昆仑圃阆风苑，有玉楼十二，玄室九层，右瑶池，左翠水，环以弱水九重。洪涛万丈，非飙车羽轮不可到，王母所居也"之说。"三千客"，典出《史记》四公子本传。战国齐孟尝君、魏信陵君、赵平原君、楚春申君四公子皆喜养士，门下号称有食客三千人，后遂以"三千客"形容门客众多。这样一来，赵氏成了堂堂君子，明月楼成了群英荟萃的高雅之地，享扬州第一楼美誉。

整个楹联遣词华丽，想象丰富，用典精当，加以七言成联，适合书法和悬挂。凭此楹联，再加上赵孟頫的名气，必可为明月楼增光添彩，赵氏岂能不乐哉乐哉。

只可惜，这座明月楼在后来的战乱中被毁掉了，但这副楹联连同这一段佳话流传了下来。后来，清道光年间，在扬州城又建了一座"二分明月楼"（现位于广陵路263号），园从西面出入，有短巷通大街，北面建南向七楹长楼，重檐硬山顶，可凭栏赏月。小楼中楹的廊柱上仍挂着赵孟頫那副"春风阆苑三千客，明月扬州第一楼"的楹联，这也算是扬州一景了。

罗贯中与《三国演义》联

罗贯中（约1330—约1400），名本，字贯中，号湖海散人，元末明初小说家，四大古典名著之一《三国志通俗演义》（简称《三国演义》）的作者。这部长篇小说对后世文学创作影响深远。其他主要作品有小说《隋唐两朝志传》《残唐五代史演义》《三遂平妖传》《粉妆楼》等，杂剧《赵太祖龙虎风云会》《忠正孝子连环谏》《三平章死哭蜚虎子》等。

罗贯中是一位传奇人物。他从7岁开始在私塾学四书五经，14岁时母亲病故，辍学随父亲去苏州、杭州一带做生意。到了杭州之后，那里有许多说书艺人在说书，还有一些杂剧作家，他喜欢这里的氛围，耳濡目染，为日后创作奠定了基础。后来，罗贯中做过农民起义军领袖张士诚的幕僚，漂泊10年才又回到杭州。开始《三国演义》的创作时，已年过五旬；到洪武三年，已完成了12卷。他断断续续创作这部文学巨著，并完成了《三遂平妖传》《残唐五代史演义》《隋唐两朝志传》等多部著作。罗贯中在完成包括《三国演义》在内的这些作品时，已到耳顺之年。他为出版这些作品，在洪武十三年左右从杭州来到福建，当时福建建阳是出版业的中心。遗憾的是，直到70岁逝世，罗贯中的目的也未能达到,还是后世发现了他作品的价值,才使其出版。

罗贯中被称为中国章回小说的鼻祖。《三国演义》的问世标志着中国古代小说从"话本"阶段向"长篇章回体"阶段过渡的完成,揭开了中国小说发展史崭新的一页。不过,很少有人知道,罗贯中也是位了不起的楹联大家。他的诗、词、曲的功底很深,也为他在楹联的创作上提供了动力。其实,中国古典小说历经了六朝志怪、唐人传奇、宋元话本、明清小说阶段,而在宋元话本阶段就出现了楹联,明清章回小说也是在楹联的渗入中崛起的。据统计,仅《三国演义》中的楹联就有300多副,现摘选几副以飨读者。

赤面秉赤心,骑赤兔追风,驰驱时无忘赤帝
青灯观青史,仗青龙偃月,隐微处不愧青天

这副对联名为《玉泉山关帝庙联》,出自《三国演义》第七十七回"玉泉山关公显圣,洛阳城曹操感神"。书中描写关羽败走麦城身亡之后被封为神,并在玉泉山显圣护民。当地乡人感恩其德,就于山顶上建了关帝庙,四时致祭,后人便在庙前题写了这副楹联。

上联连用了赤面、赤心、赤兔、赤帝四个"赤"字,写出了关羽的赤胆忠心和骁勇善战。他红色的面容代表了赤诚忠心,他骑着赤兔追风马,纵横驰骋疆场,从没忘记是汉帝的武将。

下联则连用了青灯、青史、青龙、青天四个"青"字,写出了关羽的儒雅和高尚的品格。他在青色的油灯下苦读青史,拿着那把青龙偃月刀,即使在隐秘的细微处,也没做过对不起苍天的事情。

这不禁让人想起关羽虽身在曹营,却在得知刘备消息后,立即挂印封金,护着甘、糜二位夫人上路。关羽千里走单骑,过五关斩六将,径往河北去投奔刘皇叔,一路礼敬二位皇嫂,每晚都要挑灯读书等一系列感人情景。

此联的对仗在工稳中见奇巧,并对关羽的外貌、坐骑、兵器、爱好,以及品德等方面作了全面的概括与评价。联语应用了颜色重字技巧,"四赤"对"四青",妙趣横生,以此称颂关羽的忠肝义胆,读后令人回味无穷。

《三国演义》第三十六回"玄德用计袭樊城,元直走马荐诸葛"中,写了刘备拜徐庶为军师后,曹仁领大军进攻新野,徐庶辅佐刘备使得曹军三战皆败,只得退回许昌。曹操用程昱计迫使徐庶不得不离开刘备时,徐庶临行前向刘备举荐诸葛亮。当刘备问道"此人比先生才德何如"时,徐庶用一副楹联作了评价:

驽马并麒麟
寒鸦配鸾凤

上联"驽马并麒麟"是两种没有可比性,且反差很大的动物。"驽马"是指累垮了的、劣性的或无用的马,其语出《周礼·夏官·马质》:"马量三物,一曰戎马,二曰田马,三曰驽马。""麒麟"是一种上古神兽,其语出《说文》段注:"单呼麟者,大牡鹿也;呼麒麟者,仁兽也。麒麟可单呼麟。"

下联"寒鸦配鸾凤"也是两种无法相比的飞禽。"寒鸦"是鸦科的一种鸟类,形似乌鸦,小如鸽,腹下白,喜群飞,鸣声"呀呀",又名雅乌。"鸾凤"是鸾鸟和凤凰的合称,传说是汉族的神鸟,常喻贤良、俊美的人,如汉代文学家贾谊的《吊屈原文》:"鸾凤伏窜兮,鸱鸮翱翔。"

徐庶以此联应答刘备,大意是说:我与他相比,那等于是驽马与麒麟比,寒鸦与鸾凤比,相差何止十万八千里呀!全联有两组对仗:"驽马"与"寒鸦"是形名偏正词组,"麒麟"与"鸾凤"是并列词组,对仗工稳,也很贴切。

《三国演义》第四十四回"孔明用智激周瑜,孙权决计破曹操",是罗贯中写得很精彩的一段故事。曹操大兵压境时,周瑜本意主战,却故意做出主降的样子,鲁肃信以为真,以吴国江山的安危与他争论。诸葛亮应约当晚来访,在一旁早就看穿了周瑜的鬼心思,便也故意说主降,并有意说曹操之所以派军攻打东吴,一个重要的目的就是要得到江东两位大美人大乔和小乔。曹操本来就是好色之徒,而二乔又如此国色天香,怎么能不令他动心呢?诸葛亮接着便将二乔用联语描述了一番:

沉鱼落雁之容
闭月羞花之貌

这副楹联用"沉鱼""落雁""闭月""羞花"来形容二乔的容

貌，简直太美了：鱼见了沉入水底，雁见了降落沙洲；月见了躲进云层，花见了含羞低头。这区区12个字就蕴含着后世盛传的古代四大美女的故事。

"沉鱼"，一个来自浣纱女子的传说。春秋时期，越国有一女子，姓施名夷光，一般称其西施，别名西子，是诸暨乡村的美丽浣纱女。每当她在河边浣纱时，那清澈的河水，映照出她俊俏的身影，尤为美丽动人，而游过来的鱼儿看见她的倒影都忘了游水，渐渐地沉到了河底。从此，西施这个"沉鱼"的代称就流传开来。

"落雁"，一个来自马背琵琶的传说。西汉时，有一位绝代无双的女子王昭君，名嫱。有人称她"飘飘秀色夺仙春，只恐丹青画不真"，也有人称她"蛾眉绝世不可寻，能使花羞在上林"。汉元帝年间，她以良家女子选入后宫，但沉寂多年，无缘得到皇上的宠幸。恰逢匈奴单于呼韩邪来朝，元帝传旨赐给匈奴单于五位宫女。昭君心积悲怨，便请求应选。临行前，元帝召见五位宫女时，方见王昭君"丰容靓饰，光明汉宫"。元帝后悔不迭，想留下来又怕失信，只好放行。昭君出塞时，满脸惆怅，为纾解思乡之情，便在马背上弹起了琵琶。曲哀人艳，连南飞的大雁都为之倾倒，放弃飞行，落在昭君身边。"落雁"典故便由此而来。

其实，最原始的"沉鱼"和"落雁"应该是指"毛嫱"和"丽姬"，而并不是"西施"和"王昭君"。《庄子·齐物论》提到："毛嫱、丽姬，人之所美也；鱼见之深入，鸟见之高飞，麋鹿见之决骤，四者孰知天下之正色哉？"毛嫱是春秋时期越国绝色美女，与西施时代相当，相传为越王勾践的爱姬。最初人们对毛嫱画像的称道远远超过西施。她应该是"沉鱼"的原始形象，美的化身。至于丽姬，现已失考。

"闭月"，一个让月亮躲入云端的传说。东汉末年，年方15岁的娇美女子貂蝉入选宫中。在《三国演义》中，貂蝉因遭十常侍之乱出宫，被汉献帝的臣子王允收为义女。一天，貂蝉在王府后花园拜月时，轻风吹过，一块浮云将那皎洁的明月遮住。王允正好瞧见，便逢人就说：我女儿和月亮比美，月亮自愧不如，赶紧躲在了云彩后面。因此，貂蝉也就被人们称为"闭月"。

"羞花"，一个让花容失色的传说。唐朝开元年间，一美貌女人名为杨玉环，选入皇宫后，思乡意切。有一天，她进后花园赏花时，一想自己锁闭在宫内虚度青春，不胜叹息，对着盛开的花说："花呀，你年年岁岁都有盛开之时，我一弱女子，何时才有出头之日啊？"她望着花声泪俱下，伸出纤手想摸一摸花，谁想那花瓣立即合起来，绿叶也卷了起来。一宫娥看到这一情景，便到处说：杨玉环和花比美，花儿都含羞低下了头。"羞花"称号由此而来。

罗贯中在《三国演义》中，用了"沉鱼落雁之容，闭月羞花之貌"的联语，只是为故事情节作铺垫，以更好地塑造人物形象。在书中，诸葛亮以"沉鱼落雁""闭月羞花"来形容"二乔"的倾国倾城，宛若天仙，果然激怒了周瑜，促成了蜀吴联手抗衡曹操，大破曹军于赤壁，促成了魏蜀吴三分天下的局面。写作时，罗贯中也许没想牵扯古代四大美女，只是后人在研读中望文生义罢了。

解缙与说理联

解缙（1369-1415），明代名臣、文学家、学者、画家，字大绅、缙绅，号春雨、喜易。洪武进士，官至内阁首辅、右春坊大学士，参预机务。主持编纂《永乐大典》，有《解学士集》《天潢玉牒》等。解缙以才高、好直言为人所忌，且屡遭贬黜，终以"无人臣礼"下狱，永乐十三年冬被埋入雪堆冻死，卒年四十七。成化元年（1465）明宪宗为其平反，并赠朝议大夫，谥文毅。

谢缙是个大才子，堪称诗词名家，他的一副楹联600多年后还为世人所津津乐道。毛泽东在延安整风运动期间所写的《改造我们的学习》中，就用这副对联形象地讽刺了主观主义的学风："有一副对子，是替这种人画像的。那对子说：'墙上芦苇，头重脚轻根底浅；山间竹笋，嘴尖皮厚腹中空。'"此联自此为天下人所熟知。

说到这副楹联，还有一段有趣故事呢。谢缙儿时家境贫寒，一家人省吃俭用，供解缙上学。解缙聪慧好学，小小年纪就特别擅长作对联，远近乡邻都称他为"小神童"。有一年，告老还乡的李尚书闻知此事，根本不相信穷乡僻壤能出如此高才。于是，他在宴请来访的权臣显贵作诗时，命下人把解缙叫来应对，他有意当众奚落解缙一番。

谢缙的父母知道李府不怀好意，不想让儿子去。小谢缙却笑笑说："没关系，我倒要看看他能玩出什么鬼花样来。"解缙来到李府，只见大门紧闭，敲了半天，才出来个家丁，说老爷吩咐小孩子要从小门进入。小谢缙站在大门口，硬是不肯走小门。李尚书一脸阴云从府中走出来，大声说："小子无才嫌地狭。"小解缙随即就对："大鹏展翅恨天低。"李尚书没料到小小毛孩子竟出此言，不禁大吃一惊，说："嗬，你小子口气倒不小。好吧，走大门，我看你到底有多大的学问。"

家丁听命，连忙拉开大门。小谢缙狠狠地瞪了家丁一眼，大摇大摆地从大门走了进去。小谢缙刚刚入席坐定，一个乡绅便想借机嘲笑他的贫寒身世——母亲在家做豆腐、父亲挑上街叫卖。乡绅阴阳怪气地说："听说小才子能出口成对，今日请你以你父母做什么为题出对如何？"小解缙听了，明知是奚落自己，却不慌不忙地吟道："肩挑日月上街卖，手把乾坤日夜磨。"宴席上的人听了，无不拍案叫绝。那乡绅却如鱼骨梗喉似的，脸色难看，坐了一会儿就借故溜了出去。

有一自称诗人的相爷看到这身穿绿衣衫、双目流盼的小家伙，口气竟这么大，不觉有些好笑，便出联道："井底蛤蟆青问绿。"小解缙听了，看了一眼身穿红袍的相爷，便接着对道："盘中螃蟹白映红。"相爷本想讥笑他是个坐井观天的蛤蟆，不料自己反被奚落成一只死螃蟹，一想小家伙竟然如此不留情面，不由心里冒火。他吃了个哑巴亏，又无理由发泄，只好自认倒霉。

酒过三巡，李尚书想从气势上压服解缙，便用手往天上一指，自鸣得意地说:"天作棋盘星作子,谁人敢下?"小解缙听罢,略加思索,便用脚在地上一跺说:"地作琵琶路作弦,哪个能弹!"口气比李尚书还高。李尚书见小解缙对答如流,大为吃惊,一抬头见到壁上有一幅《月夜杜鹃图》,来不及细想,就信口出了一上联:"月下子规喉舌冷。"小解缙见他行文已乱,故意照式对个下联说:"花中蝴蝶梦魂香。"李尚书只顾后不顾前,一见小解缙句子有毛病,马上挑剔说:"试问花中蝴蝶,倘不睡去,哪来的梦魂香甜?"小解缙又眨眨眼睛说:"然而月下子规,也未必启口,喉舌之冷,一样无从说起!"李尚书方省悟,便问小解缙:"那么依你说又当如何?"小解缙说:"把'月下'改作'啼月','花中'改作'宿花',岂不是'舌冷''梦香'?"李尚书欲叫好,但又反问:"你既然早已知道,为何将错就错?"小解缙笑了,说:"因为尚书大人失口在先,解缙之所以将错就错,无非步大人后尘,照葫芦画瓢罢了。"李尚书面红耳赤,想发火,又奈何不得,啼笑皆非。

随后,又有人想出对子为难小解缙,但无一不败下阵来,宴席上变得鸦雀无声。小谢缙见状,得意地站了起来,举杯向众人道:"难得今日群才雅集在李府,我愿题赠一联给诸位助助雅兴。"李尚书一听,挺高兴,说:"好啊,这正合我意!"他忙叫下人拿来文房四宝。只见小解缙挥毫舞墨,写下一副楹联,然后掷笔大笑,扬长而去。众人凑过来一看,半天都说不出话来,原来这是一副借物寓讽的"说理联":

墙上芦苇,头重脚轻根底浅

山间竹笋，嘴尖皮厚腹中空

谢缙这副"说理联"继承了宋代"说理诗"的文风，巧妙地借用植物的特性和生长特点来说明道理。"芦苇"和"竹笋"都是人们常见的植物，联中的"头重脚轻"和"嘴尖皮厚"也出自老百姓日常的话语，以此来说明一个道理：如果学习不扎实，就像墙上的芦苇一样，头重脚轻很轻浮；如果没有真才实学，就像山间的竹笋一样，只会耍嘴皮子，肚子里空空的。

说理联，在楹联创作中占有一定的分量，很多好的说理联可以催人上进，给人以启示。比如，清代楹联名家郑板桥有一副说理联：

虚心竹有低头叶
傲骨梅无仰面花

这副楹联同样写了竹的空心，但是取了另外一层含义，说了另外一层道理。郑板桥这里面以竹、梅喻人，暗含了人生世事的哲理之美，进而给人以深深的回味、思考和启迪。"虚心竹有低头叶"，说的是竹子内心谦逊才向人虚心低头；"傲骨梅无仰面花"，说的是梅花高傲不屈、从不仰面拍马逢迎。此联抓住梅、竹特点，展现人的美好心灵，是典型的以物喻人，托物言志。此联语言朴实，构思巧妙；寓意深刻，对仗精工，堪称佳作。

同理，解缙在联中也以比喻、拟人、夸张等修辞手法，以"芦苇""竹笋"作比，讽刺那些没有真才实学，只会耍嘴皮子的人。此联也对得很工整："墙上""山间"是名词带方位词相对；"根底""腹中"也是名词带方位词相对；"头"对"嘴"，"脚"对"皮"，皆为名词相对；"重"对"尖"，"轻"对"厚"，皆为形容词相对；"头重"对"脚轻"，"嘴尖"对"皮厚"，皆为句中自对。自对而又上下相对，对联显得尤其工整。

解缙，其文雅劲奇古，与徐渭、杨慎一起被称为"明朝三大才子"。他的诗作也不乏说理诗，于是，他也自然将"说理"入联。一般而言，诗词要讲究"持人情性"，以"言志"为上，以"说理"为下，然而在楹联中"言志""说理"都有广阔的发挥空间，"言志联"多有佳作，"说理联"也不乏精品。

杨慎与山水云南

杨慎（1488—1559），字用修，号升庵，明代著名文学家，"明代三大才子"之首。正德六年（1511）状元及第，授翰林修撰，嘉靖时担任经筵讲官。嘉靖三年（1524），因"大礼议"受廷杖，谪戍于云南。杨慎在滇南30年，博览群书。明代记诵之博、著述之富，推杨慎为第一。其能诗、文、词及散曲，论古考证之作范围颇广。其诗沉酣六朝，揽采晚唐，创为渊博靡丽之词，造诣深厚，独立于当时风气之外。其著作达400余种，后人辑为《升庵集》81卷、《外集》100卷、《遗集》26卷，以及杂著多种。其《丹铅杂录》《续录》《余录》等尤其著称，后来其弟子梁佐又删同校异，分类合辑，统称为《丹铅总录》。

杨慎原本是四川人，后半生却是在云南度过的。他因落难来到云南永昌卫，却由此寄情于云南山水，在滇南漫长的三十多年流放生活中，留下了许多诗文墨迹，像昆明高峣、永昌、大理、蒙化都是他舞文弄墨的地方。他因长期背井离乡，所以"思乡""怀归"之诗所占比重很大。他的写景诗题材多为云南山水风光；至于楹联，也以云南山水风光居多。在明嘉靖年间，他就曾应寺僧德林的请求，留下了一副脍炙人口的楹联《题华亭寺》：

一水抱城西，烟霭有无，挂杖僧归苍茫外

群峰朝阁下，雨晴浓淡，倚栏人在画图中

华亭寺坐落在云南昆明西山华亭山山腰，相传为宋代大理国时期鄯阐侯高智开的别墅。元延祐七年（1320），玄峰法师在此处建寺，初名"大圆觉寺"，玄峰为本寺开山祖师。天顺六年（1462）明英宗钦赐寺名为"华亭山大圆觉寺"；明世宗嘉靖三十一年（1552）恢复"华亭寺"寺名。华亭寺南枕太华，北带碧鸡，东临滇池，红墙碧瓦，掩映在一片茂林修竹之中。如此美景当应有美联与之对应才是。

上联中"一水抱城西"的"一水"指滇池。一个"抱"字，就将整联写活了。华亭山上云雾缭绕，时隐时现，挂杖的老僧人归来，融进了苍茫之中。

下联中"群峰朝阁下"写的是山峰宏伟。若站在寺前极目远望，四周群山层峦尽在目下，一览众山小。"雨晴"指的是雨天和晴天，"浓淡"指的是随着气候的变化而变化的景致。

这是一副状景联，构成了一幅写意画。"一水"对"群峰"，"挂杖僧"对"倚栏人"，联中有山有水，有静有动，读起来很有诗意。近人宋禾章将此联语加以解读，并引申成两首绝句，其一："一水潆西又抱城，有无烟霭涧边生。白云深处苍茫外，时见僧归挂杖横。"其二："流丹阁下朝群峰，一雨一晴异淡浓。应是米家胸里有，倚栏人在画图中。"我们可以从这两首绝句中加深对这副楹联的理解，也可以从中看出杨慎是个心胸坦荡的人,无半点某些文人落魄时怨天尤人的苦闷和抱怨。杨慎行在云南,乐在云南,写在云南。时至今日,现代人在云南旅游,仍可时而看到他情系云南山水的遗迹和墨宝。说来,也挺有意思,杨慎《题华亭寺》这副状景联,还出现在云南另外两个旅游景点,而且都只作了略微的改动。我们可以比对一下这三副楹联的异同。

其一,悬挂于昆明西山的《题华亭寺》联:

一水抱城西,烟霭有无,挂杖僧归苍茫外
群峰朝阁下,雨晴浓淡,倚栏人在画图中

其二,悬挂于通海秀山的《题秀山》联:

一水抱城边,烟霭有无,挂杖僧归苍茫外
群峰朝阁下,雨晴浓淡,倚栏人在画图中

其三,悬挂于巍山县灵应山的《题圆觉寺》联:

一水抱孤城,烟渺有无,挂杖僧归苍莽外
群峰朝叠阁,雨晴浓淡,倚栏人在画图中

品读这三副状景联,可以发现除个别字词的改动外,内容基本相同。开头一节,《题华亭寺》联为"一水抱城西",《题秀山》联为

"一水抱城边",《题圆觉寺》联为"一水抱孤城",这应为视景物所处的位置不同而改变的。华亭寺坐落在云南昆明西山,东临滇池,故为城西;秀山坐落于云南通海县城南隅,登高而望,杞麓湖水碧波荡漾,故为城边;圆觉寺坐落在巍山县城东南的灵应山,依山傍水,由云南流经越南的红河之源头阳瓜江,从巍山坝子中九曲回环怀抱巍山古城,后缓缓从北向南流去,故为孤城。

这三副状景联的其他文字也出现了少许不同。学者们对用词是否准确,是否为杨慎的原作,也有不同的看法。以《题华亭寺》联为例,有学者就刊文认为,此联有三字值得推敲,第一字是"霭",形容云气、烟雾,多指山中产生;而西山下的五百里滇池应用"渺"字。因为"渺"字有烟波辽阔无际的意思。第二字是"挂杖"的"挂",此字讲不通,是不是编《昆明风物志》的校对误将"拄"写成"挂"字,这就不得而知了。第三字是苍茫的"茫",这里应是仄声,而状元公却用了平声。这恐怕不可能,因为杨慎是十分讲究音韵的。(参见2013年5月29日《大理日报》)

有学者认为《题华亭寺》联,是后人在杨慎《题圆觉寺》联基础上做了改动后,以杨慎之名推出的。圆觉寺修建至今已有五百多年的历史,杨慎也曾寓居于此。他十分喜爱这里的幽雅环境,加之文友朱光霁(正德九年举人,与杨曾同朝为官)、土知府(系少数民族地区由部族首领世袭之土司文职长官)左祯经常和他饮酒、抚琴、谈诗论画,可谓诗文酬唱。一天雨后初晴,几人的心情特好,便相约写匾联。朱光霁写下:"高阁高悬,低阁低悬,僧在画中看画;远峰远列,近峰近列,人来山上观山。"杨慎挥毫写下"一水抱孤城，烟渺有无，挂杖僧归苍莽外；群峰朝叠阁，雨晴浓淡，倚栏人在画图中"的楹联。当时朱光霁又谦请杨慎代书他创作的那副对联，杨慎欣然写就。这两副联及"宇宙大雄"匾一同由土知府命人刻挂，因杨慎联挂在殿内京柱上，所以至今原联仍在。故可推定《题圆觉寺》联是他最初的题联，而《题华亭寺》联则是20世纪20年代的事情了。

据已故昆明市政协委员朱家修先生撰文回忆，云南书法家汪时生先生曾告诉他，早在1927年，新任云南省政府主席龙云要在华亭寺做道场，追悼阵亡将士，曾命华丰茶楼老板李华堂修葺彩画华亭寺，由龙云题匾"海不扬波"。后引来许多僚属、雅士送匾送联。李华堂也想送上一副楹联，就求请在昆明开油画坊的巍山人王开周帮忙。王开周认为杨慎《题圆觉寺》联与华亭寺的意境相似，便在其基础上改动几个字："孤城"改"城西"，"烟渺"改"烟霭"，"挂杖"改"挂杖"，"苍莽"改"苍茫"，"叠阁"改"阁下"；而后又按杨慎的笔意摹写出来。

对比这三副楹联，情景和意境都极为相似，但仔细研读，就可发现，《题圆觉寺》联更贴切一些。其联的"渺"字比那两联的"霭"字多了辽阔、幽远的意味；"莽"字组成的"苍莽"，对下联要更贴切；"叠阁"比那两联中，"阁下"对"城西"更有韵味。

至于《题秀山》联是如何由来的，就不得而知了。不过，通海秀山，山环水抱，青烟袅袅，古刹参错，积翠凝香，确是杨慎经常落脚之地。杨慎常与友人漫游于此，吟咏于山色湖光之间，并写出这样的诗句："海螯江蟹四时供，水蓼山花月月红。自是人生不行乐，莼鲈何必羡江东。"此诗足见诗人对通海秀山的深情,已达到乐不思蜀的境地,秀山也借诗人的佳句名传四海。

顾宪成与东林书院

顾宪成（1550—1612），字叔时，号泾阳，明代著名思想家，东林党领袖。万历八年（1580）中进士后历任京官，授户部主事，因上疏触怒当权者，被贬谪为桂阳州判官，后提为处州推官。万历二十一年（1593）任吏部文选司郎中，掌管官吏班秩迁升、改调等事务，推荐选任内阁大学士事宜，触怒神宗，被削去官籍，革职回家。顾宪成回乡后，发起东林大会，在讲学之余，往往讽议朝政，逐渐形成"东林党"。万历四十年（1612），顾宪成于家中去世。天启初年（1621），明熹宗追封顾宪成为太常卿；后来东林党争爆发，被魏忠贤阉党削去封号。崇祯初年（1628），顾宪成获得平反，赠吏部右侍郎，谥号端文。其著作有《小心斋札记》《泾皋藏稿》《顾端文公遗书》等。

与顾宪成的名字连在一起的，除东林书院的名字外，还有那副在中国几乎家喻户晓的楹联：

风声雨声读书声声声入耳
家事国事天下事事事关心

我相信，学校里，很多老师都引述过这副名联。记得读小学时，我的语文老师就不止一次在课堂上用这两句话激励同学。这副楹联以对读书致用的期望，以及对国家兴亡的关切而广为传诵。可以说，在中国楹联史上，这是一副影响力颇大的楹联。

这副楹联是顾宪成为无锡东林书院所题。很多人正是从这副楹联中了解了东林书院的历史：书院创建于北宋政和元年（1111），为理学家程颢、程颐嫡传高弟、知名学者杨时长期讲学之地。"东林书院"的名字与杨时游庐山时所写的《东林道上闲步》这首诗有关。后来，东林书院被废弃。明朝万历三十二年（1604），东林学者顾宪成等人修复重兴东林书院，并在此聚众讲学。他们倡导"读书、讲学、爱国"的精神，引起全国学者普遍响应，一时声名大震。

上联"风声雨声读书声声声入耳"，写的是书院的学风。"风声"和"雨声"既描写了自然界中的风风雨雨，也暗示了社会生活中的风风雨雨；又将读书声和风雨声融为一体，既有诗意，又有深意。顾宪成所处的年代，正值明末社会矛盾日趋激化之时。到了明神宗统治后期，宦官弄权，边患频仍，三饷加派，人民负担沉重，政治日益腐败。以江南士大夫为核心的东林学派，既有鲜明的学术思想，又有积极的政治主张。他们要求廉正奉公、振兴吏治、开放言路、革除朝野积弊、反对权贵贪赃枉法、呼吁朝廷要惠商恤民等。这些针砭时政的主张遭到宦官集团的强烈反对和忌嫉。反对派将东林书院讲学及与之有关系的朝野人士统称为"东林党"。东林书院在这"山雨欲来风满楼"之际，仍坚持读书与治学并重的理念。这种办学理念和学风，并没有随着朝代的更替而夭折，以至传承到今天，仍有积极的教育意义。

下联"家事国事天下事事事关心"，写的是书院对学人的政治期冀。它蕴含了顾宪成对读书致用的期望，以及对国家兴亡的关切，因而被后世广为传诵。联中"家事""国事""天下事"层层递进，体现了顾宪成及东林学派心忧天下、关心国事的理念与追求。当时，由于明朝统治阶级内部腐败加剧，一部分有正义感的在朝官吏、在野士绅及知识分子等纷纷指责朝政腐败，并要求改革。但封建统治者的顽固本性不会允许这样的改革，于是，像顾宪成、高攀龙等一批敢于直谏的官吏纷纷被贬回乡。但东林党人并未消极隐居，他们以东林书院为依托，仍"志在世道"；以"国家兴亡，匹夫有责"为己任，表现了读书人所具有的强烈的责任感和使命感。顾宪成偕同志同道合的学人把读书、讲学和关心国事紧密地联结在了一起。

这是一副经典楹联，读之，让人不得不叹服其大气与魄力。此联一扫先前读书人的"两耳不闻窗外事，一心只读圣贤书"的传统，将读书热情与爱国情怀联系起来。天地间有风声、雨声，教室内有读书声，读书人虽然要潜心做学问，但对窗外风云变幻也不能充耳不闻。"风声雨声读书声声声入耳，家事国事天下事事事关心"是他们读书讲学而不忘国家安危的真实写照。以顾宪成、高攀龙为首，以东林书院为主体的东林学派，就在读书、讲学和救国的呼声中诞生了。如今这副楹联就悬挂在东林书院内，是往来游客必欲观瞻的标志性景观之一。自楹联问世以来，千万学子都将这副楹联作为座右铭来勉励自己，这就是文学的力量。

这副楹联的思想性和艺术性都很强，几百年来，不但激励和教育了许多年轻学子，也赢得许多楹联作者的偏爱。这副联语朴素无华，平中见奇：整联将"声"和"事"有规律地五次重复相对，弥补了"读书"对"天下"的不工整；以"入耳"对"关心"，则工巧异常。此联属于一字反复，上下联节奏点均平仄相对，无懈可击，别具匠心。后世也多有此类楹联。譬如，在南京燕子矶旁的永济寺就有一副楹联：

松声竹声钟磬声声声自在
山色水色烟霞色色色皆空

这副楹联将"声"和"色"有规律地五次重复相对，以"松声"对"山色"，并连用三个"声"，三个"色"，声为动，色为静，虽无法与东林联相比，但读起来也很有韵味。

又如在浙江天台山中方广寺也有过一副长联：

风声水声虫声鸟声梵呗声总合三百六十天击钟声无声不寂
月色山色草色树色云霞色更兼四万八千丈峰峦色有色皆空

这副楹联也采用了与东林联相同的艺术手法。其中不同的是，"声"与"色"各重复相对了七次，"风声"对"月色"，"无声不寂"对"有色皆空"。至于是否是后人仿写，那就是考古学者的事情了。不过，有一点需要指出，东林联所达到的思想境界和艺术境界，是上述两副楹联无法超越的。

洪应明的宠辱不惊

洪应明（生卒年不详），字自诚，号还初道人，明代思想家、学者，著有《仙佛奇踪》四卷。《四库总目提要》称此书多记佛老二家故事。他早年热衷于仕途功名，晚年则归隐山林，洗心礼佛。万历三十年（1602）前后曾经居住在南京秦淮河一带，潜心著述，有《菜根谭》传世，与袁黄、冯梦桢等人有交往。

洪应明所生活的年代——大明王朝已进入后期，这是中国历史最后一个由汉族建立的大一统的封建政权。晚明时，朝廷中的党争和天灾外患导致国力衰退，明廷的统治力下降，腐败现象逐渐成为一种常态。与此同时，这一时期新兴的市民阶层扩大，商业繁荣，科技进步，思想活跃，言论趋向自由，社会价值观开始转向开放、奢侈和淫逸。一方面，世俗社会、平民社会已经取代贵族社会；另一方面，以锦衣卫、东厂、西厂与内行厂为标志的恐怖极权成为朝政主流。这一点从稍前于《菜根谭》问世的《金瓶梅》中已可见一斑。所以，一些有见地的知识分子，在仕途之路受挫之后，纷纷退隐江湖。他们既不愿意与当权者同流合污，也不愿意违心迎合世俗的社会风气。于是，表现隐者高逸超脱情怀的作品大量出现。洪应明就是这些知识分子的代表。《菜根谭》是洪应明编著的一部论述人生修养、处世和出世的语录集，为旷古稀世的珍言宝训。这本书反映了明代知识分子儒、道、佛三教合一的思想，或者说，这本书乃是秉承道家文化为底本，糅合了儒家中庸之道、道教无为思想和释家出世思想，结合自身体验，形成的一套出世入世的法则。这对于人的正心修身，养性育德，有不可思议的潜移默化的力量。

宠辱不惊，看庭前花开花落
去留无意，望天上云卷云舒

这副楹联就出自《菜根谭》，明人陈继儒在《幽窗小记》中曾提及此联为洪应明的自题联。这副楹联以其意境深邃、从容淡定而深受世人喜爱，成为影响后世的修身名联。初读这副名联，我深为其中那种大气、洒脱的气质所感染；字里行间流露出的那种神清气闲、优哉游哉，非饱经风霜、宦海沉浮之士难将世事看得如此真切。此联上联写地，下联写天，天地合一，人在其间，"宠辱不惊"，"去留无意"，将世事写得如此透彻，其中淡定自如之气，庸才俗者实不能及。

上联的"宠辱不惊"，意指不去计较宠或辱，不去在意得与失。这四字源于《老子》："得之若惊，失之若惊，是谓宠辱若惊。"此联却是反其意而用之。洪应明将人生的宠辱得失，喻作庭前栽种的花儿并不会因你的喜爱而绽开，也不会为你的忽视而凋落，一切全凭自然天性。做人也要像花儿那样，不要因得宠于别人而扬扬得意，也不要因受辱于别人而惶惶不安。

"宠辱不惊"这种理念在古人士大夫中间早有体现,并不陌生。大家一定很熟悉宋代大作家范仲淹的《岳阳楼记》吧?文中有这样一句话:"登斯楼也,则有心旷神怡,宠辱偕忘,把酒临风,其喜洋洋者矣。"文中的"宠辱偕忘"和联中的"宠辱不惊"表达的都是一种受宠或受辱都毫不在意的、超绝尘世的态度。

这副下联表明洪应明对明朝官场的升迁规则已经从心灰意冷到冷眼漠视了。以他的出众才华,居然不曾谋得一官半职,除了他对仕途的淡漠,也有官场黑暗作祟的缘故。"去留无意",意指不要太注重权位的去与留,不要太在乎官职的升与降。洪应明也曾追求过功名利禄,但最终发现,人生在世,仕途之利也不过是过眼云烟,其实并没有那么重要,关键要活得有价值。这就犹如天边飘浮的白云,并不在意人间的功名利禄,只是随着风的方向或卷或舒,或飘或散,如此而已。

洪应明的这副楹联属于晓理联,以深入浅出的语言说明他对人生的感悟。我们从中也可看到洪应明的心性开阔、豁达空灵,这也是人生的高深修养和极大智慧。客观来讲,人生在世,很多时候,仕途进退、宠辱得失,并非能为自己所控制。若做到宠辱不惊、去留无意,需要有淡泊名利的智者情怀和怡然自得的人生智慧。唐代大诗人刘禹锡在34岁时被贬朗州,虽然沮丧,但他随遇而安,苦中作乐,有恬淡情怀;柳宗元的命运和他差不多,同样是贬谪十年。后来二人在长安重逢,柳宗元憔悴不堪,刘禹锡却元气充沛。同样才华横溢,但心态的不同,便有如此差距。难怪后世许多仕途不如意者,将此联高悬厅堂,以警示自己,启示他人。洪应明若九泉有知也可无憾了。

  《菜根谭》作为洪应明的一本语录体作品,蕴含了丰富的中华传统文化智慧,书中有很多这般闪光的语言。试举几言:"处世让一步为高,退步即进步的根本;待人宽一分是福,利人实利己的根基";"放得功名富贵之心下,便可脱凡;放得道德仁义之心下,才可入圣";"风来疏竹,风过而竹不留声;雁渡寒潭,雁去而潭不留影。故君子事来而心始现,事去而心随空。"这些语录都体现了楹联中所体现的理念。正所谓"咬得菜根,百事可做",《菜根谭》在修身、处事等方面提出的准则,影响了一代又一代人。

李渔的引典入联

李渔（1611-1680），字谪凡，号笠翁，明末清初文学家、戏剧家、戏剧理论家、美学家。他自幼聪颖，素有才子之誉，世称"李十郎"，曾提出了较为完善的戏剧理论体系，被后世誉为"中国戏剧理论始祖""世界喜剧大师""东方莎士比亚"。他一生著述甚丰，著有《笠翁十种曲》《无声戏》《十二楼》《闲情偶寄》《笠翁一家言》等；他批阅《三国志》，改定《金瓶梅》，倡编《芥子园画谱》等。他是著名的撰联高手，其所著《笠翁对韵》在诗联界影响极大。《笠翁文集》中有各种对联100多副，日本静嘉堂文库汉籍分类目录中便有《笠翁对联》一书。除《笠翁对韵》，尚有联书《芥子园杂联》。总之，他是中国文化史上不可多得的一位艺术天才。

说到李渔，就一定要提到他的楹联。古往今来，楹联的题写一直是文人雅士闲暇之余的悠闲之笔，鲜有当作专业或事业来做的。唐宋以来，有很多文豪宗师，像唐代的李白、杜甫、白居易，宋代的苏轼、欧阳修、王安石，他们的很多诗词，讲究韵律、对仗、平仄，很多佳句集下两句就是副好楹联。到了明清时，像顾宪成、解缙、郑板桥、徐渭等都是题联名家，一生创作出许多优秀的楹联，但他们既没像重视诗文那样重视楹联创作,也没能很好地收集保存自己或他人的楹联作品,以致大量精品散佚失传了。

唯李渔将楹联艺术发扬光大。李渔通晓楹联之妙趣,一生能诗善对,擅长引典入联,为后世留下了200余副楹联作品。李渔还独具慧眼,将长期题写的楹联编集成册,列入自己的《笠翁一家言》中,从而奠定了他在楹联发展史上的地位。以下谨以收录在《笠翁文集卷四·联》中的几副引典楹联为例。

仙家自昔好楼居,吾料乘黄鹤者去而必返
诗客生前多羽化,焉知赋白云者非即其人

以上为李渔题写的《黄鹤楼》楹联,从通联看,与唐代诗人崔颢的《黄鹤楼》有异曲同工之妙。且看崔颢原诗:"昔人已乘黄鹤去,此地空余黄鹤楼。黄鹤一去不复返,白云千载空悠悠。晴川历历汉阳树,芳草萋萋鹦鹉洲。日暮乡关何处是?烟波江上使人愁。"

略加对照便可知道,此副楹联的内涵和意境均来自崔颢的诗,都出现了"黄鹤""白云"这两个关键词,但在主题上反其意而题之。楹联以崔颢名篇《黄鹤楼》为源,将崔颢题咏黄鹤楼一事做实,把神话传说与眼前景观融为一体,相提并论,最后推陈出新。他将崔颢在《黄鹤楼》诗中抒发思乡情怀的主旨改变为黄鹤楼的巍峨壮美风光诱使乘黄鹤者即仙人不能不"去而必返"的主题,楹联通过设问,从侧面烘托了题联者对黄鹤楼流连忘返的情感,也为崔颢《黄鹤楼》的绝唱锦上添花。

上联"仙家自昔好楼居，吾料乘黄鹤者去而必返"所说的"仙家"，是指仙人费祎，历史上也确有其人，为三国时蜀汉名臣，与诸葛亮、蒋琬、董允并称为"蜀汉四相"。费祎深得诸葛亮器重，屡次出使东吴。诸葛亮死后，费祎初为军师，再为尚书令，再迁大将军，执行休养生息的政策，为蜀汉的发展尽心竭力，家无余财。自唐始，有人在黄鹤楼旁建有费祎洞、费公祠，称费祎在黄鹤山修仙得道，乘鹤而去。唐人李宗孟在其《费公祠》曰："空遗费仙迹，江山余万愁。"李渔在联中用费祎乘鹤升仙之典，引发了"去而必返"的联想。

下联"诗客生前多羽化，焉知赋白云者非即其人"所说的"诗客"，即诗人，白居易在《朝归书寄元八》诗中曾提及"禅僧与诗客，次第来相看"。"羽化"源自古代阴阳学，古人认为道士修炼到极致，进而跳出生死轮回、生老病死，称之为"羽化成仙"。苏轼的《前赤壁赋》中便有"飘飘乎如遗世独立，羽化而登仙"之说。"白云"出自崔颢《黄鹤楼》诗句"黄鹤一去不复返，白云千载空悠悠"。"焉知赋白云者非即其人"含有"江山代有才人出"之意，用于此，颇耐品味。

李渔所题《黄鹤楼》联，先后出现了五处用典，联句虽短，但容量很大，在众多黄鹤楼题联当中，可谓上乘精品。李渔写黄鹤楼，却无一字写其景色，而是直抒胸臆，读后令人飘飘欲仙。有人说："作联以写景为易，以写情为难；以写世俗为易，以写仙道为难；以写物为易，以写心为难。"李渔在此联中敢于知难而上，以典开路，以仙寄情，可谓绝妙。

李渔对黄鹤楼一带的风光情有独钟，一生中寄情于此，其中的晴川阁，北临汉水，东濒长江，与武昌蛇山黄鹤楼隔江相望，江南江北，楼阁对峙，互为衬托，蔚为壮观。晴川阁有"三楚胜境"和"楚天第一名楼"之称。李渔先后在晴川阁题写多副楹联，且每一副都有不同的构思和特色。

终日凭栏俯翠涛，不变古今灏瀚者，惟留此水
当年对岸飞黄鹤，好看神仙出没者，莫若斯楼

这是李渔所题的《晴川阁联》，收在《笠翁一家言》文集中。上联写了凭栏远眺所见的翠涛、江水，斗转星移，意在表达古今一切都在变，不变的只有浩瀚的江河水。下联写了对岸的黄鹤楼，当年黄鹤飞走，看仙人出没，都不如身在这座楼。这副楹联也如同《黄鹤楼》联一样，无一字写晴川阁的雄伟壮观，而是通过撰联者的视觉，写了楼外的风景和自己的感慨。联中也写了"黄鹤"与"神仙"的典故，抒发了一种"古今多少事，都付笑谈中"的喟叹。

作者特意为此联作了个小序，对读者全面理解和评价楹联很有帮助，并具有史料价值。小序写道："壬子之夏，予登黄鹤楼，即题一联、三律，为枭宪高钦如先生梓而悬之榱栋间，不肯代为藏拙矣。未几，为郡伯纪子湘先生、邑侯唐松先生次第相招，饮于晴川阁上，谓此楼与黄鹤楼对峙千古，子何独钟情黄鹤，而蔑视晴川，不一阐扬其胜乎？予曰：'成之久矣。非承下问，不敢胜出诸袖中。'斯其时也，遂出二诗、一联以献，二公复与灾梨，亦犹江东故事。予求稍变其式：彼为卷轴，此作碑文，但勿以石而以木。石性持久，非名文大篇不足垂，

谫劣如予言，不如速朽之为愈也。"

小序的大意是说，壬子年的夏天，我登黄鹤楼，即兴题了一副楹联，三首律诗，被按察使高大人派人镌刻楹联并悬挂楼内，不肯代为收藏拙作。不久，知府纪大人和县令唐大人相继在晴川阁宴请我，说："此楼和黄鹤楼同为名楼，先生为何只钟情黄鹤楼，而瞧不起晴川阁，难道不应当一样发扬光大吗？"我说："成文很久了，只是没有大人发话，我不敢拿出来献丑。"于是，随即写出诗二首、联一副献给两位大人。两位大人有意镌刻楹联于此。我请求稍微变一下方式，将其作为卷轴，可作为碑文，但不要用石刻，而用木制。石刻年头久远，不是名文大作，不足以留存。像我这样的拙作，不如早点被人遗忘。

李渔楹联小序的过谦之词，丝毫也没有影响他作品的流传。他题的《晴川阁》楹联不但没有被人遗忘，反而愈发展示出它的艺术魅力。后人评："黄鹤、晴川二联，业为臬宪高公梓悬杰阁，与绝胜江山同不朽矣。可见人患无才，不患知己之不遇也。"

此后，李渔还题了多副楹联，从不同的角度对晴川阁进行了描绘，每一副都有其新意。有一副是这样写的：

高阁逼诸天，到此嘘气成云，送征人对岸骑鹤
大江流日夜，让我抽刀断水，似帝子当途斩蛇

晴川阁始建于明代嘉靖年间，其名取自唐代诗人崔颢诗句"晴川历历汉阳树"。曾多次被毁，现晴川阁系按清光绪年间式样于1985年重

建。此阁麻石台基,红墙朱柱,重檐歇山顶,黑筒瓦屋面,四角向外伸出,深出檐,高起翘。正面牌楼悬挂"晴川阁"金字巨匾。这副楹联以"高阁逼诸天"先声夺人,题得很有气势,上联写了"高阁"巍峨高耸,直插天际,并引入黄鹤楼仙人骑鹤远行的典故。下联写了"大江"奔腾汹涌,抽刀断水,联想到当年汉高祖刘邦斩蛇的情景。

李渔另一副题晴川阁的楹联也是典故迭起,写得很有味道,读来也很有味道:

与天为徒,疑上凤凰台,笑之曰咄
遗世独立,不愁鹦鹉舌,恨之奚言

上联写晴川阁的超凡脱俗,以至幻想登上了百鸟朝凤的凤凰台,笑得怪怪的。联中的"与天为徒"出自庄子的"与天为徒者,知天子之与己,皆天之所子,而独以己言蕲乎而人善之,蕲乎而人不善之邪?"这里是说晴川阁高耸,唯一可与之比肩的是"天","徒"意指同类。"凤凰台"位于今南京城内西南隅凤游寺一带。据《江南通志》载:"凤凰台在江宁府城内之西南隅,犹有陂陀,尚可登览。宋元嘉十六年,有三鸟翔集山间,文彩五色,状如孔雀,音声谐和,众鸟群附,时人谓之凤凰。起台于山,谓之凤凰山,里曰凤凰里。"

下联写晴川阁的举世无双,无论多么新巧的语言,都无法表达它的壮美。联中的"遗世独立",源出苏轼的《赤壁赋》:"飘飘乎如遗世独立,羽化而登仙。""遗世"意为出落凡尘、并世无双;"独立"状其幽处娴雅之性，更见得超俗而出众。"鹦鹉舌"意喻语言新巧。元稹《寄赠薛涛》诗中有："言语巧偷鹦鹉舌，文章分得凤凰毛。"

　　李渔是楹联大家，其楹联创作不仅在当朝备受推崇，而且也为后世楹联艺术发展奠定了坚实的基础。他题写的楹联有一显著特点：联语多从典籍中化出，或者直接引用典故，从而使联句具有丰富内涵，耐看、耐读、耐品味。

郑板桥的归隐联语

郑板桥（1693—1766），原名郑燮，字克柔，号理庵，又号板桥，人称板桥先生，清代著名书画家、作家。康熙年间秀才，雍正十年（1732）举人，乾隆元年（1736年）进士。其曾任山东范县、潍县县令，政绩显著，后客居扬州，以卖画为生，为"扬州八怪"重要代表人物，著有《郑板桥全集》《板桥先生印册》等。

郑板桥出身于书香门第，多才多艺，又贵为进士，但直到50岁，才熬个县官当，前后任两地知县，一共做了12年。由于他"不识时务"，在连年灾荒后"开仓赈贷""捐廉代输"，不但引起恶豪劣绅的不满，还惹恼了上边的贪官，结果被罢了官。他只能归隐民间，靠卖画维持生计。

据《楹联丛话》载："板桥解组归田日，有李啸村者，赠之以联。板桥方宴客，曰：'啸村韵士，必有佳语。'先观其出联云：'三绝诗书画。'板桥曰：'此难对。昔契丹使者以"三才天地人"属语，东坡对以"四诗风雅颂"，称为绝对。吾辈且共思之。'限对就而后食，久之不属，启视之，则"一官归去来"也。感叹其工妙。

这个小故事提及的一副楹联："三绝诗书画，一官归去来。"涉及两个历史典故。

　　上联"三绝诗书画"原指唐代著名诗人、书画家郑虔。郑虔的诗、书、画俱佳，还精通天文、地理、军事、医药和音律。朱景玄在《唐朝名画录》中称他"画山多用墨色，树枝老硬"。封演的《封氏闻见记》说："郑虔亦工山水，名亚于（王）维。"郑虔当年曾将诗、书、画合成一卷献于唐玄宗，因而受到赏识。这个风流的唐明皇署尾亲题："郑虔三绝。"玄宗爱郑虔之才，便在天宝九载（750）开设一所供官家子弟读书的"广文馆"，特命郑虔为广文馆博士（即教师）。虽时人视为冷官，只是正六品，但因系首任，故常被人们津津乐道。郑板桥的才学和仕途与郑虔极为相似，他工诗、词，善书、画。诗词不屑作熟语；画擅花卉木石，尤长兰竹，竹叶之妙以焦墨挥毫，秀劲绝伦；书亦有别致，隶、楷参半，自称"六分半书"；写诗作联也一如其书画，佳作中多见奇趣。世人称其为"诗书画三绝"。郑板桥为官不大，只是七品芝麻官，在官位上也与郑虔有一拼。显而易见，这副楹联的出句是意指郑板桥。

　　下联"一官归去来"，原指东晋大诗人、辞赋家陶渊明。陶渊明又名陶潜，曾任江州祭酒、建威参军、镇军参军、彭泽县令等职，最末一次出仕为彭泽县令，仅做了80多天县官，便弃职而去，从此归隐田园，并作《归去来辞》以明志。他是中国第一位田园诗人，被称为"古今隐逸诗人之宗"。郑板桥在乾隆十八年（1753），61岁时，为民请赈忤大吏而去官，临别之时，百姓遮道挽留，家家画像以祀，并自发于潍城海岛寺为郑板桥建立了生祠。郑板桥去官后，往来于扬州、兴化之间，与同道书画往来，诗酒唱和，也算是潇洒。这副楹联的对句又以郑板桥比陶潜，可谓精准。

以上这两个典故，皆为暗喻并暗誉，活脱脱地刻画了一个真实的郑板桥。这类用典风格的对联构思巧妙；语言风趣，或庄重，或诙谐，或隐喻，且意味深长；写作手法也多种多样。这副楹联从赞美才华横溢，到赞叹归隐山林，不着郑板桥一字，却尽显才子雅士风流。

郑板桥归隐后，其文学艺术生涯迎来了满园春色。郑板桥很享受自己的苦乐人生。在经历了仕途坎坷，饱尝了酸甜苦辣，看透了世态炎凉之后，他将这种人生感悟糅进作品中。郑板桥的题画诗摆脱了传统的以诗就画或以画就诗的窠臼，每画必题以诗，有题必佳，达到"画状画之像""诗发难画之意"的境界。这一时期，他的楹联创作也与诗书画一样，有了长足的提高。正如他在《兰竹石图》中所言："要有掀天揭地之文，震电惊雷之字，呵神骂鬼之谈，无古无今之画，固不在寻常蹊径中也。"且看他题于书屋、画室的几副归隐联语：

富于笔墨穷于命

老在须眉壮在心

这是郑板桥自题的书斋联。出句写了一富一穷，可谓其真实写照。郑板桥以"三绝诗书画"闻名于世，自然是"富于笔墨"。但不是他过谦，做官仅做到了七品，实在是官运不佳，这个穷不过是他的一种调侃，"塞翁失马，焉知非福"？对句写了一老一壮，可谓志向的自白。

岁月的沧桑只是染白了胡须和眉毛,但心依然年轻。这让人想起杜甫的诗句:"白头虽老赤心存。"郑板桥虽说官场失意,但文场得意。六十有余,归隐乡间,安贫乐道,虽"烈士暮年,壮心不已",但老当益壮,仍存奋进之志。

> 百尺高梧,撑得起一轮月色
> 数椽矮屋,锁不住五夜书声

这是郑板桥的自题联。出句写了窗外月色,实则是种象征的写法。梧桐树自古便有高洁美好品格之意。如《诗经·大雅·卷阿》中的"凤凰鸣矣,于彼高岗。梧桐生矣,于彼朝阳",便用凤凰和鸣、梧桐朝阳来象征品格的高洁美好。南宋诗人张镃也有"月洗高梧,露溥幽草"的佳句。郑板桥在联中巧妙地用了一个"撑"字,写出了高高的梧桐树在夜色中昂然挺立,不为世风而左右,也是诗人自身的写照。对句写了窗内书声,用的是写实的手法,写出了郑板桥身居陋室彻夜读书的场景。"数椽矮屋"与"百尺高梧"为反对,且对仗工整,词语别致。"五夜"即为五更,古代民间把夜晚分成五个时段,用鼓打更报时,所以叫作五史、五鼓或五夜。虽说书屋低矮简陋,但郑板桥犹如窗外的高梧一样高雅,彻夜勤奋读书。联中一个"锁"字,将作者的情怀释放出来,好一幅"月夜读书"图。

> 室雅何须大

花香不在多

这是郑板桥另外一副自题书屋联。这副楹联是他为别峰书屋所题写的木刻联。书屋位于镇江焦山别峰庵中,门头上有"郑板桥读书处"横额,门楹上就是郑氏的这副楹联。上联"室雅何须大",取意于刘禹锡《陋室铭》中的"山不在高,有仙则灵;水不在深,有龙则灵"。在读书人眼里,书屋是高雅之堂,不在于其大小,而在于读书人的层次。下联"花香不在多",也是取意于《陋室铭》"斯是陋室,惟吾德馨"一句,此语源于《周书·旅獒》的"黍稷非馨,明德惟馨"。读书人以德为馨,千载依然,历来如此。这副楹联言简意赅,以小见大,饱含哲理,令人回味。

删繁就简三秋树
领异标新二月花

这是郑板桥的自题画室联。此联对仗工整,直奔主题,"三秋树"对"二月花",寥寥14字,就将绘画的内在规律表现出来。此联的文意通俗易懂,近于白话文,是说画三秋树宜简洁,画二月花宜奇异,看似一副讲授如何画画的评论联,但也蕴含着为诗为文之道。

郑板桥为扬州八怪之一,诗联书画皆能。他的楹联创作在我国楹联史上的影响很大,读郑板桥的楹联,除得到艺术享受外,还能从中获取丰富的艺术熏陶、妙趣横生的哲理和深入浅出的为人之道。

曹雪芹与《红楼梦》联语

曹雪芹（约1715—约1763），名霑，字梦阮，号雪芹、芹圃、芹溪，清代小说家，出生于江宁（今南京），出身清代内务府正白旗包衣世家。他是江宁织造曹寅之孙，曹頫之子。曹雪芹早年在江宁经历了一段锦衣纨绔、富贵风流的生活。雍正初年，受官场政治斗争的牵连，曹家被抄家。这时，曹雪芹随家人迁回北京老宅，后又移居北京西郊，从此远离官场、无视权贵，生活一贫如洗。曹雪芹素性放达，爱好广泛，对金石、诗书、绘画、园林、中医、织补、工艺、饮食等均有所研究。他以坚韧不拔的毅力，专心致志地从事小说《红楼梦》的写作和修订，披阅十载，增删五次，写出了这部把中国古典小说创作推向巅峰的文学巨著。《红楼梦》以其丰富的内容、曲折的情节、深刻的思想认识、精湛的艺术手法成为中国古典小说中伟大的现实主义作品。乾隆二十七年（1762），因幼子夭亡，曹雪芹过度忧伤和悲痛而卧床不起，直到这一年的除夕，因贫病无医而逝世。在他生前，《红楼梦》没能完稿。今传《红楼梦》共120回，其中前80回为曹雪芹所写，后40回为高鹗所续。

曹雪芹的《红楼梦》堪称中国古代长篇小说的高峰，在世界文学史上占有重要地位。曹雪芹为中华民族、为世界人民留下了宝贵的文化遗产和精神财富。《红楼梦》规模宏大、结构严谨、情节复杂、描写生动，塑造了以林黛玉、贾宝玉为代表的众多具有典型性格的艺术形象。"生于繁华，终于沦落。"曹雪芹的家世从鲜花着锦之盛，一下子沦落于凋零衰败之境，使他深切地体验到人世间的世态炎凉，体味到了幻灭感伤的滋味。于是，他将悲剧体验、诗化情感、探索精神、创新意识都熔铸到他的心血之作《红楼梦》中。这种体验和情感在《红楼梦》书中的楹联里，也得到了充分的展示。

假作真时真亦假
无为有处有还无

这是《红楼梦》中非常经典的一副楹联。此联在书中先后出现了两次，分别在第一回"甄士隐梦幻识通灵，贾雨村风尘怀闺秀"和第五回"游幻境指迷十二钗，饮仙醪曲演红楼梦"中，地点是在警幻仙子的"太虚幻境"。

第一回，甄士隐在梦中随一僧一道来到"太虚幻境"，在此处一个大牌坊上见到了这副对联。第五回，贾宝玉神游"太虚幻境"时又复现此联。《红楼梦》中有许多玄而又玄的人生现象，初读会让人百思不得其解，于是，曹雪芹就有意在第五回中为读者指点迷津，以看清"太虚幻境"真容，进而读懂这部"千古奇书"。书中的石牌坊两边的那副对联所隐藏的玄机便是踏入《红楼梦》真意的大门。

"太虚幻境"是假托的仙境，曹雪芹在这里安排一副楹联是有深意的。"假作真时真亦假,无为有处有还无"的大致意思是说:当你把真实的东西当作虚幻的东西来看的时候,那虚假的东西甚至比真实的东西显得更真实;把不存在的东西说成是存在的东西时,那捏造的事实甚至比存在的事实更显得真实。此联揭示了"真"与"假"、"有"与"无"的辩证关系,可以说是整部《红楼梦》的精髓。他提示读者,读《红楼梦》要搞懂什么是"真",是"有";什么是"假",是"无",不要迷于假象而失去真意。甄士隐一生享尽荣华,最后家道变故,遁入空门,这是甄士隐的最终归宿。曹雪芹在第一回和第五回,借贾宝玉与甄士隐见到同一副对联这一情节,点出甄(真)的遭遇和归宿是贾(假)的一个缩影。

这副楹联看似简略,揭示的道理却相当深刻。这也是曹雪芹感悟出的人生的真实写照。他既珍爱生活又有梦幻之感,既入世又出世,这是他在探索人生中的一对矛盾。曹雪芹不是厌世主义者,也并不是真的认为人间万事皆空,从而看破红尘,劝诫人们从所谓的尘梦中醒来;否则,他就不会在《红楼梦》的开卷诗中抒发"满纸荒唐言,一把辛酸泪,都云作者痴,谁解其中味"的感叹了。

这副楹联可谓总括了《红楼梦》创作手法上的某些规律,恰如联中所言,把假当真,而真的便成了假的了;把没有的视为有的,有的也就成了没有的了。这就阐释了"假""真"、"有""无"的哲理,似乎是在提醒读者,切忌牵强附会。其实生活中,真真假假,虚虚实实,看似平常的生活琐事也蕴含了深刻的哲理,生活也许本来就是这样吧!

在曹雪芹眼里,爱情就是宿命的悲剧,爱情预示的就是眼泪、哭泣和薄命。这些思想都通过一副楹联表达出来——在第五回，宝玉随仙姑来到"太虚幻境"，在宫门口看到"孽海情天"四个大字和一副楹联：

厚地高天，堪叹古今情不尽
痴男怨女，可怜风月债难偿

这副楹联的大意是说：情意比地厚也比天高，可叹从古及今情爱绵绵没有尽头；痴情的男子，哀怨的女子，令人可怜的是情爱之债难以偿还。上联"厚地高天"演化自《诗经·小雅·正月》的"谓天盖高，不敢不局；谓地盖厚，不敢不蹐"。曹雪芹借楹联语"情不尽"，抒发了自身对爱情浓重的悲哀，表述了有宿命论色彩的结论，包含了对爱情的体验和感受。下联"痴男怨女"是指爱恋极深，但感情上得不到满足的男女。"风月"原指自然景色，后常代替男女情爱。曹雪芹在联中用"债难偿"道破了大观园里痴男怨女的爱情纠葛，实在可怜。这上下联的一"叹"一"怜"，感慨了男女爱情的不容易，表达了对痴男怨女的同情。

《红楼梦》演绎了金陵贾府女子各自的爱情生活，也表达了曹雪芹对古今爱情体验的观点：爱情存在于天地之间，而情孽之深广是人类无法逃避的，爱情双方即便苦苦挣扎也很难获得圆满结局。这副楹联也恰恰渲染了这种浓重的悲凉气氛。曹雪芹写了贾府内外数不清也理不清的矛盾纠葛，男女间正当和不正当的关系也在其中。这副对联从虚无观念出发，借警幻仙姑表达警告人们从梦境醒来之意。仙姑引领宝玉看这副对联，是要用它来告诫宝玉。宝玉当时毕竟是孩子，看了似懂非懂，想道："原来如此。但不知何为'古今之情'，又何为'风月之债'？从今倒要领略领略。"这是一个万古常新的永恒话题，时至今日，仍有其深刻的现实意义。这副楹联在艺术形式上，对仗精确，引用《诗经》自然贴切，又以"借债还债"喻男女情事，说明男女情爱不免招致痛苦，付出代价，更是道出了"孽海情天"的真谛，从而使此联既含义深刻又生动形象。

世事洞明皆学问
人情练达即文章

这是一副题于宁国府秦可卿上房内的楹联，上联"世事洞明皆学问"的意思是把世间的事弄懂了，处处都有学问。下联"人情练达即文章"，意思是把人情世故摸透了，处处都是文章。这是两句经典语句，只有饱经沧桑的人才有深刻的体会。书中第五回，宝玉随贾母到宁国府赏梅，侄媳秦可卿先引他到上房睡中觉。一进门，宝玉便看见了《燃藜图》和这副对联。《燃藜图》画的是汉代刘向在夜里独坐诵书时，来了一位着黄衣的老人，手持青藜杖，吹杖柄出火为他照明，还教授他古书的故事。这等宣扬"学而优则仕"的画作，让宝玉见了"心中有些不快"，随后在看到对联后就嚷着"快出去"，可见他既不"世事洞明"又不"人情练达"。相反，薛宝钗就是人情练达之人，她对如何处理问题、如何待人等方面都做到了"人情干练"。

这副楹联包括世、事、人，三个重要的概念。世即世理，事乃事理，人指人情，即人与人之间的关系，其意在：一个人若能将这三点处理好，那干什么事情自然会胸有成竹、如鱼得水。此联在字面上是说，学会人情世故是一门学问，在《红楼梦》中的社会环境下，要学会懂世故，懂人情。在为人处世上，每个人都有自己的行为规范和道德标准，但要做到练达，即干练和豁达，则需要很多的内在文章。而曹雪芹推出的联语却包含明褒暗贬的嘲讽意味。这一点，书中宝玉的想法基本和曹雪芹是一致的。宝玉不爱读圣贤书，不爱写为圣贤歌功颂德的文章。曹雪芹对这副对联情节的描述中也在表达他离经叛道的想法，认为写圣贤文章、说空话大话，没实际意义。而一画一联相辅而成的情节安排，可成为劝学"仕途经济"的楷模与格言，也可嗅到俗气逼人的气味。

曹雪芹在《红楼梦》中为贾府大观园的亭、馆、榭、桥等景致倾注了大量的笔墨，景物描写可称为一绝。为了配合大观园的情节描写，书中也出现了多副楹联，由于篇幅所限，这里仅介绍其中的一副状景联《题沁芳亭》：

绕堤柳借三篙翠
隔岸花分一脉香

这副楹联出自《红楼梦》第十七回，贾宝玉随贾政等游大观园，贾政命贾宝玉对这里的景点题额撰联，以试其才。贾宝玉立于沁芳亭上，四顾一望，随即便吟出上述那副楹联。

上联中的"三篙",在这里形容水深。篙,是指用竹竿或杉木等制成的撑船工具;三,是泛指,形容沁芳池水很深,有多个船桨连起来那么深。"绕堤柳借三篙翠"是说围绕着堤岸种植的柳树,把自己的绿色借给了深深的池水,这一联的"眼"是"池水",但全句竟不见一个"水"字,用语可谓妙哉!

下联中的"一脉",在这里是指溪水的形状是狭长形的,就像山脉一样蜿蜒曲折。"隔岸花分一脉香"是写溪水之香,香气外溢,仿佛从隔岸的鲜花那里分得了绵长的芬芳之味。这一联的"眼"是"溪水",但全句也不见一个"水"字,就将"一带清流"的神韵表现出来。

全联用"绕堤"对"隔岸"来反衬池水、溪水;用"三篙"对"一脉"来反衬出"水深""溪形";用一个"借"字,道出了"映溪成碧";用一个"分"字,写出了"花落水流红";由一"堤"一"岸"可见荡漾碧波,可闻水流芬芳。从联中,可领略曹雪芹的修辞炼句已达到炉火纯青的境界,难怪脂砚斋对此有"恰极、工极、绮靡秀媚,香奁正体"之评。

梁章钜与他的楹联人生

梁章钜（1775—1849），字闳中，又字茞林，号茞邻，晚号退庵，清代颇有建树的政治家，也是一位卓有成就的学者和文学家，曾任江苏布政使、甘肃布政使、广西巡抚、江苏巡抚等职。他曾上疏主张重治鸦片囤贩之地，强调"行法必自官始"，积极配合林则徐严禁鸦片，是坚定的抗英禁烟派人物，也是第一个向朝廷提出以"收香港为首务"的督抚。他是一位政绩突出、深受百姓拥戴的官员。晚年从事诗文著作，一生共著诗文近70种。他的诗文创作记录了自己的人生历程，也折射出鸦片战争前后近代历史的风云变幻。他在楹联创作、研究方面的贡献颇丰，是中国楹联学开山之祖。

说梁章钜是楹联学开山之祖，可谓是众望所归，仅从他的楹联学专著就可见一斑。《楹联丛话全编》是梁章钜父子所作联话的合集，总共四部分：第一部分，包括《楹联丛话》十二卷、《楹联续话》四卷、《楹联三话》二卷，均为梁章钜编；《楹联四话》六卷，是梁章钜的第三子梁恭辰所编。第二部分，包括《巧对录》八卷，梁章钜编；《巧对续录》二卷，梁恭辰编。第三部分，包括梁章钜《归田琐记》第六卷中收入的《楹联剩话》，《浪迹丛谈》第七卷中收入的《巧对补录》。第四部分，包括梁章钜《浪迹丛书》并其"续谈""三谈"中的散见联话材料。

如此一个浩大的文化工程，仅凭梁氏父子绵薄之力，其付出的艰辛就可想而知了。这套《楹联丛话全编》是我国文学史上第一部联话著作，洋洋十二卷，分别为故事、应制、庙祀、廨宇、胜迹、格言、佳话、挽词、集句集字、杂缀谐语，收入联话就有600余则。全书上起宋代，下迄清中叶，涉及联家、联人数百，作品逾万，名家名作基本无遗漏，所录作品还有大量普通文人及无名氏作品。此后，他又着手编撰《楹联续话》。梁章钜本想把《楹联续话》之后收集的联话附到笔记《浪迹丛谈》里作个了结，不想，欲罢不能，他在73岁高龄时又编出了《楹联三话》，本想继续出《楹联四话》《楹联五话》，遗憾的是，两年后这位楹联大师就仙逝了。儿子梁恭辰继承父业，编撰了《楹联四话》和《巧对续录》，从而完成了《楹联丛话全编》。梁章钜父子所作的这一切完全是个体劳动，但对于继承宝贵的楹联艺术遗产，弘扬中华楹联文化，可以说是做出了流芳百世、功德无量的贡献。梁章钜七十寿辰时，挚友王淑兰所撰贺联概述了他辉煌的一生："二十举乡，三十登第，四十还朝，五十出守，六十开府，七十归田，须知此后逍遥，一代福人多暇日；简如格言，详如随笔，博如旁证，精如选学，巧如联话，富如诗集，略数平生著述，千秋大业擅名山。"

梁章钜的楹联学理论著述前无古人，其楹联创作也技高一筹，读他的状景联，能感受到赏心悦目的美。道光二十二年（1842）梁章钜重游扬州平山堂，所作《题扬州平山堂》就很有特色：

高视两三州，何论二分月色
旷观八百载，难忘六一风流

这副楹联区区22个字，却有8个数目字，如果运用不好，肯定会味同嚼蜡，但此联人们读起来韵味十足。如果要想读懂这副联，就要对平山堂有所了解。平山堂位于扬州西北郊的蜀冈中峰大明寺内。当年这里是专供士大夫、文人吟诗作赋的场所，宋人叶梦得称赞此堂壮丽，为"淮南第一"。平山堂于元代曾一度荒废，明代万历年间重新修葺。就在梁章钜题联的十年后，平山堂毁于兵火，后又于清同治九年重建。

上联"高视两三州"是说平山堂的宏伟，取于宋代大诗人王安石《平山堂》的"城北横冈走翠虬，一堂高视两三州"。平山堂始建于宋仁宗庆历八年（1048），当时任扬州太守的欧阳修因极赏这里的清幽古朴，便在此筑堂。端坐在堂上，江南诸山，历历在目，似与堂平，故而得名"平山堂"。"何论二分月色"是依据中唐诗人徐凝的《忆扬州》中"天下三分明月夜，二分无赖是扬州"运化而成。"天下三分""二分无赖"源自《论语》"三分天下有其二，以服事殷"。

下联"旷观八百载，难忘六一风流"是咏平山堂历史。平山堂建于北宋年间，延自后人梁章钜作此联已有八百余载，因建堂者欧阳修自号"六一居士"，所以梁章钜不由浮想联翩，想起了这位大作家的许多逸事。

这副楹联均为工对，而不乏生气。以"两三州"对"八百载"，以

"二分月色"对"六一风流",不但句句有典,而且妙趣横生,自有可圈可点之处。关于这副楹联,梁章钜在《浪迹丛谈》中还有一则联话,"扬州名胜以平山堂为最著。平山堂诗以王荆公'一堂高视两三州'一律为最佳。平山堂楹联以伊墨卿太守'隔江诸山'十字为最壮……谢椒石同年嘲之曰:'联句实佳,然二十二字中用数目字多至七八,非古人所讥卜算子乎?'余笑置之。"

研读梁章钜的楹联,除却内容丰富多彩、妙趣横生,其内涵还多了几分骨气。梁章钜为官三十载,身居要职,却能洁身自好、体恤民情、造福一方,在那个封建年代实属不易。

在宦海生涯中,他有位志同道合的知交好友余应松,字小霞,是嘉庆进士,曾任广西三防塘主簿、大滩司巡检、桂州通判等职。两人同有作诗、作联的情趣。有一年余应松到外地赴任,梁章钜就集苏轼句《题赠余小霞》:

劝子勿为官所腐

知君欲以诗相磨

上联"劝子勿为官所腐"源自苏轼贺友人刘发得官时的告诫诗句:"故令将仕梦发榾,劝子勿为官所腐"。下联"知君欲以诗相磨"源自苏轼唱和张近的诗句,"作诗反剑亦何谓,知君欲以诗相磨"。此联既是对好友的告诫,又是对好友的期冀。二人同朝为官,志趣相投。之前,梁章钜每完成一卷楹联话稿都会先寄送余应松过目,余应松也多次为梁章钜寄来搜集的联语。如今，余应松赴任远行，梁章钜自然要以联相送，上联真诚劝勉友人洁身自律，下联推心置腹以诗相交。这种友情真挚感人，就是放在今天，也足以令人感叹。

据载，梁章钜与林则徐曾同窗两年，嘉庆十三年（1808），梁章钜入福建巡抚张师诚幕府，又一度与林则徐共过事，两人友谊非同一般。他曾题《赠林则徐》联，表达了对好友的推崇与敬佩。

帝倚以为股肱耳目

民望之若父母神明

上联"帝倚以为股肱耳目"是颂扬林则徐对国家的重要作用。"股肱"指人的腿和胳膊，引申义为帝王身边辅佐之臣，源自《尚书·虞书》的"帝曰：臣作朕股肱耳目。予欲左右有民，汝翼"。下联"民望之若父母神明"是赞美林则徐在百姓心中的位置。"神明"原指神灵、神祇，在这里指英明、圣明。这副楹联应当为林则徐受命钦差大臣赴广东禁烟时期所题，以示对他的支持和钦佩。

林则徐以国家利益为重，甘冒政治风险，雷厉风行，严禁鸦片，并在道光二十一年（1841）三月受命赴浙江协办海防。在浙积极筹议战守，提供炮书，帮助研制新式炮车和车轮战船。梁章钜非常推崇林则徐的虎门销烟，上疏主张重治鸦片囤贩之地，强调"行法必自官始"，并积极配合林则徐，严令梧州、浔州官员捉拿烟贩。五月，道光帝以广东战败归咎前任，林则徐被革去四品卿衔，从重惩处，充军伊犁。道光二十五年（1845），林则徐被重新起用署陕甘总督，次年转任陕西巡抚。梁章钜闻讯，又题《赠林则徐复职》一联：

麟阁待劳臣，最难西域生还，万顷开荒成伟绩
凤池贻令子，喜听东山复起，一门济美极清时

上联是回顾林则徐被革职后，于西北戍边期间历尽艰辛，开垦荒原的丰功伟绩。林则徐从伊犁到新疆各地"西域遍行三万里"，实地勘察了南疆八个城，加深了对西北边防重要性的认识，进而促成了他抗英防俄的意识。"麟阁待劳臣"中的"麟阁"原为汉代未央宫中的阁名。据古代地理书籍《三辅黄图·阁》载："麒麟阁，萧何造，以藏秘书，处贤才也"。汉宣帝时曾将霍光等11位功臣像放于阁上，以表扬其功绩。此联以"麟阁"表示林则徐的卓越功勋和崇高荣誉。"最难西域生还"的一个"最"字道出了林则徐戍边侥幸生还的经历。

下联是喜闻林则徐东山再起后，期望力挽大清于危亡之际的心情。道光二十五年（1845），朝廷重新起用林则徐，九月奉召回京候补，十一月以三品顶戴署理陕甘总督。道光二十六年（1846）四月，授陕西巡抚，七月初九抵陕上任。"凤池贻令子"中的"凤池"即凤凰池，这里指朝廷。南朝·齐诗人谢朓《直中书省》诗中有"兹言翔凤池，鸣佩多清响"；唐人刘知几在《史通·史官建置》中也说："暨皇家之建国也，乃别置史馆，通籍禁门，西京则与鸾渚为邻，东都则与凤池相接。""令子"是指林则徐。"东山复起"即东山再起，出自《晋

书·谢安传》。其中讲述的谢安，是陈郡阳夏人，出身士族，年轻时宁愿隐居东山，不愿做官。有人推举他做官，他上任一个多月就不想干了。到了40多岁的时候，他才重新出来做官。因为谢安长期隐居东山，后来世人将重新出来做官称为"东山再起"。"济美"源于《左传·文公十八年》："世济其美，不陨其名"，意指在前人的基础上发扬光大。"喜听东山复起"中一个"喜"字，道出了梁章钜得知林则徐复职的心境，反映了他与林则徐的深厚情谊。

　　梁章钜在这副楹联中多处用典，恰当地评价了林则徐的历史功绩，表达了二人之间的友情。全联对仗工整，"西域生还"对"东山复起"，不但巧妙，也很贴切，字里行间，充满了忧国忧民的情感，是不可多得的赠人佳联。

林则徐的正气与骨气

林则徐（1785—1850），字元抚，又字少穆、石麟，晚号俟村老人、俟村退叟、七十二峰退叟、瓶泉居士、栎社散人等，清代著名政治家、思想家和诗人。其官至一品，曾任湖广总督、陕甘总督和云贵总督，两次受命钦差大臣。林则徐生平爱好诗词、书法，著有《云左山房文钞》《云左山房诗钞》《使滇吟草》《林文忠公政书》《荷戈纪程》等，后辑为《林则徐全集》，分奏折、文录、诗词、信札、日记、译编六卷，共10册。

林则徐是有着浩然正气的民族英雄，也是有着诗人气质的文学家。自1839年3月林则徐到达广州查禁鸦片起，至1840年10月清廷革林则徐两广总督职止，他在广州主持禁烟抗英斗争19个月。历时23天的虎门销烟，向全世界昭告了中华民族决不屈服于侵略者的决心。1842年，林则徐被遣戍新疆伊犁，在西安与家人告别时，作了题为《赴戍登程口占示家人》的七律诗："力微任重久神疲，再竭衰庸定不支。苟利国家生死以，岂因祸福避趋之。谪居正是君恩厚，养拙刚于戍卒宜。戏与山妻谈故事，试吟断送老头皮。"

这首感人肺腑的七律诗，其中一句"苟利国家生死以，岂因祸福避趋之"便成了一副绝好的楹联。诗人堂堂正正，气宇轩昂地明确昭示：纵是被贬遣戍，只要对国家有利，不论生死，也要去干，岂能因为个人祸福而避后趋前。此时此境，林则徐虽蒙受不白之冤，却依然深怀忧民之心，忠君之意，报国之情。

林则徐一生题写了许多楹联，且多为抒情联。他当年升任两广总督后，曾在总督府衙题写了一副《题中堂》联：

海纳百川，有容乃大
壁立千仞，无欲则刚

上联"海纳百川，有容乃大"，既是林则徐面对大海的抒情，也是对自己的鞭策。其寓意是说，要有像大海能容纳无数江河水一样的胸襟，以容纳和融合形成超常大气。"海纳百川"源自东晋文学家袁宏的《三国名臣序赞》："形器不存，方寸海纳。"唐代文臣李周翰有注："方寸之心，如海之纳百川也，其言包含广也。""有容乃大"则出自《尚书·君陈》："尔无忿疾于顽。无求备于一夫。必有忍，其乃有济。有容，德乃大。"林则徐以大海的胸怀自勉，也就是说，做人要豁达大度、胸怀宽阔，这也是一个人有修养的表现。人们一向都把那些有大海般胸怀的人看作可敬的人。与此同时，"海纳百川"还有"包罗万象"的意思，常常用"海纳百川"形容事物壮阔雄奇。

下联"壁立千仞，无欲则刚"，即林则徐以悬崖峭壁自喻做人的准则。陡峭绝壁之所以能直立千丈，就是因为它挺得直，立得正，没有过分的私欲，不向丑陋和邪恶倾倒。其寓意是说，做人不要贪图享乐、私欲膨胀，要修身养性，做一个大写的人。"壁立千仞"出自西晋文学家张载的铭文《剑阁铭》："是曰剑阁，壁立千仞，穷地之险，极路之峻。"北魏地理学家郦道元的《水经注·河水一》也有此说："其山惟石，壁立千仞，临之目眩。"这些都是用来形容山崖石壁的高峻陡峭。"无欲则刚"中的"欲"是指想得到某种东西或想达到某种目的的要求。"欲"是人的一种生理本能。人要生存就会有各种各样的"欲"。但是，"欲"总要有个尺度。欲多生贪心，贪欲者往往会被财欲、物欲、色欲、权欲等迷住心窍，攫求无已，终至纵欲成灾。只有克制私欲，才能寡欲清心、淡泊守志、刚锋永在、清节长存。

这副楹联抒发了林则徐的正气和骨气，体现了古今贤人"海纳百川"的广阔胸怀和"无欲则刚"的浩然正气。时至今日，这句联语仍是许多人的为人之道和追求。后人有评价道："林公此联有圣人风范，君子品德，联意正而且广，壮而且雅。故而为历代正人君子视为中堂宝，而堂堂正正之气，不逊于任何一副座右铭。"

读林则徐题写的楹联，有种立意高远、意境深邃、雄奇大气的感觉。他在写作方法上往往借助夸张、排比、层递等手法，表现为气魄宏大、语势突兀，敢于道前人所未道。这与林则徐的为人与气质有很大关系。林则徐儿时家境寒苦，其父林宾日是嘉庆侯官岁贡生，在当地做教书先生，一直非常重视对他的教育。林则徐年仅四岁时，父亲就将他带进私塾，教以晓字；到了七岁，他已经熟练文体，在当时来说是非常早的事。由于林则徐从小就熟读诗书，所以也工于诗联。有一年过元宵节，老师给学生出对子的上联"点几盏灯为乾坤作福"，只有八九岁的林则徐竟能应声对答："打一声鼓代天地行威。"

相传林则徐年少时，与学子去游鼓山。那里是闽南名胜，位于福州东郊、闽江北岸，延绵数十里，有屴崱、白云、鼓子诸峰，因山巅有巨石如鼓，故名鼓山。山上屴崱峰俗称"绝顶峰"，可观日出。其峰顶据说是福州主城区唯一可远眺大海之地，晴日立于峰巅，东望大海，一碧万顷。五虎、川石等闽江口诸岛挺立于烟波之间，若黎明登峰观日出，更是一大奇景。当时，私塾先生出了"山"和"海"二字，要学生作七言"鹤顶格"联一副。林则徐题写的楹联为：

海到无边天作岸

山登绝顶我为峰

这副楹联不仅对仗工整，而且气势不凡。上联以天做海岸，其心志则像大海一般广阔博大；下联以人为顶峰，其襟怀则像高峰一样一览天下小。此联状物抒怀，气度恢宏，襟怀博大，非少年才俊是写不出来的。

林则徐在其后的政治生涯中，之所以能蔑视列强、虎门销烟、抗击英军，与其少年时代就具备的那种大海般胸襟、山岳般志趣是分不开的。诗可言志，对联同样是个人理想、情操的写照。

1839年末，林则徐奉命到广东查禁鸦片烟。为了抵御英国侵略者，他决心修武，巩固国防。为此，他在"演武厅"上书了一副表达志向的楹联：

> 小队出郊坰，愿七萃功成，甲洗银河长不用
> 偏师成壁垒，着百蛮气慑，烟消珠海有余清

上联表达了林则徐操练精兵，并期待永远消灭战争的愿望。"小队出郊坰"语出杜甫《严中丞枉驾见过》："元戎小队出郊坰，问柳寻花到野亭。""野"指遥远的郊野。《尔雅·释地》有云："邑外谓之郊，郊外谓之牧，牧外谓之野，野外谓之林，林外谓之坰。""七萃"原指周王的禁卫军，后泛指精干的队伍。由此联可见，林则徐自任两广总督始，就预见与英军必有一战，下决心强军备战、巩固国防，期待安得猛士，挽下银河，把甲胄、兵器全部清洗，永不再用！此联形象而生动地表现了他对和平的渴望，希望永远消灭战争，让百姓安居乐业。

下联表达了林则徐矢志让偏师筑成铜墙铁壁，震慑内患，还珠海一片朗朗晴空。"偏师"是指主力军以外的部分军队，《左传·宣公十二年》有言，"韩献子谓桓子曰：'彘子以偏师陷，子罪大矣。'""百蛮"是古代南方少数民族的总称，后也泛称其他少数民族，在这里指英军。《诗·大雅·韩奕》曾有"以先祖受命，因时百蛮"之说。《毛传》解释说："因时百蛮，长是蛮服之百国也。""余清"意为余留的清凉之气。南北朝诗人谢瞻在其《答灵运诗》中提到："夕霁风气凉，闲房有余清。"此联承接上联之意，决意全面治理好两广，严厉地打击外国鸦片贩子，消除内忧外患。

销烟行动，大快人心，虎门海滩每天都有上万人观看，这是我国近代史上反帝斗争中的光辉一页，也是中国人民反侵略斗争史上的伟大胜利。这一壮举，维护了中华民族的尊严和利益，长了中国人的志气。只叹林则徐壮志未酬，反被昏庸朝廷加害，但虎门销烟，是人类历史上旷古未有的壮举，林则徐已成为历史巨人，他的浩然正气和骨气，激励了一代又一代中华儿女，并永载于史册。

曾国藩的自箴格言联

曾国藩（1811—1872），初名子城，字伯涵，号涤生，谥文正。清代著名战略家、理学家、政治家、书法家、文学家，晚清古文"湘乡派"创立人。官至两江总督、直隶总督、武英殿大学士，封一等毅勇侯，与胡林翼并称"曾胡"，与李鸿章、左宗棠、张之洞并称"晚清四大名臣"。著有《求阙斋文集》《诗集》《读书录》《求阙斋日记》《奏议》《曾文正公家书》《家训》《经史百家杂钞》《十八家诗钞》等，不下百数十卷，名曰《曾文正公全集》，传于世；另著有《为学之道》《五箴》以及楹联著述《曾文正公楹联》《曾文正公联语选录》等。

曾国藩是湖南人，儿时家境优越，道光十八年中进士，入翰林院。入仕后，与大学士倭仁、徽宁道何桂珍等成为密友，以"实学"砥砺。曾国藩一生奉行"为政以耐烦"为第一要义，主张"凡事要勤俭廉劳，不可为官自傲"。他修身律己，以德求官，礼治为先，以忠谋政，在官场上获得了极大成功。不过，曾国藩在楹联领域所获得的开拓性成就，却一直为他在历史上的巨大影响所掩盖。人们印象中，曾国藩只是清末洋务派和湘军重臣的代名词。对此，近代洋务思想家、中国职业外交家的先驱，也是曾国藩湖南老乡的郭嵩焘在《郭嵩焘日记》中评价称："涤公最善为楹联，气魄之雄，吐属之雅，人无能及者。"

曾国藩的楹联题材广泛，门类繁多，述事联、状景联、抒情联、晓理联、格言联、评论联等，几乎无不涉猎，对后世的影响很大。他一生中也写了不少自箴格言联，此类联多为广征博引、内涵深刻，多以注重劝勉实用、身体力行，不泛泛空谈。

取人为善，与人为善
乐以终身，忧以终身

这副楹联选自曾国藩的《求阙斋日记·问学》。上联语出自《孟子·公孙丑上》："取诸人以为善，是与人为善者也。故君子莫大乎与人为善。"大意是说，人有善，则取以益我，即取人之长补己之短；我有善，则与以益人，即诲其为善，助其为善，善与人同。一取一与，相互促进，则善端无穷，善源不竭。曾国藩师承历代先圣贤哲，将"善"看得重如泰山。在曾国藩看来，"夫为善易，积善难。士之于善也，微焉而不厌，久焉而不倦。幽隐无人知而不闷，招世之疾逢时之患而不变。是故根诸心，诚诸言行，与时勉勉，不责其功夫，然后亲友信之，国人安之，而鬼神格之也。善积未至，其畴能与于斯乎？"（参见《曾文正公家书》）。曾国藩的这一思想，传承了儒家"善有善报，恶有恶报"的理念。东晋著名医药学家、道教理论家葛洪在《抱朴子内篇·微旨》中曾说："……欲求长生者，必欲积善立功，慈心于物，恕己及人……"魏晋时期"建安七子"之一的徐干在《中论》中也说:"行善者获福,为恶者得祸。"

下联"乐以终身,忧以终身",语出曾国藩的《圣哲画像记》,意为终身有乐处,反映了儒家以天下之忧乐为忧乐的忧乐观。此联借鉴了《孟子·梁惠王下》的句子:"乐以天下,忧以天下",即以天下人的快乐为自己的快乐,以天下人的忧愁为自己的忧愁。孟子在《孟子·离娄下》中又说:"君子有终身之忧,无一朝之患也。"即人格高尚的人,有一辈子的忧虑,没有一时的担心。下联即由此演化而来。

这副楹联是曾国藩用以鞭策自己的人生格言,沿袭了范仲淹的"先天下之忧而忧,后天下之乐而乐"的人生志向。从修身养性的角度讲,是规劝世人要正确对待人生的忧乐,提倡学习别人的优点,更好地与人交往、行善。记住自己的乐处,不要得意过了头。此联对仗极为工稳,一字不移,读来韵律锵然,让人萌生平和修身、身心愉悦之感。

战战兢兢,即生时不忘地狱
坦坦荡荡,虽逆境亦畅天怀

在曾国藩的宦海生涯中,他既要忠君卫道,又要体恤百姓,这是很矛盾的事情,因而,在仕途时他是诚惶诚恐、如履薄冰的。根深蒂固的封建礼教思想已经深深植根于他的灵魂,他既要"战战兢兢",又要"坦坦荡荡",上述楹联就是他为人处世思想的真实写照。

上联体现了曾国藩在官场上的小心谨慎、如履薄冰。"战战兢兢"是指自古以来就伴君如伴虎，况且他所处的大清王朝已非"康乾盛世"，而是摇摇欲坠、腐败衰落之时，稍有不慎就有跌入万丈深渊的危险。对此，曾国藩洞若观火，曾说："国贫不足患，惟民心涣散，则为患甚大。"但是，曾国藩又想"挽狂澜于既倒，扶大厦之将倾"，就只有告诫自己，应处处小心谨慎，人生得志时，不忘忧患。

下联体现了曾国藩在仕途上的堂堂正正，"出淤泥而不染"的人生信条。"坦坦荡荡"是指危难之时，国家更需要德才兼备之人，倡廉正之风，行礼治之仁政。联中的"天怀"意指天性的心怀，出自南朝梁萧统选编的《昭明文选·袁宏〈三国名臣序赞〉》中的语句："岂非天怀发中，而名教束物者乎？"李周翰注："岂非自出天性之怀，发于心中。"曾国藩在多事之秋的晚清，依然胸怀天下，反对暴政、扰民，提倡体恤民情、洁己奉公，并以大丈夫情怀自励。

曾国藩的自箴格言联大开大合、气势磅礴，得到许多联话名家的推崇。近代古文家、诗人吴恭亨在《对联话》中评论说："曾文正挽人联语特沉雄，虽小小题目，咸具龙跳虎掷之观。"曾国藩题的楹联，看似平淡无奇、易懂、不晦涩，但内涵很深刻，并多蕴含辩证法思维。

养活一团春意思
撑起两根穷骨头

这是曾国藩以家训形式题的一副很有特色的自箴联。谈及此联，他在《挺经》卷五"坚忍"里作过诠释："稍论时事，余谓当竖起骨头，竭力撑持。三更不眠，因作一联云：'养活一团春意思，撑起两根穷骨头'，用自警也。"既然是"自警"，就一定是其用心之作，也自有深刻的寓意。

上联"养活一团春意思"，就很值得回味。春天是万物复苏、生机勃勃的季节，联中用一个"团"字，便将柔和、包容的春意表现出来了。花团锦簇的春天是美好的，有着生机盎然的气息，这种美好与人们对生活的追求是统一的。联语中将"春意思"与做人处事要"柔"、要"内圣"的至道，形象地联系到一起。正因为，春天是柔和的、包容的，所以做人处事要讲和谐、讲包容。其自警的意义在于：不管是顺境还是逆境，人的信念都要像春天一样朝气蓬勃，保持旺盛的生机。只有将这团"春意思"养活了，人们才能有一种春天的活力，才能有一种积极向上的热情，才能有一种愉悦的快感，去创造并享受春天的美好。这是曾国藩性格中"柔"的一面。

下联"撑起两根穷骨头"，指的是做人要有骨气。因为，做人不能只是一味地"柔"或一味地"内圣"，还要"刚"，要能"外王"。人不管身处何种境况，脊梁骨必须要撑得起，要站直了，别趴下。对此，他在《挺经》卷十四"外王"中也有诠释："至于令人敬畏，全在自立自强，不在装模作样。临难有不屈挠之节，临财有不沾染之廉，此威信也。"他是这样说的，也是这样做的。他的选将标准就是德才兼备，智勇双全。他提出，"带勇之人，该求我党血性男子，有忠义之气而兼娴韬钤之秘者，与之共谋"。他还说"带勇之人，第一要才堪治民，第二要不怕死，第三要不急名利，第四要耐受辛苦。大抵有忠义血性，则四者相从以俱至，无忠义血性，则貌似四者，终不可恃"。其意思是说，人做事，不能一味委曲求全，要有血性，无论多么艰难，都要在苦斗中挺直身板。此联将曾国藩为人处世的准则说得明明白白。

读这副联，可以充分了解曾国藩的处世哲学和为官之道：刚柔、方圆兼济，内圣、外王兼备。这是曾国藩从血与火、生与死的考验中得来的。人云，"兵无常势，文无定法"，"遇方则方，遇圆则圆，方圆兼济，必有方圆人生"。也正是他这种性格使他游刃于仕途与天地之间，以盖世之功而能在众说诋毁中安然无恙。

曾国藩的自箴格言联，体现了他根深蒂固的儒家思想和忠君思想。读他的楹联作品，可以一睹他的为人、为文之道，感受他的人生理念和哲学思想。曾国藩一生都在向"立功、立德、立言"的方向努力。

左宗棠的"半亩情怀"

左宗棠（1812—1885），字季高，一字朴存，号湘上农人。晚清重臣、军事家、政治家，著名湘军将领、洋务派首领。左宗棠生性聪慧颖悟，少负大志。5岁便随父到省城长沙读书；14岁考童子试中第一名；15岁应长沙府试考取第二名；18岁入长沙城南书院读书；次年又入长沙湘水校经堂，七次考试名列第一；20岁在长沙乡试补录中第，但此后六年三次赴京会试，均不及第。科场失意后，他更加潜心经世之学。他留意农事，遍读群书，钻研舆地、兵法，后来竟因此成为清朝后期著名大臣，官至两江总督兼通商事务大臣、东阁大学士、军机大臣，封二等恪靖侯。他一生经历了湘军镇压太平天国运动等起义、开展洋务运动和收复新疆等重要历史事件。光绪十一年，左宗棠在福州病故，谥文襄，有《左文襄公全集》行世。

光绪元年，左宗棠奉命督办新疆军务，指挥多路军讨伐入侵新疆的阿古柏，收复除伊犁地区外的新疆全部领土，随即上疏建议新疆改设行省，以收长治久安之效。收复新疆是晚清历史上最扬眉吐气的一件大事，是晚清夕照图中最光彩的一笔。左宗棠也由此进入了中国历史。有道是"英雄不问出处"，但对左宗棠来说，他能在国难当头之时，置个人荣辱于不顾，力排众议，身先士卒，这与他从小养成的爱国情怀是分不开的。左宗棠在14岁考得童子试中的第一名，就写下联语以自励：

身无半文，心忧天下
手释万卷，神交古人

对一个少年书生来说，左宗棠不光有"读书破万卷"的恒心，还有"天下兴亡，匹夫有责"的情怀。对一个"身无半文"的穷孩子来说，在困境中仍"心忧天下"；对一个"手释万卷"的书生来说，书中的古人便是他的知己和朋友。这副楹联虽出自孩童之手，但气势恢宏、神采飞扬，表现了一个志向高远的读书人可贵的自信和品格。

尔后，左宗棠虽经历了六年科场失意，但并未影响他的志向。他不仅攻读儒家经典，而且研习了经世致用之学，对那些涉及中国历史、地理、军事、经济、水利等内容的名著视为至宝，这对他后来带兵打仗、施政理财起了很大的作用。

左宗棠在23岁结婚时，曾将少年时写的那副楹联略作修改，题挂于新房：

身无半亩，心忧天下
读破万卷，神交古人

此上联将先前的"身无半文"改为"身无半亩"，下联将先前的

"手释万卷"改为"读破万卷"。这一改,也将他的情怀和气魄展示得更宽广、更博大了。这是他气壮山河的宣言,也是对自己的激励,并成为他一生的写照。许多年后,左宗棠在福州寓所为儿女写家训时,也用了这副联语。虽然左宗棠不能沿着科举"正途"进入朝堂,实现他的志向,但左宗棠的志向和才干还是得到了当时许多名流显宦的赏识和推崇。时至今日,这副楹联依然是诸多志存高远、立志有为的青年才俊激励自己奋发读书、心忧天下的警语。

左宗棠一生博览群书,满腹经纶,写了许多有关读书的楹联。他曾有一联说自己:

未能一日寡过
恨不十年读书

至于为何读书,读书的意义何在,左宗棠也有楹联明示:

五风十雨岁则熟
左图右史身其康

读破万卷诗逾美
朝作千篇日未晡

吟诗妙得忘荃意

读史频闻拍案声

像这样的读书联，左宗棠一生还题了很多，在此就不一一赘述。他作为位高权重的晚清名臣，堪称功勋卓著、文武兼备、德高望重的一代奇才，且一生清廉——平日"刚明耐苦，布衣蔬食"，以至身居高位，竟"内无余帛，外无赢财"。他这种甘为布衣的"半亩田"情怀，令人敬佩。

文章西汉两司马
经济南阳一卧龙

这是一副咏史联，其上联"文章西汉两司马"，是指写文章要像西汉两位杰出的文学家司马相如和司马迁。司马相如是西汉著名辞赋家，中国文学史上的杰出人物，其代表作品为《子虚赋》。他的骈赋诗文富丽豪华、结构宏大，后人称他为赋圣和"辞宗"。鲁迅在《汉文学史纲要》中评述："武帝时文人，赋莫若司马相如，文莫若司马迁。"司马迁，著有中国第一部纪传体通史《史记》。该书为"二十五史"之首，以史实录，通古今之变，成一家之言，开史记体律之例，记载了中华长达3000多年的历史。鲁迅誉之为"史家之绝唱，无韵之离骚"；后世尊称他为史迁、太史公、中国历史之父。左宗棠是在以楹联言志，要以汉代司马相如、司马迁为榜样，写出有模有样的文章来。

下联"经济南阳一卧龙"，是指治国要像三国时期蜀汉丞相诸葛亮。诸葛亮是古代杰出的政治家、军事家。他一生"鞠躬尽瘁、死而后已",是中国传统文化中忠臣与智者的代表人物。左宗棠从小便十分崇拜诸葛亮的经天济世之才,常以诸葛自况。他年轻时立志扶社稷,拯苍生,要像孔明那样运筹帷幄、担当天下重责,文武韬略兼而有之,做到鞠躬尽瘁,死而后已。

左宗棠一生都在用他的"半亩情怀"践行"心忧天下"的理想和抱负。其爱国情怀影响深远,为后人所铭记和学习。

俞樾与他的状景联

俞樾(1821-1907),字荫甫,号曲园。晚清著名文学家、经学家、书法家。道光进士,官翰林院编修、河南学政。能诗词,重视小说、戏曲,强调其教化作用;所作笔记,涉及甚广,包含有中国学术史、文学史的珍贵资料。撰有《群经平议》《诸子平议》《古书疑义举例》等,辑为《春在堂全书》,共500余卷。

后世人对俞樾的了解并不多,但若提起他的曾孙、现代著名红学家俞平伯,以及他的学生、国学大师章太炎,知道的人就一定很多了。其实,俞樾在晚清的知名度很高,尤其是他在楹联学方面的贡献,使他成为仅次于梁章钜的开拓者之一。只是随着时光的流逝,其名字已被世人淡忘而已。俞樾的楹联著述颇丰,有《春在堂楹联录存》《春秋人地名对》《改良楹联维新》《精选楹联新编》《曲园楹联录》《校官碑集字联》《绎山碑集字联》《曹全碑集字联》《樊敏碑集字联》《纪泰山铭集字联》《鲁峻碑集字联》《金刚经集字联》等。俞樾的楹联作品现存量很多,有1300余副;类别也很广,有风景名胜、人生格言、题赠挽寿、集碑帖字等,堪称清代楹联大师,也可称得上我国楹联文化集大成者。

俞樾创作的状景联有着古朴优雅的文风，颇有文人风范。有一次，俞樾偕夫人游览杭州的灵隐寺。他们走到冷泉亭边，见有明代大书画家董其昌撰题的一副楹联："泉自几时冷起？峰从何处飞来？"俞夫人见这副对联出语机俊，就要求丈夫俞樾作一答联。俞樾很高兴，随口答道：

泉自有时冷起
峰从无处飞来

随即俞夫人也作了一副对联："泉自冷时冷起，峰从飞处飞来。"而后，俞樾和小女儿谈起此事，要求其作一副答联。小女儿沉思良久，笑着对道："泉自禹时冷起；峰从项处飞来。"俞樾吃惊地问女儿："你这个'项'字指的是什么呀？"女儿笑着回答："当年，项羽若不将此山拔起，这峰如何能够飞来？"俞樾一家给董其昌的楹联配答对，一时传为楹联佳话。

俞樾的状景联对景物的描写十分讲究，往往能抓住景物的闪光点并加以发挥，字里行间都散发着美的光华。他在苏州题的《漱碧山庄联》，文字很美，有一种情景交融的江南韵味。

丘壑在胸中，看垒石疏泉，有天然画意
园林甲吴下，愿携琴载酒，作人外清游

这副楹联的上联注重写景，由丘壑、垒石、疏泉组合成一幅浑然天成的画面。"丘壑在胸中"，意指漱碧山庄的设计者早就成竹在胸，有了丘壑的轮廓。"丘壑"出自宋代大诗人黄庭坚的《题子瞻枯木》："胸中元自有丘壑，故作老木蟠风霜。"其下联注重抒情，先是赞美山庄的园林在吴地首屈一指，接着笔锋一转，写游人愿意在这优雅美丽的景色中弹琴饮酒，尽享远离世俗的山水之游。"人外清游"出自南北朝诗人谢朓的《往敬亭路中》："幸藉人外游，盘桓未能徙。"

这副状景联用一个"看"字和一个"愿"字，巧妙地将景与情交融到一起。尤其是"携琴载酒"，用词精巧、极富个性，表现了题联者超然物外、崇尚自然、远离世俗、返璞归真的真情实感。撰联者必具有深广的修养与学识，才能创作出如此气概不凡的楹联作品。

接下来，我们再欣赏一副俞樾题在苏州的状景联《莳红小筑联》。俞樾自注："苏州山塘斟酌桥新修东阳张忠敏公祠，旁屋数楹，应敏斋廉访署曰'莳红小筑'，颇有泉石、竹篱、荷沼，楚楚可观。癸酉秋，余将有武林之行，倚装题此。"

小筑三楹，看浅碧垣墙，淡红池沼
相逢一笑，有袖中诗本，襟上酒痕

读俞樾这副楹联的出句，眼前不觉浮现出一幅水墨画，古典小屋、浅碧院墙、荷花池塘，寥寥数语便将江南园林的美勾勒出来，美若天外仙女下凡，可谓"一笑倾人城，再笑倾人国"。"小筑"意指小而雅致的住宅，多筑于幽静之处。杜甫的《畏人》一诗中"畏人成小筑，褊性合幽栖"；陆游的《小筑》一诗中"小筑清溪尾，萧森万竹蟠"，古人诗句中，多有对小筑的诠释。

首先楹联的对句将江南才子的风流倜傥表现出来，且十分活灵活现。"袖中诗本"验明是书生，"襟上酒痕"可够潇洒，区区八个字，就将文人雅士的特点都勾勒出来；再加上"相逢一笑"，给人以充分的想象空间。

这副状景联字里行间充满了诗情画意，且情景交融。整联对得非常精巧，联语中数字对、颜色对、方位对，都非常精致典雅，难怪有人称此联"为俞樾的风景名胜招牌式楹联作品，尤其当中的四字章法、句中自对，已然成为时下网络对联论坛纷纷效仿之作。此联如一位翩翩绝世的古典美人，增一分即肥，减一分即瘦"。

在众多题名胜风景联中，俞樾除了讲求诗意美，还注重语言美。他传承了李渔最早在楹联句子上所作的口语化努力，并提升到散文化的新层次。他将散文"行散而神不散"的特点，运用到楹联创作中，做到了不拘文辞、意到神行、腾挪自如。他在杭州西湖所题的《湖上高氏别业联》就是典型的范例。

俞樾还为这副楹联作一小注："武林高仲英、白叔昆仲，作别业于苏堤锁澜桥边，距花港观鱼甚近，有水门可通舟，树石亦皆有致。"他先交代了高氏小居的地理位置，又点出了西湖风景的幽雅。联名中的"别业"一词是与"旧业"或"第宅"相对而言——主人往往原有住宅，而后另营别墅或宅院，称之为"别业"。注中所说的高氏哥俩（一说白叔为高云麟）在苏堤锁澜桥边建了座别墅，那里离花港观鱼很近，有水门可通小船，有树有石，景致很美。

选胜到里湖，过苏堤第二桥，距花港不数武
维舟登小榭，有奇峰四五朵，又老树两三行

上联"选胜到里湖，过苏堤第二桥，距花港不数武"，是写来到西湖所看到的景色，有湖、桥和花港，风物优雅，景色宜人。"选胜"意指寻游名胜之地。唐代诗人张籍在《和令狐尚书平泉东庄近居李仆射有寄十韵》中说："探幽皆一绝，选胜又双全。"宋代诗人陆游在《风入松》中也用了这个词："万金选胜莺花海，倚疏狂、驱使青春。"杭州西湖被湖中孤山、白堤、苏堤、杨公堤分隔为外西湖、西里湖、北里湖、小南湖及岳湖五部分，联中的"里湖"，是"北里湖"或"西里湖"的简称。这里的"花港"在苏堤映波桥与锁澜桥的小绿洲上。整个园区由牡丹亭、鱼乐园和花港组成，岸上牡丹争奇斗艳，池中金鱼游弋，将"花""港""鱼"有机融合在一起，形成独特景观。古代六尺为步，半步为武，联中"数武"意为不远处，没有多远。俞樾在上联中以"选""过""距"引出了三个景致，行文自然、语句精练、文字清新。

下联"维舟登小榭，有奇峰四五朵，又老树两三行"是写小船泊岸后，俞樾所看到的周边美景，有亭榭、奇峰、老树，满目花团锦簇，赏心悦目。联中的"维舟"指系船、停泊,参见南北朝诗人何逊的《与胡兴安夜别》:"居人行转轼,客子暂维舟。"作者随友人来到了西湖岸边的小居,远处的奇峰像一朵朵绽放的花,苍天老树排列成行,此情此景,足以让人心旷神怡了。

俞樾状景联的一大特点就是情趣。他擅长抓住景物的特点,从局部切入,又像作画一样留白,给人以想象的空间。他的《台州东湖湖心亭联》就有此特色。题联者在自注中写道:"台州之有东湖,犹杭州之有西湖也。出东郭门不过半里,湖光山色与西湖无异。隔以长堤,分里外湖。其外湖有湖心亭杰阁三层,登临最胜,为题此联。"

好水好山,出东郭不半里而至
宜晴宜雨,比西湖第一楼何如

上联"好水好山,出东郭不半里而至",除却"东郭"一词,几乎等同于白话文,而"郭"为外城的墙,此联意指东城门。俞樾写湖心亭,只写距离,不写具体的景致;只用"好水好山"一言以蔽之,看似不合情理,但细想下,人到了亭中便已置身美景之中,再用什么优美的词汇都是多余的了。但"好水好山"放在这儿,能给人以允分的想象。

下联的"宜晴宜雨,比西湖第一楼何如"更无一语生涩。此联妙在"宜晴宜雨"四字,让人联想到苏轼的名诗《饮湖上初晴后雨》:"水光潋滟晴方好,山色空蒙雨亦奇。欲把西湖比西子,淡妆浓抹总相宜。"苏轼写的是西湖的"宜晴宜雨",无论是晴是雨,"总相宜"。俞樾不写东湖如何美,只用了"比西湖第一楼何如",就达到了赞美的目的,可谓"不着一字,尽得风流"。

品味一番俞樾的状景楹联后,不难发现其写得何等高明。这种散文化的状景楹联与长篇大论不同,它简短精悍,意味悠长,散发着传世的艺术魅力。

张之洞的"楹联总督"之名

张之洞(1837—1909),字孝达,号香涛,晚清名臣、清代洋务派代表人物。禀赋聪慧,5岁入家塾,16岁中顺天府解元,27岁中进士,授翰林院编修,历任教习、侍读、侍讲、内阁学士、山西巡抚、两广总督、湖广总督、两江总督、军机大臣等职,官至体仁阁大学士。他创办了自强学堂(今武汉大学前身)、三江师范学堂(今南京大学前身)、湖北农务学堂、湖北武昌蒙养院、湖北工艺学堂、慈恩学堂、广雅书院等,主张"中学为体,西学为用",创办汉阳铁厂、大冶铁矿、湖北枪炮厂等。张之洞为世人所称道的,除了上述功绩,在楹联这门中国古老文学艺术上的造诣也堪称一代翘楚。光绪三十四年,他以顾命重臣晋太子太保,次年病卒,谥文襄,有《张文襄公全集》传世。

张之洞为晚清重臣,先后任过两广总督、湖广总督、两江总督,在公务之余,酷爱楹联艺术的他不光在任职之地题写大量关于名胜古迹的楹联,而且常与师友、幕僚、弟子、宾客等以联相会,以联相娱,以至对擅长联语的部属也特别欣赏,甚至优先提拔重用,故而留下"楹联总督"之名,也算是文坛佳话。

张之洞任职总督,日理万机,军务政务繁忙,但对教育情有独钟。

他创办了许多学府,并热心为众多学校题写楹联,足见他的一番苦心。张之洞在任两广总督期间,为培养精于洋务的干练人才,自己筹措经费,亲自选定书院院址,正式创办广雅书院。张之洞在《请颁广雅书院匾额折》文中说:"臣设立书院之举……上者阐明圣道,砥砺名节,博古通今,明习时务,期于体用兼备,储为国家帧干之材。次者亦能圭壁饬躬,恂恂乡党,不染浮嚣近利习气,足以漱身化俗。"这表明了广雅书院的办学宗旨,也寄托了张之洞对学子的期望。

光绪十二年(1886),单是为广州广雅书院题写的楹联就有八副之多,现选取其中一副:

文如大历十才子

园似将军第五桥

这副楹联蕴含着张之洞对莘莘学子的殷切希望和勉励。上联"文如大历十才子"是对学子学业上的期望,要他们成为像"大历十才子"那样才学出众的才子。大历十才子,是指唐朝大历年间涌现的十位诗人。据唐代杰出诗人姚合《极玄集》载:十才子为李端、卢纶、吉中孚、韩翃、钱起、司空曙、苗发、崔峒、耿沣、夏侯审。他们多寄情于山水,寄心绪于万物,除了应酬唱和,他们的诗多写日常生活细事、自然风光和羁旅情思,表现了超然世外的隐逸之情。

下联"园似将军第五桥"是说要将书院建成建筑独特、环境清幽的学府。"第五桥"是指唐代一贺姓将军在长安修建的别墅,其中有"第五桥",非常优美,后人常以这座将军桥形容风景之秀美。张之洞借用于此,可谓独具匠心。

整副联仅14个字,上联写人,是借古说今;下联状景,是借景励人。没有一字说教,却字字贴近人心,词词切中宗旨。读起来,让学子如何能不以此为勉,刻苦学习?

张之洞热衷于办书院是出了名的,他这个总督当到哪儿,书院就办到哪儿。光绪十六年(1890),他出任湖广总督期间,又在武昌营坊口左老天符庙都司湖畔创办了一所书院,由于办学经费大都出自湘、鄂两省茶商捐资,故名"两湖书院"。此书院专取两湖士子入学肄业,每省员额200名,另为报答茶商资助,专录商籍学生40人。他曾题给两湖书院多副楹联,其中一副这样写道:

唯楚庆多才,夹袋宏搜,安得万间开广厦
取人不求备,锁闱清课,何妨六艺重专门

上联中"庆多才",取意《左传·襄公二十六年》:"晋卿不如楚,其大夫则贤,皆卿材也。如杞、梓、皮革,自楚往也……虽楚有才,晋实用之",这里借典赞赏楚地人才济济,书院所录取的学了都很优秀。"夹袋"典出《宋史·施师点传》,说的是南宋著名政治家和文学家施师点在拜官参知政事兼同知枢密院事后求贤若渴,四处访贤求才,常常将发现的人才记下来,放在"夹袋"中,以备选用。"宏搜"意为广泛地搜寻。"唯楚庆多才,夹袋宏搜"实为两湖书院的办学宗旨，即书院希望广泛收录楚地的优秀人才。"安得万间开广厦"取自杜甫诗中"安得广厦千万间，大庇天下寒士俱欢颜"的诗意，意指天下寒士都有进修和深造的机会。

下联中"求备"即"求全责备"，联语一个"不"字，道出了作者的信条：无论对人，还是对事，都不要求十全十美，完备无缺。"闱"，是指科举时的试院，见于清代赵翼在《秋闱分校杂咏·填榜》有语："堂吏声高唱拆封，关防加密锁闱重。""课"，是指考核的课目。"锁闱清课"，泛指对学生进行测验与考评。"六艺"，是指古代学校的教育内容，即礼、乐、射、御、书、数。"何妨六艺重专门"这句联语实为两湖书院的办学理念，意在引导学生不妨在六艺中主攻一门，兼及其他，做到学有专长，求精而不求多。

张之洞这副楹联，从上联的"安得万间开广厦"，到下联的"何妨六艺重专门"，形成了一个在今天看来也很有参考价值和实用价值的办学宗旨和方针。这在当时封建教育制度成为许多学子桎梏的状况下，不但颇有远见，也难能可贵。

相传，张之洞还独创了一种颇具情趣的"无情对"。这种"无情对"，又称羊角对，其要求字面对仗愈工整愈好，两边对的内容隔得越远越好。这种楹联的上联和下联各自成章，却做到了词性相对、平仄相合。据说有一天，张之洞在北京陶然亭宴请客人，酒喝到高兴处，众人以对句助酒兴。

树已千寻难纵斧

果然一点不相干

上联为客人所出，下联为张之洞所对。这上下联中的内容风马牛不相及，但里面的字词却关系密切。其中的"树"对"果"，都是草木类；"已"对"然"，都是虚字；"千寻"对"一点"，皆量词；"斧"对"干"，都为古代兵器。张之洞的下联以土语对诗句，更是别有风趣。

众人酒过三巡，诗兴未尽，张之洞提议以聚会的"陶然亭"为出句。客人们都开始搜肠刮肚地从地名里寻找对句，工部侍郎李文田却笑着说："何必想得太远，对句就在身边嘛。"众人大惑不解，李文田指着张之洞说："舍总督大人其谁也？"在座的人顿悟，相视大笑。原来，"张之洞"对"陶然亭"是恰到好处。"张"对"陶"，同为姓氏；"之"对"然"，同为虚词；"洞"对"亭"，同为物名，虽字字成对，联意"无情"，情趣却由此而生，真可谓"道是无情还有情"。

钟云舫的"长联圣手"之誉

钟云舫（1847—1911），名祖棻，自称硬汉，号铮铮居士，清末文学家。他早年中秀才，补为廪生后，在江津县城开办私馆教书，历20余年。他学识渊博，遍览经史百家之书，为人刚直不阿，疾恶如仇。他擅工诗文词，尤擅楹联，"生平著作甚多，联语尤奇横不落窠白"，被誉为"江津才子"；传世联作约1800副，最长者达1612字，人称"长联圣手"。他著有《振振堂集》共计8卷，记录了自己撰写的诗、文和对联，在江津两次印行。

钟云舫是清代楹联大师，他题写的长联《拟题江津县临江城楼联》共1612字，被誉为"天下第一长联"。其联语气势恢宏、一气呵成、对仗工稳、用典贴切，仅选录开篇一节便可知晓功力："地当扼泸渝、控涪合之冲，接滇黔、通藏卫之隘，四顾葱葱郁郁，俱转入画江城。看南倚艾村，北寨莲盖，西撑鹤岭，东敝牛栏，焰纵横草木烟云，尽供给骚坛品料。"此联直抒胸臆，将叙事、抒情、议论融为一体，文白相间、刻画精细、雅俗共赏，实为楹联之珠。现此联由当代书法家周浩然先生书写后，以红木制版雕刻，收藏于江津人民公园藏联楼。

不过，若读下来便可发现联中充满了忧怨之情和愤懑之意："功名厄运数也，运数厄运名也，对兹浑浑茫茫，无岸无边，究沦溺衣冠几许？"原来，此联是钟云舫于狱中所写，时年他57岁，又出监无期，激愤之情可想而知。

钟云舫生性豪侠，刚正不阿，对贪官污吏疾恶如仇，常以诗文鞭挞。光绪二十八年（1902），四川大旱，江津也遭受了"两岁三秋"旱灾，百姓苦不堪言。而时任江津县令的武文源，却任意篡改粮章，加租加征，致使怨声沸腾，激起"六万户灾黎"反抗。邑内举人张泰阶联络士绅上告，钟云舫参与草拟诉状并列名其上，将武县令劣绩联名上控至重庆府、川东道、四川省制台衙门，而后武文源被革职处理。武文源衔恨于心，遂以重金贿赂重庆知府张铎，断章取义地摘录钟云舫诗中句子，罗织"妖言惑众，扰乱民心，结党为奸，意图不测"的罪名，将钟云舫收质，拘押于成都府巡检司待质所，名为"待质"，却一押三年，不提不问，有理难申，有冤难诉。

钟云舫于光绪三十年春写下了《拟题江津县临江城楼联》，以抒"飞来横祸，理所不解，偶一触念，痛敝心肝"的愤激之情。此联为钟云舫在待质所效法《离骚》，以泪和墨，以血染纸而成。全联无一书参考，仅凭记忆，一日内一气呵成，且长冠古今。钟云舫生前穷困潦倒、人微言轻，以致他出类拔萃的才学无处施展，鸿篇大作亦鲜为人知。20世纪80年代初，他的长联巨作从报刊披露后，人们才逐渐了解这个晚清秀才的旷世奇才。

钟云舫凭铮铮铁骨，常以诗文鞭挞贪腐。早在光绪二十年，他也曾因写讽刺诗而遭受迫害，出走他乡。当时的江津知县朱锡蕃狎妓嫖娼，却在遗爱祠留下"政绩"。钟云舫便写了一首《有见》诗讥讽："蛮营倩女妙歌舞,猛将当关奈何。捐廉八百买苏小,从此讼庭花落多。"朱锡蕃恼羞成怒,革去钟云舫廪银,还想革除其功名,其所办塾馆也遭关闭。钟云舫流落到成都,得以游览成都望江楼,放眼蜀地风物,感叹自身遭遇。于是,他便以一腔激愤,题下著名的《锦城江楼联》:

上联:

几层楼独撑东面峰,统近水遥山,供张画谱。聚葱岭雪,散白河烟,烘丹景霞,染青衣雾。时而诗人吊古,时而猛士筹边。最可怜花蕊飘零,早埋了春闺宝镜。枇杷寂寞,空留着绿野香坟。对此茫茫,百感交集。笑憨蝴蝶,总贪迷醉梦乡中。试从绝顶高呼:问问问,这半江月谁家之物?

下联:

千年事屡换西川局,尽鸿篇巨制,装演英雄。跃岗上龙,殉坡前凤,卧关下虎,鸣井底蛙。忽然铁马金戈,忽然银笙玉笛。倒不若长歌短赋,抛撒些幽恨闲愁;曲槛回廊,消受得好风好雨。嗟予戆戆,四海无归。跳死猢狲,终落在乾坤套里。且向危楼俯首:看看看,哪一块云是我的天?

联中的这座望江楼,又名崇丽阁,取晋人左思《蜀都赋》中的名句"既丽且崇,实号成都"之意,又因楼位于锦江边,故名"望江楼"。相传唐代女诗人薛涛曾在此汲取井水,手制诗笺,留下了许多幽怨动人的诗句。到了明清两代，为纪念这位著名的女诗人，这里先后建起崇丽阁、濯锦楼、浣笺亭、五云仙馆、流杯池和泉香榭等建筑。民国时辟为望江楼公园，现为成都市的著名景点。

钟云舫的《锦城江楼联》，洋洋洒洒，一气呵成，共212字，笔力遒劲，激愤满腔；读之，仿佛置身于楼上，看到了世纪风云，以及诗人的呐喊。从楹联中，所读之人能感受到题联者忧国忧民的情怀，这也使得这副楹联至今仍充满感染力。

上联作者写了登上望江楼，纵览峰峦江河，发思古之幽情，叹世风之日下，呼江月之归谁，其愤懑之情，溢于笔端。作者以景色开头，写登楼后眼前的风光，有峰、有水、有雾、有霞，可谓美不胜收。联中的景致既有眼观到的，如"东面峰""水遥山"；又有遥想到的，如"葱岭雪""白河烟""丹景霞""青衣雾"。作者遥想中的"葱岭"疑为龙门山；"白河"即白水河；"青衣"即青衣江。钟云舫用了撑、近、供、聚、散、烘、染一系列动词，将这些景致写活了。上联的大意是，登上层叠的望江楼，放眼远近江河、山川，如此秀美多娇。他之所以如此放飞想象，也是为下文的抒情和感怀做铺垫。

接下来，钟云舫的神思便由畅想戛然而止，心情突发沉重起来。"时而诗人吊古，时而猛士筹边"中的"吊古"，说的是唐代女诗人薛涛曾来此登楼凭吊，并留下一首流传千古的名诗："平临云鸟八窗秋，壮压西川四十州。诸将莫贪羌族马，最高层处见边头。""筹边"说的是在当时，唐朝与吐蕃边境战事频发，剑南西川节度使李德裕为巩固边防、加强战备、激励士气，在当地修建了"筹边楼"。李德裕的高明之处就在于他并未将"筹边楼"只作为军事要塞,也将此楼作为交际场所,与少数民族首领建立联系、沟通感情。他在任的两年,唐朝与吐蕃在川西竟无战事。

写到这里,钟云舫的幽思并没有停歇下来,而是在下文"最可怜花蕊飘零,早埋了春闺宝镜。枇杷寂寞,空留着绿野香坟"中,连用了两个典故来抒发情感。其一,"花蕊"是指花蕊夫人,为五代后蜀君主孟昶之妃,孟昶降宋后,她被掳入宋宫。其二,"枇杷"是指枇杷门巷,在女诗人薛涛的故居处。自古红颜多薄命,作者由命运凄惨的花蕊夫人,想到了空留绿野香坟的女诗人薛涛。想当年,薛涛以诗作和自制的"薛涛笺"名闻于世,致使新近丧偶的大才子元稹到成都后,急于与薛涛相识。二人一见如故、诗乐唱和、互倾真情。后来,尚书元稹奉调回长安。薛涛用自制的诗笺写了一百多首情诗,以表达自己离别恋人后的凄凉和对爱情的忠贞。岂想,元稹调任后,转投另一女子怀抱。薛涛闻后如晴天霹雳,但并未多做纠缠。薛涛后半生作品大多是幽愤之作。作者在上联中抚今追昔,叹薛涛春闺苦短,当年寂寞的枇杷巷,如今只留香坟一座。一句"笑憨蝴蝶",是作者联想到了战国时的文学家庄周梦见蝴蝶后感叹,不知他变成了蝴蝶,还是蝴蝶变成了他,于是禁不住在峰顶大呼,这半江明月,究竟是谁家所有?

下联钟云舫由写儿女情长转写蜀中的风云变幻和英雄的悲喜交替,联想到自己命运多舛,只有一声叹息。联中的"跃岗上龙,殉坡前凤,卧关下虎,鸣井底蛙",分别写了诸葛亮、庞统、董宣和公孙述。一代贤臣诸葛亮隐居隆中,被称为"卧龙";刘备的谋士庞统,号称凤雏,在攻打雒城时,中流矢死于罗江畔;东汉初,洛阳令董宣执法严明,打击豪强,威震四方,被人颂为"卧虎";东汉末年公孙述在四川自立为帝,被斥之为"井底蛙"。这些人物或豪杰,或草莽,你方唱罢我登场,古今多少事,都付笑谈中。

钟云舫面对"千年事,屡换西川局,尽鸿篇巨制"的历史轮回,看到了蜀中局势的风云变幻,那时可谓英雄辈出,一个个都是大手笔。"鸿篇巨制"在此指一系列历史人物的传奇。联中用"铁马金戈"和"银笙玉笛"分别象征战争与和平:面对变幻不定的时局,文人莫不如作长歌短赋,以消愁解恨,享受这大好风光。"幽恨闲愁"是指无端无谓的怨恨与忧愁。"曲槛回廊"是指当地弯弯曲曲的长廊,象征美好的景致。作者写到"嗟予蹙蹙,四海无归。跳死猢狲,终落在乾坤套里"时,又联想到自己的命运多舛;"蹙蹙"是指心情不得舒展的意思,"猢狲"是指孙悟空,"套里"是指圈套里、罗网里。整句的大意是,可叹天地如此之大,自己竟没有一个容身之地,就像孙悟空纵有一个筋斗十万八千里的本事,也逃不出如来佛的手心!结尾处,作者也只能俯首危楼观望:"哪一块云是我的天?"

钟云舫的得意门生郑埏如此点评这副长联:"振衣千仞冈,濯足万里流。高阔视步,有独往独来丁天地之概。此大题目,须大眼孔,放大光明,如椽大笔以状之,乃无余恨耳。"在我看来,这副长联大开大合,上下千年,纵横万里,古往今来,任由评说,既是怀古,又是讽今;既是畅怀,又是悲情。其内容极富创造力,且是楹联文学不可多得的佳作。对联虽长,但上下联在句法结构上仍遥相照应,彼此对称。

钟云舫的作品以长联见长，其流传下来的超过百字的长联有27副之多，其中超长联有3副，即《拟题原四川省江津县临江城楼联》1612字、《六十自寿联》892字、《吊鲍武襄联》966字。楹联属格律文学，上下联要求对仗，讲求平仄，写长不易。而钟云舫的长联，无论在篇幅、内容上，还是在反映现实、表现生活深度和广度上，都体现了一个崭新的境界。在他的楹联中，我们可以清楚地了解他的品格性情和思想修养，"长联圣手"的称誉对他来说是受之无愧的。

康有为联语中的激愤忧思

康有为（1858—1927），原名祖诒，字广厦，号长素，又号明夷、更甡、西樵山人、游存叟、天游化人，中国晚清时期重要的政治家、思想家、教育家，资产阶级改良主义的代表人物。康有为生于封建官僚家庭，于光绪五年（1879）开始接触西方文化。光绪十四年（1888），康有为再一次到北京参加顺天乡试，借机上书光绪帝请求变法，受阻未上达。后在广州设立万木草堂，收徒讲学。光绪二十一年（1895），他得知清廷签订了《马关条约》后，联合1300多名举人上万言书，即"公车上书"。戊戌变法失败后，他逃往日本，组织保皇会，鼓吹开明专制。辛亥革命后，作为保皇党领袖，他反对共和制。1917年，康有为和张勋发动复辟，拥立溥仪登基，不久即在北洋政府的讨伐下宣告失败。1927年，康有为病死于青岛。其主要著作有《康子篇》《新学伪经考》《孔子改制考》《日本变政考》《大同书》等。

康有为是一个复杂的历史人物，他一生追求资产阶级改良，又死心塌地保皇，既有过轰轰烈烈，又有过冷冷清清。这一点从他题写的楹联中便可看出。"江淘日夜东流水，地耸英雄北固楼"（题于镇江多景楼，甘露寺内），可见他胸中的壮怀激烈；"花开花落可天意，避地避世忘人间"（题于浙江一天山桃源亭），可见他心底的万般无奈。

康有为生长于晚清王朝风雨飘摇的年代，较早地受到了西方资本主义社会和文化意识的影响，又在祖父的影响下产生了强烈的爱国主义思想。同时，康有为期望以西方资本主义国家模式改变中国的国家体制，倡导变法，以挽救民族危亡。

康有为的忧国和变法思想，在他游走四方所题写的诸多楹联里都有表露。

其身世系中夏存亡，千秋享庙，死重泰山，当时乃蒙大难
闻鼙鼓思东辽将帅，一夫当关，隐若敌国，何处更得先生

这副楹联是康有为在北京袁崇焕祠所题，是一副"发思古之幽情"的抒情联。康有为当年拜谒袁崇焕祠，题写楹联时，自当有一种壮志未酬的喟叹。

上联"其身世系中夏存亡，千秋享庙，死重泰山"是撰联者对袁崇焕的追思和评价，是说袁崇焕身系着国家民族的危亡，他虽死却重于泰山，理应享受千秋庙堂的供奉。袁崇焕是明末大将，官至蓟辽督师。"中夏"意指华夏、中国，南朝《文选·班固·东都赋》有"目中夏而布德，畷四裔而抗棱"之句，唐代学者吕向注曾言"中夏，中国"。"享庙"意为享受庙堂的供奉。袁崇焕祠位于北京东城区东花市斜街，是为纪念明末抗清将领袁崇焕而建，包括墓碑、祠堂、庙宇等建筑。经过修缮和保护，袁崇焕祠和墓得以保存至今，并对外开放。

"当时乃蒙大难"是回顾袁崇焕护驾有功,却反遭诬告,最终含冤而死。明朝崇祯二年,皇太极见袁崇焕在辽西的防线固若金汤,就绕开此处进攻北京。袁崇焕闻讯后星夜驰援京师,获广渠门、左安门大捷,力解京师之危。但崇祯皇帝听信谗言,中了皇太极设下的反间计,将袁崇焕逮捕下狱,次年将袁崇焕凌迟处死。

下联"闻鼙鼓思东辽将帅,一夫当关,隐若敌国,"是说那些后来者若再听到边关的战鼓擂响,一定会想起昔日防守辽东边关的"将帅",一夫当关,足以抵御强敌。"鼙鼓"是指古代军队中用的小鼓,汉以后亦名骑鼓。古代乐队也用,参见《周礼·春官·锺师》:"掌鼙,鼓缦乐"。"隐若敌国"指对国家起举足轻重作用的人,其中"隐"意为威严庄重的样子;"若"意为象;"敌"意为匹敌,同等;"敌国"意为相当于一国。参见汉代司马迁《史记·游侠列传》:"吴楚反时,条侯为太尉,乘传车将至河南,得剧孟,喜曰:'吴楚举大事而不求孟,吾知其无能为已矣。'天下骚动,宰相得之若得一敌国云。"

"何处更得先生"是康有为在国难当头时抚今追昔,对英雄的呼唤:我们到何处寻觅,才能得到像您这样的国之栋梁呢?袁崇焕中进士后,通过自荐方式到边关任职,得蓟辽督师孙承宗的器重,镇守宁远。其战功卓著,可惜未能战死沙场,却被昏君杀害。袁崇焕在临刑前,留有一诗:"一生事业总成空,半世功名在梦中。死后不愁无勇将,忠魂依旧守辽东。"

康有为上联写袁崇焕的死重于泰山,下联写祭祀者的哀情。他写这副楹联时，充满感慨，语重情深，既是缅怀历史，也是联想现实。就在光绪二十四年（1898），慈禧太后突发政变，幽禁光绪皇帝，捕杀谭嗣同等"戊戌六君子"，通缉康有为、梁启超，罢免维新派官员陈宝箴、江标、黄遵宪等数十人，废除光绪皇帝颁布的新政诏令。"戊戌变法"遂告失败。"戊戌六君子"遇难后，康有为在日本撰书一联，以表达对"后党"的满腔激愤和对殉难者的无尽哀思：

殷干酷刑，宋岳枉戮，臣本无恨，君亦何忧，当效正学先生，启口问成王安在

汉室党锢，晋代清谈，振古如斯，于今为烈，恰如子胥相国，悬睛看越寇飞来

这副58字的楹联，连用了六个典故，以史为证，历数了历朝奸臣当道、陷害忠良的史实，控诉以慈禧为代表的顽固势力对"六君子"的残忍杀害，并借用历史上的深刻教训，抒发对国家前途、民族命运的担忧，以及对"戊戌六君子"的深切缅怀。

上联的大意是说，比干和岳飞遭受酷刑和杀害，臣子本无恨，君主又怨恨谁？应当学学明朝的方孝孺，责问"成王何在"。联中的"殷干酷刑"，是指比干冒死强谏，却被殷纣王用挖心酷刑处死。据《史记·殷本纪》记载：殷纣王的叔父比干，为人忠义正直。他见纣王荒淫失政，暴虐无道，十分着急，常常直言劝谏。在一次劝谏时，纣王大怒道："我听说圣人的心有七窍！今天我倒要看看你的心是不是七

窍！"遂下令挖掉了比干的心。"宋岳枉戮"是指南宋名将岳飞，精忠报国，功绩显赫，却被奸佞陷害惨死；"枉戮"意为枉杀，此可参见《三国志·魏志·董卓传》的"长安士庶相咸庆贺，诸阿附卓者皆下狱死"，南朝·宋裴松所注的"岂可虑其谤己而枉戮善人哉！""何尤"意为怨恨谁，参见唐·韩愈《祭十二郎文》的"一在天之涯，一在地之角，生而影不与吾形相依，死而魂不与吾梦相接，吾实为之，其又何尤！""正学先生，启口问成王安在"指明朝大儒方孝孺，责问朱棣篡夺建文帝皇位的典故。方孝孺曾以"逊志"名其斋，蜀献王替他改为"正学"，因此世称"正学先生"。燕王朱棣反，他起草讨伐檄文。朱棣夺皇位后要其投降并命他起草诏书，他却写了"燕贼篡位"四字，于是被杀，并连及亲属九族、祸及学生，史称"株连十族"。

下联的大意是说，汉士大夫遭禁锢，晋名士受压制，像这种古时震天动地的事情，现在却是有过之而无不及，就如伍子胥临终预言，越国灭亡吴国不远了。他借此痛斥清王朝的残暴和腐败，已经离亡国不远了。"汉室党锢"是指东汉末桓、灵二帝时，官僚士大夫因反对宦官专权而遭禁锢，所谓"锢"就是终身不得做官。"晋代清谈"是指魏晋时期，一些名士因反对司马氏集团，抨击"名教"而遭到大清洗，文人为避祸进而"清谈"，也谓之"清言"，这是相对于俗事之谈而言的，士族名流相遇，不谈国事，不言民生。"振古如斯"中的"振"古同"震"，有震慑之意。"于今为烈"，是指某件事过去已经有过，现在更加厉害，出自《孟子·万章下》的"殷受夏，周受殷，所不辞也，于今为烈，如之何其受之？""恰如子胥相国，悬睛看越寇飞来"指春秋时吴国大臣伍子胥劝谏吴王夫差无效反遭杀戮，伍子胥临死时说："悬吾目于东门，以见越之人，吴之亡也。"此联中暗指慈禧太后捕杀维新志士，其结果只能是亲者痛仇者快，使中国处于危急关头。

这副楹联将"戊戌六君子"比作比干、岳飞、士大夫、汉晋名士，颂扬了他们精忠报国、慷慨赴死的壮举。以"汉室党锢，晋代清谈"为镜，映照出晚清王朝的残暴与腐败，痛斥了以慈禧为代表的顽固势力拒谏饰非、残害忠良的卑鄙行径。楹联中用了六个典故，借古讽今、旁征博引、斥奸赞贤、寓意深刻，非一般的直陈联语所能比拟，其用典变化多端，明用暗用、正用反用、单用合用，读起来让人义愤填膺、荡气回肠。这副楹联表达了康有为对"戊戌六君子"真挚而深沉的缅怀之情，不愧为挽联之中不可多得的墨宝。

蔡元培与近代楹联教育

蔡元培（1868—1940），字鹤卿，号孑民，又字仲申、民友，近代革命家、教育家、政治家。清光绪年间进士，翰林院编修。1898年任绍兴中西学堂监督，提倡新学。1902年与蒋智由等创办中国教育会，创立爱国学社和爱国女学，宣传民主革命思想。1904年与陶成章等成立光复会。1905年参加同盟会。1907年赴德国留学。1911年回国后，任南京临时政府首任教育总长。1912年曾与吴玉章等组织留法勤工俭学会。1916年任北京大学校长，曾聘请陈独秀、李大钊等进行讲学，并积极支持酝酿中的新文化运动。曾当选为国民党候补中央监委、中央监委，1927年后，曾任国民党政府教育行政委员会常委、代理司法部长和中央研究院院长等职。九一八事变后，主张抗日。1932年与宋庆龄、鲁迅等组织中国民权保障同盟，任副主席。抗日战争时期移居香港，1940年病逝。其主要著作有《蔡元培全集》《中国伦理学史》《蔡元培学术文化随笔》《蔡元培语言及文学论著》等。

蔡元培是近代为数不多的新思想启蒙者，他大声疾呼推进新文化教育和传播，但也不排斥中华传统文化的继承和发扬。他曾积极倡导在大、中、小学开设对课教学，并提出过精辟的见解。他在《我在教育界的经验》中说："对课与现在的造句法相近。大约由一字到四字。先生出上联，学生想出下联来。不但名词要对名词，静词要对静词，动词要对动词；而且，每一种词里面，又要取其品性相近的。这一种功课，不但是作文的开始，也是作诗的基础。"对课就是对对子或拟对联，"是作文的开始，也是作诗的基础"，蔡元培对楹联作用的评述成为当时许多学校开设对联教学的有力依据。譬如，1932年清华大学招生考试时，陈寅恪教授以上联"孙行者"，征下联作为语文试题，引起异议。他解释说："对对子有益处，可以考出虚实字，是否懂得平仄声，还可以看出读书之多寡，语藏之贫富，思想之条理。"

蔡元培是我国近代楹联教育的倡导者，也是实践者。他在任北大校长时，就曾题联赠北大毕业生，并镌刻在赠送毕业生的铜尺上，以示对他们寄予厚望：

各勉日新志
共证岁寒心

上联意在勉励各位同学毕业离校后，要有志向，不断求新，并为之奋斗不息。"日新"语出《礼记·大学》："日日新，又日新"。蔡元培就任北京大学校长后，对北大实行全面改革，提倡学术自由、兼容并包。"兼容并包"思想在接纳新文化、反对封建文化方面起到了积极作用，北大也因此成为中国思想活跃、学术兴盛的最高学府。另外，他早在做南京临时政府教育总长时，就提出要实行以国民教育、实利主义教育、公民道德教育、世界观教育和美学教育五种教育并举的教育方针。他的教育理念和思想，至今仍影响着后人。

下联以"岁寒"暗示当时中国世道纷乱、社会黑暗，毕业生走向社会更要像松柏那样保持坚贞之节，在艰难环境中挺起腰杆，争取成为日后对国家和人民有用的栋梁之材。"岁寒"出自《论语·子罕》："岁寒然后知松柏之后凋也"。蔡元培一贯视教育为救国的基本途径，推崇思想、学术自由，加之身为北京大学校长，对政府官僚掣肘、摧残教育有深切的感受，所以他才能有如此担当，并将希望寄托在北大学子身上。

这副楹联区区十字，语言质朴却蕴含了丰富的内容，既有勉励，又有期盼。一个"各"字，一个"共"字，拉近了校长与学生的距离，使学子感到亲切，体现了一位杰出的教育家严于律己的高尚品格和平等待人的长者风范。

蔡元培不仅仅是现代北大的缔造者，也是中国现代大学理念和精神的缔造者。在任校长期间，他曾题赠北大任教的周作人楹联一副：

赏音莫泥骊黄马
佐斗宁参内外蛇

上联"赏音莫泥骊黄马"中"骊黄"的典故，演化自《列子》（又名《冲虚经》）中九方皋相马的故事，相马只需观察马的天赋和内在素质，不必拘泥于它的毛色、公母。意指见识人才就犹如相马一样，要注重内在的东西。"赏音"则为知音之意,见三国·魏曹植《求自试表》中"夫临博而企竦,闻乐而窃抃者,或有赏音而识道也"。

下联"佐斗宁参内外蛇"中,"佐斗"化用了"佐斗者伤",出自《国语·周语下》:"佐雍者尝焉,佐斗者伤焉。"佐,助也;斗,殴斗。"佐斗者伤"意为:帮助人打斗,自己也受到伤害。"内外蛇"引用了《左传·庄公十四年》中"内蛇与外蛇斗于郑南门"的典故。"初,内蛇与外蛇斗于郑南门中,内蛇死。六年而厉公入",说的是鲁庄公八年(公元前686年),在郑国都城的南门有两条蛇缠斗,结果城门外的蛇把城门内的蛇咬死了。这件事传遍了各个诸侯国。到了鲁庄公十四年(公元前680年),原先被赶下台但割据于栎邑(郑国的大邑,在今河南省禹县)多年的郑厉公杀回郑国都城,并杀死了国君子仪,重新执掌郑国,后遂以"斗蛇"喻国家内乱。

蔡元培在下联中用了"斗蛇"这个典故,与他当时所处的国内环境恶化有关。蔡元培主政北京大学,办学遵循"思想自由、兼容并包"原则,为近代新思想启蒙先驱,但他的处境在五四运动爆发后变得异常艰难。蔡元培为抗议政府逮捕学生,于1919年5月8日提交了辞呈,并于9日离京。6月15日,他在发表的《不愿再任北京大学校长的宣言》中说:"我绝对不能再做不自由的大学校长;思想自由,是世界大学的通例。"后由于北大师生极力挽留,蔡元培答应只做北大师生的校长。1923年春,他不满北洋政府教育总长彭允彝破坏法制的行为,愤然辞职,离京南下。蔡元培眼中,军阀的"你方唱罢我登场",犹如"内蛇与外蛇斗于郑南门"。身为北大校长,他愿意"佐雍者尝",而不愿助纣为虐、"佐斗者伤"。

蔡元培的这种正义感,从他为北大学生郭钦光题的挽联中就可领略。郭钦光在五四运动中为反动政府所杀害。在郭钦光追悼大会上,蔡元培撰送的挽联十分显眼:

逝者蔡中郎,谁传郭有道
何哉汉高祖,不杀曹无伤

上联"逝者蔡中郎,谁传郭有道"中的"蔡中郎"即蔡邕,东汉著名文学家、书法家,著名才女蔡文姬之父,官至左中郎将,故后被称为"蔡中郎";"郭有道"即郭泰,东汉名士,"介休三贤"之一,第一次党锢之祸后,被誉为党人"八顾"之一,因最初被太常赵典举为有道,故后世称"郭有道"。蔡元培在挽联中,借用东汉时蔡邕为郭泰撰写碑文的故事,以及蔡郭两姓的巧合入联,抒发激愤之情,大声疾呼——郭钦光在声讨卖国贼的五四运动中为国捐躯,有谁会把他写入史书呢?五四运动的起因为巴黎和会中国外交失败。巴黎和会决定将德国在中国山东的权益转让给日本的消息传来后,北京学生群情激奋,走上街头集会、游行。当学生冲进赵家楼曹汝霖住宅时,与军警发生了搏斗,郭钦光被打成重伤,回宿舍后不久便去世了。郭钦光在北京大学很有影响力,他的牺牲在北京各界引起了强烈反响。

下联"何哉汉高祖,不杀曹无伤"借用了历史上著名的"鸿门宴"典故,对当时中国最高当局诘问——为何不效仿汉高祖,反而让卖国求荣的曹汝霖等人逍遥法外呢？据《史记》记载，曹无伤在刘邦决定会见项羽前，派人给项羽传话，说："沛公（刘邦）欲王关中，使子婴为相，珍宝尽有之。"项羽听后感到很愤怒，并在范增的劝说下决定进攻刘邦，然后便有了鸿门宴。刘邦赴鸿门宴后，几经生死危难，逃离回去后，立即杀了泄密的曹无伤。联语中，历史上的曹无伤与当下的曹汝霖同姓，又是一个巧合。此联用典精当、情文并茂，表达了对殉难烈士的深切哀悼和对腐败政府的极大愤慨。

蔡元培一生致力于中国的新文化教育事业，堪称"学界泰斗，人世楷模"。72年的人生历程，他先后经历了晚清政府、南京临时政府、北洋政府和国民党政府时代，虽历经风霜，却始终不改爱国与民主政治理念。我们从他的楹联中可看到一个著名爱国教育家的拳拳之心，这也是直到今天，他仍能得到人们怀念和景仰的原因。

梁启超联语中的风花雪月

梁启超（1873—1929），字卓如，一字任甫，号任公，又号饮冰室主人、饮冰子、哀时客、中国之新民、自由斋主人。清朝光绪年间举人，中国近代著名思想家、政治家、教育家、史学家、文学家。戊戌变法领袖之一、中国近代维新派、新法家代表人物。幼年时从师学习，8岁学为文，9岁缀千言，17岁中举。师从康有为，并与康有为一起联合各省举人发动"公车上书"运动，此后领导北京和上海的强学会；又与黄遵宪一起办《时务报》，著有《变法通议》，为变法做宣传。戊戌变法失败后，梁启超与康有为一起流亡日本，政治思想上逐渐走向保守，在海外推动君主立宪，是近代文学革命运动的理论倡导者。逃亡日本后，他在《饮冰室合集》《夏威夷游记》中继续推广"诗界革命"。辛亥革命之后，其一度入袁世凯政府，担任司法总长；之后对袁世凯称帝、张勋复辟等严词抨击，并加入段祺瑞政府。他倡导新文化运动，支持五四运动。其主要作品有《少年中国说：论近世国民竞争之大势及中国前途》《中国历史研究法》《中国近三百年学术史》《饮冰室主人自说》《中国文化史》等。其著作后合编为《饮冰室合集》计148卷，1000余万字。

梁启超是近代维新派领袖，在戊戌变法中追随康有为做了很多惊天动地之事。他也是文学家，留下了很多文学大作。梁启超在政治上，留下了许多慷慨陈词；在文学上，却留下了许多风花雪月。这就是梁启超，既有过轰轰烈烈的"大江东去"，也有过缠缠绵绵的"小桥流水"。梁启超也是个楹联大家，题过许多脍炙人口的楹联，其中就有许多"风花雪月"之作。

春尽花魂犹恋石
雨余山气欲吞湖

这是梁启超题于广东南海西樵山天湖枕流亭的一副楹联。联语优雅，写了花、石、雨、山、湖的景致，描绘出一幅暮春落红图。

枕流亭位于西樵山白云洞景区应潮湖东，建于清乾隆五十四年（1789），咸丰元年（1851）重修。枕流亭建在"鼓琴台"的巨石与石枕泉水之上，应潮湖水经亭底而过，故名"枕流亭"，为西樵山云泉二十四景之一。枕流亭左侧有千仞石壁，有"石壁探梅"美景。据说，这副楹联是梁启超在康有为的推荐下赴西樵山观看春节评花会，却因一场寒雨而错过后满怀遗憾所作，现于白云洞三湖书院正厢房的右墙，分挂在康有为肖像的两边。

上联"春尽花魂犹恋石"写了暮春。春日将尽，五彩缤纷的花瓣纷纷飘落在山间岩石上，花虽落，魂犹在，还在迷恋山石的景致。联中以一个"恋"字，假托落花，表达了作者对昔日美好时光的留恋。迷人的景色中弥漫着一层伤春气氛，有种"黛玉葬花"的婉约和凄美。不想，这伤感却与康有为日后悲凉的境遇不谋而合，读后令人叹惜。

下联"雨余山气欲吞湖"写了雨后。风雨过后，山林里的茫茫雾气席卷而来，这般翻腾奔涌的气势似乎要把偌大的应潮湖吞没。联中以一个"吞"字，假托山气，将胸中的郁闷和盘托出，有种"气吞山河"的阳刚和雄奇。不知这气势隐喻着什么，是壮志难酬的激愤，还是志存高远的追求？

这副楹联的文字绝美，写的是风花雪月，抒的是满怀激情。联语有柔有刚，有景有情，在婉约中见雄奇，在阳刚中见博大；有意境，有深度，有情感，可谓好联！

梁启超除了善于撰写自题联，还是写集句联的高手。他知识渊博，博古通今，名人佳句，信手拈来。他曾赠予学生徐志摩一副集句联，自视为最为得意之作：

临流可奈清癯，第四桥边，呼棹过环碧
此意平生飞动，海棠影下，吹笛到天明

上联记述了1924年4月14日徐志摩陪同印度大诗人泰戈尔畅游杭州西湖一事。梁启超在上联中引用了三位宋代词人游览湖景的佳句，自然而成一句绝妙的联语。

首句出自吴文英的《高阳台·丰乐楼分韵得如字》的下半阕："伤春不在高楼上，在灯前敧枕，雨外熏炉。怕舣游船，临流可奈清癯？飞红若到西湖底,搅翠澜,总是愁鱼。莫重来,吹尽香绵,泪满平芜。"词句意象华丽,不落俗套。其中"临流可奈清臞"意为:害怕在清波中看到自己清瘦的身影。"清臞"即清癯,用在此联,活脱脱地勾勒出泰戈尔和徐志摩两位诗人形态清瘦而意态飘逸的气质。

次句出自姜夔的《点绛唇·丁未冬过吴松作》:"燕雁无心,太湖西畔随云去。数峰清苦,商略黄昏雨。第四桥边,拟共天随住。今何许?凭阑怀古,残柳参差舞。"此词通篇写景,极淡远之致,而胸襟之洒落可概见。其中"第四桥边",即吴江城外的甘泉桥,唐代诗人陆龟蒙曾隐居于此,词人打算追随他定居在甘泉桥边。用在此联中,写出了徐志摩陪同泰戈尔游览到桥边。

三句出自陈允平《秋霁·平湖秋月》,该词为作者的"西湖十咏"之一。上半阕文曰:"千顷玻璃,远送目斜阳,渐下林阒。题叶人归,采菱舟散,望中水天一色。碾空桂魄。玉绳低转云无迹。有素鸥,闲伴夜深,呼棹过环碧。""呼棹过环碧"中"棹"是划船的一种工具,形状和桨差不多。"环碧"是指曲折回旋的碧水。用在此联,写了徐志摩与泰戈尔在乘船观赏美丽的西湖风光。

下联记述了泰戈尔到北京后,曾于4月23日由徐志摩陪同到法源寺赏花。在20世纪二三十年代,北京宣武门外的法源寺到处可见丁香、海棠树,丁香之盛闻名遐迩,有着"香雪海"的美誉,此外藏经楼前的两棵西府海棠也颇可一观。那天徐志摩沉醉于丁香、海棠之美,竟在树下吟诵作诗直到破晓,在当时文坛被誉为佳话。这副楹联的下联也分别引用了三位宋代词人吟咏的佳句。

首句出自李祁的《西江月·云观三山清露》："云观三山清露，长生万鬣青松。琼璈珠珇下秋空，一笑满天鸾凤。雾鬓新梳绀绿，霞衣旧佩柔红。更邀豪俊驭南风，此意平生飞动。""此意平生飞动"中"飞动"有振奋之意，承接了上句"更邀豪俊驭南风"之意。这句话用在此联，道出了徐志摩陪同大诗人泰戈尔游西湖是平生最兴奋的事情。

次句出自洪咨夔的《眼儿媚·平沙芳草渡头村》："平沙芳草渡头村，绿遍去年痕。游丝上下，流莺来往，无限销魂。绮窗深静人归晚，金鸭水沉温。海棠影下，子规声里，立尽黄昏。""海棠影下"意为：在婆娑摇曳的海棠树影之下。用在此联，是指徐志摩与泰戈尔共赏丁香、海棠花之美。

三句出自陈与义的《临江仙·夜登小阁忆洛中旧游》："忆昔午桥桥上饮，坐中多是豪英。长沟流月去无声。杏花疏影里，吹笛到天明。二十余年如一梦，此身虽在堪惊。闲登小阁看新晴。古今多少事，渔唱起三更。""吹笛到天明"写的是词人与友人抚琴弄笛的闲情雅兴。用在此联，再现了恰逢印度伟大诗人、社会活动家泰戈尔与国内顶级文人相聚法源寺，吟诗游景的盛况。

梁启超这副楹联，以泰戈尔到访中国为主题，勾连古今中外十来位诗人，自己只字未书，皆出宋人诗词联撰而成，确为文坛千秋佳话。梁先生当年在北海公园内的松坡图书馆，以八尺宣纸题就此联，书作北魏体，笺用朱丝画格，谨严古朴，在梁氏书法中推为上选之作。

读此联，犹如时而泛舟湖上，时而吟诗树下，顾盼生姿，如痴如醉，浑然天成，语同己出。全联不仅剪裁精妙，还有意境之美；不仅对仗工稳，还饶有意境，缘事而述，诗画宛然。

梁启超在《饮冰室诗话附录》里曾这样写道："我所集最得意的是赠徐志摩一联……此联极能看出志摩的性格，还带着记他的故事，他曾陪泰戈尔游西湖，别有会心。又尝在海棠花下作诗作个通宵。"难怪他生前视此联为最为得意的一副楹联作品。

多年以后，徐志摩乘飞机罹难，此联一直由他的遗孀陆小曼精心保管。陆小曼临终又将其转赠给与徐志摩有戚谊的建筑学家陈从周。史学家俞平伯在陈从周处见到此联后，感叹不已，为之题诗一首："金针飞渡初无迹，寄与情遥绝妙辞。想见时人英隽态，丁香如雪夜阑时。"后来，俞诗与梁联一并被转送到浙江省博物馆珍藏。之前，陈从周曾请叶圣陶先生重书此联以作留念，而梁启超书写的这段文坛风花雪月，也从此成为历史。

鲁迅楹联中的骨气和正气

鲁迅（1881—1936），原名周树人，字豫山，后改豫才。"鲁迅"是他发表《狂人日记》时所用的笔名，也是他影响最为广泛的笔名。鲁迅是著名文学家、思想家，五四新文化运动的重要参与者，以及中国现代文学的奠基人。他一生著译近1000万字，生前出版小说集3部、杂文集17部、散文诗集1部，回忆散文集1部，通信集1部和文学史著作2部。他还翻译了14个国家，将近100位作家的文学作品，印成33部单行本，此外还辑录、校勘古籍18种。现有1958年版《鲁迅译文集》10卷，1981年版《鲁迅全集》16卷等。鲁迅的作品充实了世界文学的宝库，被译成英、日、俄、西、法、德、阿拉伯、世界语等50多种文字，在世界各地拥有广大的读者。

鲁迅先生是20世纪的文化巨人，在小说、散文、杂文、木刻、现代诗、旧体诗、名著翻译、古籍校勘和现代学术等多个领域都有卓越贡献。他的作品深刻影响着他的读者、研究者，以至一代又一代的中国现代作家和现代知识分子。鲁迅先生又是中国现代文学的伟大奠基者和中国新文化运动的旗手，对民主革命和现代文学进步做出了巨大贡献，给人们留下了丰富宝贵的精神遗产。毛泽东在《新民主主义论》中指出：

"鲁迅是在文化战线上代表全民族的大多数,向着敌人冲锋陷阵的最正确、最勇敢、最坚决、最忠实、最热忱的空前的民族英雄。鲁迅的方向,就是中华民族新文化的方向。"

鲁迅先生曾把他自己的文字比喻成针对黑暗社会的投枪和匕首。这一点,从他为数不多的楹联创作中也可体现出来。1926年3月18日,北京群众集会抗议日本帝国主义侵华,遭到段祺瑞政府的血腥镇压,酿成"三一八惨案"。鲁迅先生极为愤慨,并写下了不朽的杂文《记念刘和珍君》和两副挽联。刘和珍是北京学生运动的领袖之一,在"三一八惨案"中遇害,年仅22岁。鲁迅先生在参加了刘和珍的追悼会之后,满怀激愤之情写下这篇感人至深的文章,追忆那位始终微笑的和蔼的学生,痛悼"为中国而死的中国的青年",歌颂"虽殒身不恤"的"中国女子的勇毅"。

鲁迅先生连续题写的两副挽联,一副是《挽"三一八烈士"》:

死的就算罢了
活着又该怎样

上联直指段祺瑞政府,言外之意是,烈士的鲜血不能白流,血债须用血来偿还;下联激励活着的人们不向邪恶势力屈服,不要坐以待毙,要化悲痛为力量,前仆后继地坚决斗争。

3月23日,鲁迅先生参加北大等三院校组织的追悼会,又撰送一副挽联:

死了就算罢了，何须萦怀留恋慈母依间，幼儿在抱

活着将怎样着，无非多经几次枪声惊耳，弹雨淋头

这副挽联是第一副挽联的续句联，融入了第一副挽联的联意，并略加修改，将"死的就算罢了"改为"死了就算罢了"；将"活着又该怎样"改为"活着将怎样着"。

出句着重缅怀爱国志士"舍小家，为大家"的英雄壮举，祈祷死难者安息。"慈母依间"写出了遇难者的母亲倚着家门盼望着儿女归来的场景；"幼儿在抱"写出了遇难者还年轻，还有嗷嗷待哺的孩子，但他们在国难当头之际都能义无反顾、视死如归、慷慨赴死。此联读起来尤为感人。一句"何须萦怀留恋"表达了人死不能复生，活着的人虽然悲痛，却也愿让死难者安息的情感。

对句着重强调时局环境的险恶，后来者要不怕流血，要有进行艰苦卓绝的斗争的心理准备。"枪声惊耳，弹雨淋头"写出了时局的险恶和反动政府的邪恶。当年《申报》曾于1926年3月22日对这一惨案给予了充分报道："3月18日，北京群众五千余人，由李大钊主持，在天安门集会抗议，要求拒绝八国通牒。当游行队伍来到北京铁狮子胡同中段祺瑞执政府门前请愿时，执政府卫队在不加任何警告的情况下，向请愿队伍实弹射击，当场打死47人，200余人受伤……"一句"无非多经几次"，表现了活着的爱国志士不会向卖国者屈服，写出了"生当作人杰，死亦为鬼雄"的英雄气魄。鲁迅在楹联中，不畏强暴，执笔对战，

显示出一个勇猛坚韧的战士的气概。

鲁迅先生最早立志学医救人后东渡日本，曾就读于仙台医学专门学校，但后来看到国家的落后，意识到是国人思想落后所致，便毅然弃医从文，以手中的笔作为匕首和投枪，与封建势力和反动势力做斗争，并自称为"战士"。

鲁迅曾写了一首为人们熟知并传诵的名诗《自嘲》："运交华盖欲何求，未敢翻身已碰头。破帽遮颜过闹市，漏船载酒泛中流。横眉冷对千夫指，俯首甘为孺子牛。躲进小楼成一统，管他冬夏与春秋。"据查证，这首诗最早是写给柳亚子先生的。据《鲁迅日记》1932年10月12日载："午后为柳亚子书一条幅，云：'运交华盖欲何求……达夫赏饭，闲人打油，偷得半联，凑成一律'以请亚子先生教正。"后人多截取其中著名的两句作为楹联悬挂于厅堂。

横眉冷对千夫指
俯首甘为孺子牛

对于鲁迅这副名联，毛泽东在《在延安文艺座谈会上的讲话》中有过解读："鲁迅的两句诗，'横眉冷对千夫指，俯首甘为孺子牛'，应该成为我们的座右铭。'千夫'在这里就是说敌人，对于无论什么凶恶的敌人我们决不屈服。'孺子'在这里就是说无产阶级和人民大众。一切共产党员，一切革命家，一切革命的文艺工作者，都应该学鲁迅的榜样，做无产阶级和人民大众的'牛'，鞠躬尽瘁，死而后已。"与此同时,在学术界,对"千夫"与"孺子"的解读,也有不同的看法。

上联"横眉冷对千夫指"中的"千夫指",源于《汉书·王嘉传》:"里谚曰,'千人所指,无病而死。'"文中所说的"千人"即"千夫",指群众。不过,鲁迅之前曾在《致李秉中》一文中说:"今幸无事,可释远念。然而三告投杼,贤母生疑。千夫所指,无疾而死。生丁今世,正不知来日如何耳。"鲁迅在文中给"千夫"赋予新的含义,也就是敌人,而且是各式各样的敌人。这与鲁迅1933年所作的七言绝句《无题》中"一枝清采采湘灵"之后的"无奈终输萧艾密"一样,"萧艾密"指敌人众多,跟"千夫"所指的敌人众多一致。因此,冷对"千夫指",不是冷对群众所指责的独夫,是冷对众多敌人的指点,这与毛泽东所说"'千夫'在这里就是说敌人"是一致的。

下联"俯首甘为孺子牛"中的"孺子牛"可见于《左传·哀公六年》中,鲍子曰:'汝忘君之为孺子牛而折其齿乎?而背之也!'这里的"孺子"指春秋时齐景公的幼子荼。齐景公非常爱幼子荼,一次自己装作牛,口里衔着绳子,让他牵着玩。不巧幼子荼跌了一跤,因此扯掉了景公的牙齿。从《鲁迅日记》的解读和《自嘲》全诗来看,鲁迅这里的"孺子"有着多层的意思,不仅是指自己的孩子,也引申到了更宽泛的社会领域,即人民大众,否则就无法解释上联的"横眉冷对"一句了。从《自嘲》整首诗来讲,这是一首时政诗,借喻和借景生情都是情理之中的。

鲁迅这首诗中的"横眉"两句之所以成为传诵的名言和名联,就在于他既是在"自嘲",又不限于"自嘲"。恰恰是这两句亮明了他鲜明的政治立场：面对国家生死存亡之秋，面对国民党政府的文化"围剿"和左联内部极左思潮对他的攻击，他也只有"横眉冷对千夫指"；面对无产阶级和人民大众的文化需求，他只有"俯首甘为孺子牛"。

这副楹联巧妙地运用了对偶、比喻的修辞手法，表达了鲁迅对敌、对友的两种截然不同的态度，不仅意味深长而且形象生动。郭沫若在《鲁迅诗稿序》里赞美此联："虽寥寥十四字，对方生与垂死之力量，爱憎分明；将团结与斗争之精神，表现具足。此真可谓前无古人，后启来者。"

鲁迅先生在其一生中写过许多脍炙人口的楹联。譬如："血沃中原肥劲草；寒凝大地发春华""忍看朋辈成新鬼；怒向刀丛觅小诗""男儿死耳，恨壮志未酬，何日令威来华表；魂兮归去，知夜台难瞑，深更幽魄绕萱帏"等等。他的楹联疾恶如仇，像是匕首和投枪，起到了激励人心、催人奋进的作用。

郭沫若联语中的潇洒与才气

郭沫若(1892—1978),原名郭开贞,字鼎堂,号尚武,乳名文豹,笔名沫若、麦克昂、石沱、高汝鸿、羊易之等。我国著名现代文学家、历史学家、新诗奠基人之一。1914年,郭沫若留学日本,在九州帝国大学学医。1921年,其因发表的第一本新诗集《女神》成为中国新诗的奠基人之一。1930年,流亡日本期间,他撰写了《中国古代社会研究》。1949年,郭沫若当选为中华全国文学艺术会主席。1952年,郭沫若获得"加强国际和平"斯大林国际奖。1978年6月12日,在北京逝世。郭沫若在中国现代文学史和社会科学领域占有重要地位。其代表作有诗集《女神》、历史剧《棠棣之花》《屈原》《蔡文姬》《武则天》等、史学著作《中国古代社会研究》《甲骨文字研究》《两周金文辞大系图录考释》《金文丛考》等,均在学术界引起震动。有《郭沫若文集》(17卷)和《郭沫若全集》传世。

郭沫若早在五四运动时期,就以一部诗集《女神》引领一代诗风,成为我国新诗歌运动的奠基者。他是中国文坛巨匠、史学泰斗,在学术的若干领域,特别是在中国诗歌史、中国古史研究、古文字研究方面的成就都是巨大的。

郭沫若的楹联作品华美而有韵味，浪漫而又大气，在中国现代文学史上留下了浓墨重彩的一笔。其才气在年轻的时候就显露了出来，其中一副为：

故国同春色归来，直欲砚池溟渤笔昆仑，裁天样大旗横书汉字
民权如海潮爆发，何难郡县欧非城美奥，把地球员幅竟入版图

辛亥革命的成功，给在四川求学的郭沫若以创作上的激情。那年郭沫若回家度寒假，应乡亲们之邀，撰写了多副反映辛亥革命成功的春联，这副楹联就是最具浪漫色彩的一副。

上联写出了青年郭沫若对辛亥革命一举推翻帝制所表露出来的"漫卷诗书喜欲狂"的兴奋劲儿。"故国同春色归来"分明是诗化了的浪漫情怀，表现了古老而多灾多难的中国，随着清王朝的垮台，迎来了满园春色。"直欲砚池溟渤笔昆仑"中的"溟渤"分别指溟海和渤海。溟海是神话传说中的海名，见于《列子·汤问》的"终北之北有溟海者，天池也"，以及晋代葛洪《抱朴子·广譬》的"登玄圃者，悟丘阜之卑；浮溟海者，识池沼之褊"。要把浩瀚无垠的溟海和渤海当作挥毫的砚池，要把巍峨的昆仑山当作如椽的巨笔，这联语说得是何等豪迈！"裁天样大旗横书汉字"更是气魄宏大，裁一面像天宇一般大的旗帜，上面只书写一个"汉"字。郭沫若当时那种高亢激越的爱国主义热忱和昂扬奋发的反帝反封建情绪，在联语中表现得非常充沛。

下联写出了青年郭沫若在辛亥革命胜利后，对未来的大胆憧憬。

"民权如海潮爆发"，写出了饱受压抑的民族情感得到了海潮般的释放，在"辛亥革命成功万岁"的欢呼中，大清王朝终于走到了尽头。随之，南京临时政府宣告成立，"中华民国"诞生了，2000多年的封建帝制瞬间土崩瓦解了。这一切都给予了青年郭沫若强烈的心理震撼。在他眼里，古老的中国如东方睡狮，一旦清醒，将雄踞东方。"何难郡县欧非城美奥，把地球员幅竟入版图"，此句"语不惊人死不休"的联语就是他心理的真实写照——敢想敢说，甚至还带有几分狂妄，一看就知出自少年之手。"郡县欧非"是指以欧洲、非洲为华夏的郡县。郡，是指古代政区单位，郡县用在这里是意动词，以……为郡县。"城美奥"是指以美国、奥匈帝国为城池。城，在这里也是意动词，以……为城。此联语极度夸张，也极富想象力，郭沫若的诗才也由此初露锋芒。

多少年后，郭沫若在剖析这副楹联时坦言："那时的少年大人都是一些国家主义者，他们有极浓重的民族感情、极葱茏的富国强兵祈愿，而又有极幼稚的自我陶醉。他们以为只要把头上的豚尾一剪，把那原始的黄色大龙旗一换，把非汉族的清王朝一推倒，中国便可立即成为'醒狮'，便可把英、美、德、法、意、奥、日、俄等当时的所谓'八大强'当成几个汤团一口吞下。"但透过这些想象，可以看到郭沫若的潇洒才气。一个"直欲"，一个"何难"，语言是何等豪壮；一个"砚池"，一个"大旗"，想象是何等奇绝；一个"郡县欧非"，一个"城美奥"，夸张是何等惊人！

郭沫若与鲁迅同为中国现代文学的开拓者和文学巨匠。他们有不同的创作风格，也有不同的个性，且都在中国文学史上留下了光辉的一页。虽与鲁迅共过事,却不曾见过其一面的郭沫若,听闻鲁迅逝世的消息十分悲痛,当晚作《民族的杰作——悼唁鲁迅先生》一文,并撰挽联以示悼念:

方悬四月,叠坠双星,东亚西欧同殒泪
钦诵二心,憾无一面,南天北地遍招魂

出句"方悬四月,叠坠双星,东亚西欧同殒泪"是作者对鲁迅在中国和世界文坛上的崇高地位所作的评价。作为中国"五四"新文化运动的旗手,鲁迅先生是中国新文化运动的一个符号。"方悬四月"是说鲁迅逝世(1936年10月19日)和高尔基逝世(1936年6月19日)刚好相隔四个月,"悬"有悬隔之意。"叠坠双星"比喻高尔基和鲁迅的相继逝世如双星坠落。高尔基是苏联著名作家、诗人、评论家,是社会主义、现实主义文学奠基人,苏联文学的创始人之一;鲁迅是中国现代文学的伟大奠基者和中国新文化运动的旗手,对民主革命和现代文学进步做出了巨大贡献。当年,鲁迅有"中国高尔基"之誉,故为"双星"。"东亚西欧同殒泪"表达了中苏两国人民对两位文学大师逝世的深切悼念之情。

对句"钦诵二心,憾无一面,南天北地遍招魂"是作者对鲁迅及作品的概括评价,并表达自己无缘在鲁迅生前见上一面的深切遗憾之情。"二心",是指鲁迅1932年出版的杂文《二心集》,以此代指鲁迅作品,并用此句表示作者对鲁迅作品的无比钦佩。"憾无一面"道出了心中的遗憾。郭沫若曾在《坠落》中说，他与鲁迅"尽管是生在同一国土，同一时代，并且长时间地从事于同性质、同倾向的工作，却一次也没有得到晤面的机会，甚至连一次通讯也没有。若是用旧式的话来形容，鲁迅和我始终是'天南地北'的分处着。""南天北地遍招魂"借用了《楚辞·招魂》——这是一篇独具特色的作品，是模仿民间招魂习俗写成的。郭沫若曾说："现在我是在相距极远的地方——日本向您招魂。"他用在此处，以表现世界人民对鲁迅的沉痛悼念。

这副挽联情感真挚，字里行间都涌动着撰联者的真情实感；构思巧妙，借高尔基衬托出鲁迅的伟大；对仗严谨，上下联首二句自对，又上下相对，是郭氏挽联中的上乘之作。

郭沫若创作的诸多门类的楹联中，状景联最为亮眼。新中国诞生后，郭沫若游览了许多名胜古迹，留下了许多墨宝。他在云南丽江写的《丽江玉泉公园得月楼联》营造的意境就很美。

龙潭倒映十三峰，潜龙在天，飞龙在地
玉水纵横半里许，墨玉为体，苍玉为神

上联"龙潭倒映十三峰"，写了丽江黑龙潭湖光山色之美。黑龙潭亦称玉泉，在云南丽江古城北之端的象山脚下。每当风和日丽、水面如镜之时，远处玉龙雪山十三峰犹如十三把利剑直插水中，象山半壁也映入水中，使黑龙潭水中有山，山在水中，山水相映，似瑶岛仙宫。"潜龙在天，飞龙在地"则借助玉泉龙潭的风光，描绘了一幅绝美的画卷。

玉龙雪山南北长约35公里，东西宽约25公里，山顶终年积雪，山腰云雾缭绕。远远望去，皑皑雪山，峰峰相连，气势磅礴，宛如一条潜龙腾空而起，又宛如一条飞龙落入山水之中，可谓魅力无限。

下联"玉水纵横半里许"写的是丽江黑龙潭的水色风光。在黑龙潭出水口，玉泉水呈现为叠水瀑布，流水滔滔，水花飞溅，形成了"纵横半里许"的玉水龙潭。"墨玉为体，苍玉为神"，把黑龙潭形容成"墨玉"和"苍玉"——墨玉，漆黑如墨，光洁可爱；苍玉，青绿如画，鲜明艳丽。古往今来，黑龙潭如诗如画的水色神韵，吸引文人墨客纷至沓来，如痴如醉。

全联仅30字，却写出了丽江玉泉的神韵，联语如泻、势若雄风，把这里的风景写活了。如今这副楹联悬于景区得月楼内。附近一座五孔石拱桥，长虹卧波，将黑龙潭一分为二，玲珑俊美的一文亭和得月楼分立内外潭心，四面临水，有桥与岸上相连。这座得月楼始建于清光绪二年，楼名取自古人对联"近水楼台先得月，向阳花木早逢春"。郭沫若在此题写了匾额"得月楼"三字及两副对联。一副是上边提到的楹联，另一副是集毛泽东诗词题云南玉泉得月楼：

春风杨柳万千条，风景这边独好
飞起玉龙三百万，江山如此多娇

这副集句联书法遒劲而洒脱奔放，为景区增色不少。当年，郭沫若在书就这副楹联付寄时，曾在诗词集联上作出如下注解："玉水龙潭得月楼落成,地方领导同志集毛主席词语四句为联,嘱为书出。一九六三年六月二十五日书就,寄自北京,心向往之,何日得能一游耶?"

老舍楹联中的简约风格

老舍（1899—1966），原名舒庆春，字舍予，著名小说家、剧作家，杰出的语言大师，新中国第一位获得"人民艺术家"称号的作家。1918年毕业于北京师范学校。1924年赴英国任伦敦大学亚非学院讲师。执教期间，开始创作长篇小说《老张的哲学》等，以讽刺的笔调描写市民生活。1930年回国，历任齐鲁大学、山东大学等校教授。1936年发表的《骆驼祥子》，为现代文学史上杰出的作品之一。抗战期间主持"文协"工作，抗战胜利后赴美讲学。新中国成立后回国，创作以戏剧为主，1950年创作话剧《龙须沟》，次年获北京市人民政府授予的"人民艺术家"称号。1957年写作的《茶馆》，成为新中国成立后杰出话剧作品之一。他著述丰富，因文笔生动、幽默，富有地方色彩，被誉为"语言大师"。老舍一生写作了1000多部作品，主要有小说《离婚》《四世同堂》《正红旗下》等，剧本还有《方珍珠》《春华秋实》《女店员》等。

语言讲究简练，老舍作为杰出的语言大师，其楹联就反映了这一语言特色。老舍撰写的楹联，多为五字句，或七字句，让人有一种一目了然，但又意味深长的感觉。譬如他的《题赠臧克家联》"学知不足；

文如其人"，更加直白的《题北京人民艺术剧院联》"人民要好戏；艺术登高峰"。老舍的楹联语言与他的戏剧语言有着共同的风格：俗白精致，雅俗共赏。他说过："没有一位语言艺术大师是脱离群众的，也没有一位这样的大师是记录人民语言，而不给它加工的。"从他的楹联语言中，我们能够感受得到他的文字都是精雕细刻、独居匠心的精品。老舍曾写过一首嵌名诗，摘取其中两句，就是一副精巧的联语：

素园陈瘦竹

老舍谢冰心

全联一共10字，却内含四位著名作家的名字，真可谓创意独特、工整绝妙、一语双关、诗意盎然、景中有情。

上联"素园陈瘦竹"中的"素园"即著名翻译家韦素园。他一生勤于文学翻译，译著有俄国果戈理小说《外套》、俄国短篇小说集《最后的光芒》、北欧诗歌小品集《黄花集》等。除此之外，他还创作了大量散文、小品、诗歌等文学作品。他逝世后，鲁迅曾撰写了《忆韦素园君》 文。陈瘦竹是小说家和戏剧理论家，历任南京国立编译馆编译，内迁四川的国立戏剧专科学校教师兼中央大学中文系教授，南京大学中文系教授、博士生导师、中文系主任。按字面意思，上联是写景，并以竹喻人，读之就像是在欣赏一幅精巧的园中素描：素雅的庭园里，挺立着几枝清瘦的秀竹，一个"陈"字，表现出了厚重。

下联"老舍谢冰心"中的老舍和谢冰心都是人人熟知的著名作家。

谢冰心的小说、散文都写得相当出色，可谓大作累累。下联是抒情，并将两位大家的名字衔接起来，不露痕迹地化用了唐朝诗人王昌龄的"洛阳亲友如相问，一片冰心在玉壶"的诗意。自古以来，"玉壶"与"冰心"都指人的品德美好，用在这里，展现了一个温馨淡雅的场景：一个古色古香的旧舍，主人过着简朴而雅致的生活，即情即景都赐予了主人晶莹高洁的品格。

老舍先生以巧妙的构思和语义双关的形式，将四位作家的名字组成了一副风清骨峻的趣联，可谓别出心裁。"素园"和"老舍"恰成妙对，"陈""谢"二字又可作动词用，足见其妙。尤其是一个"谢"字，既赋予"老舍"以思想感情，又升华了全联的意境，还显示了撰联人开朗乐观、幽默风趣、积极进取的精神面貌。此句可谓匠心独具，巧妙绝伦！

老舍是语言大师，对于语言艺术运用得得心应手，这得益于他从古代先人的创作中汲取了丰富的营养。老舍不仅创作了许多优秀小说和戏剧，还涉猎多种文学体裁。他写过很多很有趣味的对联，有一副就题于山东淄川的蒲松龄故居。

鬼狐有性格
笑骂成文章

这副楹联仅用10个字，就使蒲松龄一生的创作成就跃然纸上。蒲松龄是个文学奇才，世称"聊斋先生""鬼圣"。他沉醉于写《聊斋志异》，甚至摆茶摊，听路人讲奇异的故事，而后加工、写入作品中。《聊斋志异》收集故事约500篇，书中关于神鬼妖怪的故事曲折离奇，不仅结构严谨巧妙，而且文笔洗练、描写细腻，堪称中国古典短篇小说的高峰之作。

上联"鬼狐有性格"抓住了蒲松龄创作的特点，用"有性格"，对鬼狐赋予性情、喻以人格。这体现在蒲松龄笔下的鬼狐、妖精很多会化身为善良、智慧的少女，隐示他对封建礼教的反抗，对人性解放的追求。他对那些贪官污吏、土豪劣绅，则用犀利、嘲讽的笔墨，予以暴露、叱骂，直爽地表明了《聊斋志异》创作倾向。

下联"笑骂成文章"，化用了诗人黄庭坚赞扬苏东坡的名句"嬉笑怒骂，皆成文章"之意。这与蒲松龄的身世和境遇是分不开的。蒲松龄参加科举考试，屡试不第，30岁外出教学，70岁才回故里，漂泊潦倒一辈子，对黑暗的世道、腐朽的吏治、舞弊的科场、污浊的社会，都洞察秋毫，这也为他创作《聊斋志异》提供了思想基础。

这副楹联用语平白而通俗，却又颇有深度，且抓住了蒲松龄创作的精髓，能给读者以思考，从中领悟老舍、蒲松龄等古今文豪的创作风格。我们从中可以看出，一个作家若想写出引人入胜的作品，不光要有生活积累，更要凭借丰富的想象力。

老舍作为语言大师的境界是长期创作积累而成的。他擅长将传统的古典诗歌引入楹联，形成高雅的文字；又擅长将民间的语言脱去自然形态的粗糙与随意，转而炼成金句，从而使笔下的文字显露出朴素中的精致，可谓"清水出芙蓉，天然去雕饰"。老舍在20世纪60年代曾书赠巴金一副对联，就彰显了这一特点。

云水巴山雨

文章金石声

这副楹联是老舍对享誉海内外的巴金的客观评价，并彰显了两位文学大家的真挚友谊。出句"云水巴山雨"中"巴山"指大巴山，在陕西南部和四川东北交界处，泛指巴蜀一带，也就是巴金的故乡四川。这里化用了晚唐诗人李商隐《夜雨寄北》诗中的"共话巴山夜雨时"，暗喻巴金为蜀中奇才。对句"文章金石声"中的"金石"，意为金和美石之属，常用以比喻诗文音调铿锵、文辞优美。譬如南北朝沈约的《怀旧诗·伤谢朓》的"吏部信才杰，文锋振奇响。调与金石谐，思逐风云上"，唐朝韩愈《荆州唱和诗序》的"铿锵发金石，幽眇感鬼神"。此语在联中盛赞巴金的文章犹金石之声饮誉海内外。

老舍这副楹联还是嵌字联，即是以嵌字为主要特点的对联。所谓嵌字，就是将选定的字通过与其他字词的搭配组合而专门嵌在联中合适的位置上，既能发生意变，也能给人一种新的艺术享受。嵌字组句时必须符合上下联句式相同、字数相等、音韵和谐、对仗工整、意义相关或相对等基本要求。此联归类于嵌名联中的鸢肩格，就是将巴金的名字分别嵌在上下联第三个字位置上。

老舍的楹联风格朴实、简约，俗而能雅，清浅中有韵味，是其独具特色的写作个性。其传世的诸多楹联为后人所称道，非常有意义。

赵朴初的寺院联语

赵朴初（1907—2000），中国佛教学者，杰出的书法家、诗人，著名的社会活动家和爱国主义者。幼承家学，勤于文史哲的研习。大学时代开始接触佛学，后遂深入探索佛教各宗哲理教义。20世纪30年代初，曾任中国佛教会秘书、主任秘书，致力于佛教及社会救济事业。1936年参加抗日救亡运动，发起成立中华佛教护国和平会。抗日战争爆发后，参加上海慈善团体联合救灾会，收容、救济战区难民，动员大批青壮年参加抗战。1939年参加宪政促进运动。1945年与马叙伦、许广平等发起组织中国民主促进会，争取民主，反对内战。1949年代表佛教界出席中国人民政治协商会议第一届全体会议。1952年发起并筹备成立中国佛教协会。1982年日本佛教传道协会特授予其传道功劳奖；日本佛教大学授予其名誉博士学位。1985年日本庭野和平财团授予其"和平奖"。长期从事社会救济救灾工作以及慈善事业，直到晚年体弱多病时，还亲自为遭受地震和洪水灾害的地区筹集救灾资金。2000年5月21日，因病在北京逝世。著作有《滴水集》《片石集》《佛教常识答问》等。

赵朴初生前担任中国佛教协会会长，是德高望重的佛学家，长期从事中外文化交流活动，其诗歌、书法和楹联都有很高的艺术造诣。自古以来，我国的佛学文化就与楹联艺术紧密联系，走进寺院大堂，楹联四处可见，这也为赵朴初的楹联创作提供了一个很大的空间。他创作寺院楹联气魄宏大、意韵隽永、深沉警策、清新洒脱、精妙绝伦，堪称当代楹联泰斗。例如《题江苏南京栖霞寺》一联：

创业溯南朝，想当年花雨六时，朗公讲席驻三论
分身还故国，喜此日海天一色，鉴师行踪垂千秋

上联讲述了栖霞寺的佛学历史文化，缅怀了南朝高僧僧朗的功德。

"创业溯南朝"是指栖霞寺的历史渊源。栖霞寺位于南京市栖霞区栖霞山中峰西麓，三面环山，北临长江，是中国四大名刹之一，佛教"三论宗"的发源地，南北朝时期中国的佛教中心。1979年，赵朴初曾为栖霞寺重修题写过《重修栖霞寺碑文》，对栖霞寺1500年的历史作了总结和介绍。

"想当年花雨六时"中的"花雨"，为佛教语，意为诸天为赞叹佛说法之功德而散花如雨。李白在《寻山僧不遇作》诗中也有"香云遍山起，花雨从天来"句。"六时"指古印度将一昼夜分为六时，即一天24小时分成6段，每段4小时，在《大唐西域记》中有明确记载。

"朗公讲席驻三论"，依照赵朴初的碑文解释为"时为齐永明七年也。后僧朗法师来自辽东，大弘三论之学，世称为江南三论之祖。僧诠、法朗诸师继之，其学益盛"。可见僧朗法师是新三论学派之鼻祖，曾就法度学习经论，尤精于华严、三论之学。在栖霞山，僧朗游于法度

的门下，后继承法度的栖霞寺法席。梁武帝笃信佛教，遣人到栖霞山学习三论大义。嗣后数代相传，遂有"摄岭相承"的宗派。僧朗受学之后，始终隐居栖霞山，住止观寺，故有山中师、止观诠等称号，一生精研三论，成就卓著。

下联讲述唐代高僧鉴真东渡日本传播了中国的佛学文化，1200年以后，鉴真和尚魂归故里。

"分身还故国"是指1963年中日两国佛教文化等各界人士曾共同举行纪念鉴真和尚圆寂1200年的盛大活动。日本佛教界以鉴真和尚雕像斋赠中国，奉安在栖霞寺。在藏经楼左侧为"过海大师纪念堂"，堂内供奉着鉴真和尚脱纱像，陈列着鉴真第六次东渡图以及鉴真和尚纪念集等文物，这些都是日本佛教界赠送的，是中日佛教界友好往来的历史见证。

"喜此日海天一色"，借用了"海天一色"，比喻在鉴真和尚回归故里的喜庆日子，一衣带水的中日两国佛教界都在纪念这个历史人物，当年鉴真和尚应日本留学僧请求先后六次东渡，弘传佛法，促进了文化的传播与交流。

"鉴师行踪垂千秋"表达了对鉴真千秋功绩的景仰。"鉴师"是指唐代高僧鉴真。他是唐朝僧人，俗姓淳于，广陵江阳人，律宗南山宗传人，也是日本佛教南山律宗的开山祖师，著名医学家，曾担任扬州大明寺主持。公元763年6月25日，鉴真在日本奈良唐招提寺圆寂，终年76岁。日本人民称鉴真为"天平之甍"，意为他的成就足以代表天平时代文化的屋脊，比喻高峰、最高成就。

在赵朴初的笔下，还记录了一座古刹——寒山寺。寒山寺是因唐代贞观年间名僧寒山命名的。在大雄宝殿内的庭柱上悬挂着赵朴初居士撰写的一副楹联：

千余年佛土庄严，姑苏城外寒山寺
百八杵人心警语，阎浮夜半海潮音

上联"千余年佛土庄严"，是回顾寒山寺佛学文化的源远流长。寒山寺位于江苏苏州，始建于南朝萧梁代天监年间，距今已有1400多年，于唐太宗贞观年间改名为寒山寺。在漫长的历史岁月中，寒山寺先后多次遭到火毁，最后一次重建是在清代光绪年间。"佛土庄严"是说寒山寺历经磨难，但仍顽强地留存下来，并为我国历史上十大名寺之一。寺内古迹甚多，有张继诗的石刻碑文，寒山、拾得的石刻像，文徵明、唐寅所书碑文残片等；寺内主要建筑有大雄宝殿、庑殿（偏殿）、藏经楼、碑廊、钟楼、枫江楼等，这里的一切似乎都在述说着这片佛土的庄严。

"姑苏城外寒山寺"借用了唐代诗人张继那首千古绝唱《枫桥夜泊》中的"姑苏城外寒山寺，夜半钟声到客船"句。传说张继去长安赴考，落第返回时，途经寒山寺，夜泊于枫桥附近的客船里，一夜难眠，忽听寒山寺钟声，遂有感而作。这句诗让人们记住了寒山寺，也记住了寒山寺的钟声。钟声悠扬、诗韵千古。

下联"百八杵人心警语"中的"百八杵"是指僧人撞钟要敲108

下。后人解释说，"百八杵"主要含义有二：其一，每年有12个月、24个节气、72候（五天为一候），相加正好是108，敲钟108下，表示一年的终结，有除旧迎新的意思。其二，依照佛教传说，凡人在一年中至少有108个烦恼，聆听钟声后，人的所有烦恼便可消除。因而，每年除夕之夜，中外游人云集寒山寺，只为聆听108声钟响，在钟声中辞旧迎新，祈祷平安。赵朴初的这句联语，也是告诫人们，听了这"百八杵"，如闻"人心警悟"——"诸恶莫作，众善奉行！"

"阎浮夜半海潮音"中的"阎浮"是梵语的音译，一种大树名，见《长阿含经》："阎浮提，有大树王，名曰阎浮，围七由句，高百由旬。"明代张居正在《敕建慈寿寺碑文》中说："要使苦海诸有，悉度无漏之舟，阎浮众生，咸证菩提之果。"后来，人们常用"阎浮"泛指人间世界。此联句与上联相呼应，指人世间也时常在夜半听到海潮的声音，寓意要时刻警醒。

赵朴初一生走遍了中国的古刹名寺，留下了许多脍炙人口的寺院联语。比如《题浙江鄞县天童寺冷香塔院碑亭》一联："明月挂寒空，般若心传，冷香飞上诗句；法云兴旧塔，洞庭波送，悲光流遍神州"，景色唯美，神思飞扬；《题安徽青阳九华山十五殿》一联："百千方便救拔众生，诸佛共称扬，担荷如来殷情咐嘱；万亿毫光照临胜地，九华垂圣迹，慈悲示现不坏金刚"，扬善抑恶，普度众生；《题江苏镇江定慧寺》一联："面面涌风涛，悉皆黄檗婆心，棒喝声高尘不动；亭亭亘今古，常住普贤愿海，虚空界尽鹤归来"，海阔天空，畅想古今……我们从这些楹联中，都能得到美的享受和慈悲心的熏陶。

名联篇

　　中华文化之博大，宛若星辰；中华文化之精深，浩如沧海。在中华文化的璀璨星辰和沧海之中，华夏楹联犹如繁星一颗，熠熠生辉；恰似浪花一朵，晶莹如玉。楹联在我国的文化百花园中，是一种独特的文学形式，也具有文学的一般性和普遍性。楹联也是一种用语言塑造文学形象，反映社会生活，表达思想感情的艺术。自古以来，楹联文化就以其独特的艺术魅力薪火相传，不但是文人雅士施展才学的途径，也是平民百姓喜闻乐见的方式。游走在名山秀水、名寺古刹、名楼亭园、堂馆书院，随处可见名人题写的楹联，为山河添彩；行走在田园水乡、边城山寨、古老小巷、居民社区，到处可见书写人生百味的联语。经过历史长河的冲刷，很多看似普通的楹联流传了下来，成为脍炙人口的千古名联。让我们沿着先人的足迹，漫步于楹联的大观园，去领略岳阳古楼的风韵、杭州西湖的风雅、苏州沧浪亭的风情吧！你将感受到祖国山川的秀美，楹联文化的魅力！

《题岳阳楼》长联

岳阳楼背靠岳阳城，俯瞰洞庭湖，遥对君山岛，北依长江，南通湘江，自古为湖南名胜。一篇绝代华章《岳阳楼记》，愈发让岳阳楼闻名遐迩。"洞庭天下水，岳阳天下楼"，引无数文人雅士到此吟诗作联。到了清末，有一知府窦埍，不但会做官，而且会作联，来到岳阳楼，运笔初露锋芒，不想竟留下了千古绝唱！

一楼何奇？杜少陵五言绝唱，范希文两字关情，滕子京百废俱兴，吕纯阳三过必醉。诗耶？儒耶？吏耶？仙耶？前不见古人，使我怆然涕下

诸君试看，洞庭湖南极潇湘，扬子江北通巫峡，巴陵山西来爽气，岳州城东道岩疆。潴者？流者？峙者？镇者？此中有真意，问谁领会得来

这副楹联用"气势磅礴"一词形容绝不为过。上联纵向论史，洋洋洒洒；下联横向写景，浩浩荡荡。全联借助名人的典故、诗文、逸事，写出了历史的沧桑、文人雅士的情怀、岳阳楼的雄奇、洞庭湖的壮阔、扬子江的湍急、巴陵山的险峻……全联用一连串的问答，指点江山，回

顾历史，抚今追昔；用了两组排比，以多层次、多角度的笔法，将岳阳楼的历史、传说、景致表现出来，不愧为千古奇联。

上联一连用了四个人物典故来回答"一楼何奇"之问。

"杜少陵五言绝唱"中的"杜少陵"即唐代大诗人杜甫。因汉宣帝许皇后之陵在陕西省西安市长安区南，其地称少陵原。杜甫曾在此居住，故自号"少陵野老"。"五言绝唱"是指杜甫的五言律诗《登岳阳楼》，"昔闻洞庭水，今上岳阳楼。吴楚东南坼，乾坤日夜浮。亲朋无一字，老病有孤舟。戎马关山北，凭轩涕泗流"。此一奇在于洞庭之水。诗的颔联"吴楚东南坼，乾坤日夜浮"，紧扣上联的"水"字，虽没出现水字，却专门写洞庭水。诗人站在岳阳楼上极目眺望，只见洞庭湖水茫茫一片，一眼望不到头。此联句道出了岳阳楼之下，洞庭湖的广大！

"范希文两字关情"中的"范希文"即北宋文学家范仲淹，字希文，有《范文正公集》传世。其中《岳阳楼记》最为著名，尤以"先天下之忧而忧，后天下之乐而乐"的名句为世人所传诵。"两字关情"即指其中的"忧""乐"两字。此二奇在于《岳阳楼记》的这两个字，使得岳阳楼的景色与仕人志士的思想和操守结为一体，对后世影响深远。

"滕子京百废俱兴"引自范仲淹在《岳阳楼记》中写的"庆历四年春，滕子京谪守巴陵郡，越明年，政通人和，百废俱兴，乃重修岳阳楼，增其旧制"那段话。滕子京即滕宗谅，字子京，北宋河南人。其与范仲淹同举进士，历任殿中丞、知州、天章阁待制，后被贬到岳阳，次年主持重修岳阳楼。此三奇便在于滕子京贬官至岳阳，重修旧楼后使岳阳楼焕发了生机,才有了如此名声。

"吕纯阳三过必醉"中的"吕纯阳"即吕洞宾,唐代进士。相传他后来入终南山修道成仙,为"八仙"之一,自号纯阳子。据《岳阳风土记》载,吕洞宾好酒,曾三醉岳阳楼,楼上有他留的字。"三过必醉"源于吕洞宾的诗《绝句》:"三入岳阳人不识,朗吟飞过洞庭湖"。此四奇在于八仙之一吕洞宾的传说,为岳阳楼增添了几分神秘的色彩。

"诗耶?儒耶?吏耶?仙耶?"这是题联者发出疑问,岳阳楼之神奇,是缘于杜甫的诗,还是范仲淹的儒?是缘于滕子京的官,还是吕洞宾的仙?

"前不见古人,使我怆然涕下"化用了唐代诗人陈子昂《登幽州台歌》中的诗句"前不见古人,后不见来者。念天地之悠悠,独怆然而涕下",回顾悠悠历史,遥望浩浩江水,给人一种悲怆悠远之感。

下联一连用了四处景致来诠释"诸君试看"什么。

"洞庭湖南极潇湘"是指洞庭湖的水势,南边直到潇水和湘水。潇水,是长江流域洞庭湖水系湖南省湘江的东源。湘水,指湘江,是湖南省最大河流。此为一看洞庭湖之水。

"扬子江北通巫峡"中的"扬子江"即长江,"巫峡"为长江三峡之一,在湖北巴东县西,与重庆市巫山县接界。此为二看扬子江之流。

"巴陵山西来爽气"是指巴陵山在岳阳的西边,岳阳古代曾称巴陵郡。相传夏后羿曾斩巴蛇于洞庭湖,积骨成丘陵而得名。"爽气"即明朗开豁的自然景象,参见南北朝文学家刘义庆的《世说新语·简傲》中"西山朝来,致有爽气"。此为三看巴陵山之陡。

"岳州城东道岩疆"中的"岳州",即今之岳阳市。"东道岩疆"是指东西接连高山,"岩疆"是指山岩之边界。此为四看岩疆之巅。

"潴者？流者？峙者？镇者？"中的"潴者",一作"渚",为水停聚之地,可参见唐代韩愈《岳阳楼别窦可直》中的诗句"潴为七百里,吞纳各殊状"。"峙者"即陡立、耸立着的。"镇者"指一方的主山称镇,描绘山势雄镇一方的样子。

"此中有真意,问谁领会得来"是楹联收尾的一句设问,给人一种意犹未尽的感觉。下联是依据视觉所见续写岳阳楼之奇美,极目远眺,南望潇湘,北及巫峡,西至巴陵山,东穷岩疆。但见一泓湖水,奔腾江河,耸立群山,主峰之巅都尽收眼底。撰联至此,难免激情奔涌,发出"谁领会得来"之问,可谓言虽尽而意无穷。

这副长联之所以在名家荟萃的题岳阳楼楹联中独树一帜,就在于作者的匠心独运。上联开篇就赞叹岳阳楼之奇,历数名人典故论证：以杜甫的五言绝唱引出洞庭湖的浩瀚寥廓;以范仲淹的佳辞写出岳阳楼的底蕴;以滕子京的政绩论证岳阳楼的生机;以吕洞宾的传奇增添岳阳楼的神奇。窦垿把诗、儒、吏、仙几方面的史迹和典故巧妙地融入长联之中,把岳阳楼之奇伟写到绝处,然后笔锋突然一转,化用陈子昂的千古妙辞,抒发不见前代贤才的悲叹和感慨之情,将其深沉的情思展露于读者之前。

这副长联在修辞上采用排比、铺陈和当句自对等手法,由古及今,从不同的角度,有层次、全面、完整地表现了岳阳楼的雄奇;以一人一典、一典一事、一事一层、一层一叠的手法,将岳阳楼的古往今来、历史佳话和壮观景色，活灵活现地刻画出来，并揭示了岳阳楼著名而雄奇的根本原因。

　　这副长联在结构上采用了上下联文论史与写景相照应的方法，并贯穿始终。上下联中分别多次重复运用了"耶"和"者"这两个虚字，这对调整对联的结构、增强对联的气势、抒发作者的情感起到了补衬的作用。上下联各有11个分句，其对仗整齐，且一气呵成，读起来节奏铿锵、大气磅礴、汪洋恣肆，含无穷意蕴，耐人寻味。

《题昆明大观楼》长联

范仲淹一篇《岳阳楼记》让岳阳楼荣享"江南三大名楼"之誉，孙髯一副《题昆明大观楼》让大观楼跻身"天下名楼"之列。说起这副长联的作者孙髯，虽是一介布衣，却也是个传奇人物。据说，他一生下来就有胡须，所以取名叫"髯"，字髯翁。孙髯老家在陕西三原。幼时，因父亲到云南做武官，孙髯也随之到了昆明。孙髯从小就写得一手好诗文，连出游都身不离书，却偏偏生性清高，在参加童试时，他因不愿受搜身之辱，愤然离去，从此不复参加科举，一生都为平民。

昆明大观楼，西近华浦，濒临滇池草海北滨。自清代康熙年间建成以后，"周围添筑外堤，夹种桃柳，点缀湖山风景"，"从此高人韵士，选胜登临者无虚日"。一时间，达官显贵喜欢临湖宴饮，骚人墨客喜欢登楼歌赋。

乾隆二十五年（1760）进士、临安知府王文治的《秋日泛舟近华浦》中，以"忆偕诗太守，高宴集朋辈。丝竹贯珠玑，篇章山瑰怪"道出了附庸风雅的"热闹"。吟咏大观楼的诗词，多描绘山光水色，粉饰"太平盛世"，屈膝歌功颂德之作，离不开吟风弄月，离愁别恨。

孙髯翁虽一介布衣寒士，却胸怀黎民天下，游走于江河山川。他曾溯流而上考察金沙江，有"引金济滇"的设想，又考察盘龙江，写成

《盘龙江水利图说》。他一路游走，目睹官吏榨取民财、百姓流离失所，知晓滇中深藏隐患，一腔激愤寓于心中。但登大观楼时，满眼趋炎附势之作、歌舞升平之说，孙髯心绪难平，激愤如潮，于是奋笔疾书，一扫俗唱，挥毫书就，惊世骇俗的180字长联脱颖而出：

五百里滇池，奔来眼底，披襟岸帻，喜茫茫空阔无边。看东骧神骏，西翥灵仪，北走蜿蜒，南翔缟素。高人韵士，何妨选胜登临。趁蟹屿螺洲，梳裹就风鬟雾鬓；更蘋天苇地，点缀些翠羽丹霞，莫辜负四围香稻，万顷晴沙，九夏芙蓉，三春杨柳。

数千年往事，注到心头，把酒凌虚，叹滚滚英雄谁在？想汉习楼船，唐标铁柱，宋挥玉斧，元跨革囊。伟烈丰功，费尽移山心力。尽珠帘画栋，卷不及暮雨朝云；便断碣残碑，都付与苍烟落照。只赢得几杵疏钟，半江渔火，两行秋雁，一枕清霜。

《题昆明大观楼》长联一出，振聋发聩，四座皆惊。那些权贵富贾、文人墨客的笔墨楹联，相形见绌、黯然失色，却不知"高手藏于民间，虚名显于官场"。孙髯的长联尽摹万载滇池之美，极言千年滇史之实，辞采灿烂、气贯长虹、沉郁顿挫、一扫俗唱，以至昆明百姓竞抄殆遍，蔚为滇中盛事。清道光年间"五华五子"中的戴䌹孙评价说："浑灏流转，化去堆垛之迹，实为仅见"。现代著名古文字学家郭沫若也曾盛赞道："长联犹在壁，巨笔信如椽"。

这副长联以空间和时间为两条主线，纵横于自然景色，驰骋于历史沧桑，使楹联艺术与心灵相融，余味绕梁，让人百读不厌、叹为观止。从总体讲，上联写"五百里滇池"的妖娆风光，下联尽情抒发对云南"数千年往事"的无限感慨，从汉代到清代——道来，情景交融，发人深思。

上联"五百里滇池，奔来眼底，披襟岸帻"中的"五百里"，出自《云南通志·地理志》的"滇池为南中巨浸，周广五百余里"。"披襟"意为敞开衣襟，多喻心怀舒畅。"岸"，为动词，推开的意思；"帻"是指古时的一种头巾。"披襟岸帻"意为推起头巾，露出前额，以此形容态度洒脱，或衣着简率不拘。"喜茫茫空阔无边"引出五百里滇池的壮丽景致。"东骧神骏"是指昆明东面的金马山如奔驰的神骏，其中"骧"，指昂头奔跃的马；"神骏"，原本是指良马、骏马，后形容良马、猛禽的姿态，猛而神骏。相传在古老的滇池，有匹金光闪闪的神马，能日行五百里。这匹神马常常在昆明东面的山林中出没，现时金光四射、万木生辉，人称神骏。后来，人们便把金马隐现的东山称为"金马山"。"西翥灵仪"中的"翥"是飞举之意，"灵仪"是指昆明西面的碧鸡山。传说那里山中有只碧玉般的凤凰，鸣声悦耳，且能传数十里；凤凰展翅，炫人眼目，故人称"碧鸡山"。人们在这两座山的山脚分别建"金马寺"和"碧鸡祠"来祭祀它们，后又在城中建金马、碧鸡两座牌坊。魏晋时期辞赋家左思，在《蜀都赋》中有"金马骋光之绝影，碧鸡倏忽而耀仪"的名句。

"北走蜿蜒，南翔缟素"分别指昆明北面的蛇山和西面的白鹤山。而后，作者以"高人韵士，何妨选胜登临"抒发感慨：文人学者们何不选择登上这名胜高楼来欣赏一番？"趁蟹屿螺洲，梳裹就风鬟雾鬓"描述了滇池中如蟹似螺的小岛或小沙洲，像美女般婀娜多姿。"风鬟雾鬓"在此处喻摇曳多姿的垂柳。"更蘋天苇地，点缀些翠羽丹霞"是指漫天的水草、遍地芦苇，以及点缀其间翠绿色的鸟雀和丹红色的云霞光。"莫辜负四围香稻，万顷晴沙，九夏芙蓉，三春杨柳"是说如此美景，不要辜负了遍野的香稻、万顷的苍翠莎草、夏日的芙蓉和春天的杨柳。这里以"晴沙"入联，主要描写了雨止云散，天气放晴，滇池边上大片深绿色的莎草，在阳光照耀下，更是苍翠欲滴。孙髯仅用了几十个字就将滇池一望无际的山水风光描绘得栩栩如生，可谓了得。

下联以"数千年往事，注到心头，把酒凌虚"为开端，写了作者追溯历史的心情，大意是说，数千年的历史风云都涌上心头，只能端起酒杯，对着天空感叹。"凌虚"，指升上天空。"凌"，取升、登上之意，参见杜甫《望岳》一诗的"会当凌绝顶，一览众山小"。这里用的是夸张的笔法。

随即，一句"叹滚滚英雄谁在"引出了下联从汉到元四个朝代的历史典故。"汉习楼船"取自《史记·平准书》，说的是公元前120年，汉武帝使臣经过横断山入云岭之南的洱海地区，被当地人所阻。于是，武帝"大修昆明池，治楼船……"以操习水军，准备攻取滇国（今云南）。"楼船"，指多层的大船。"唐标铁柱"取自《新唐书·吐蕃列传上》，说的是公元707年，吐蕃及姚州蛮寇边。唐中宗时，御史唐九征平蕃之乱后"建铁柱于滇池以勒功"，即立铁柱故址在今祥云县境。"宋挥玉斧"取自《续资治通鉴·宋纪》："全斌既平蜀，欲乘势取云南，以图献。帝（赵匡胤）鉴唐天宝之祸起于南诏，以玉斧画大渡河以西曰：'此外非吾有也！'"此处指宋徽宗时，大理国段和誉遣使朝贡，受封为大理国王。"玉斧"指文房玩物，作镇纸用。"元跨革囊"取自《元史·宪宗本纪》，说的是公元1252年，"忽必烈征大理过大渡河，至金沙江，乘革囊及皮筏以渡"，指忽必烈入大理国。次年又东入鄯阐（今昆明），统一云南全境。

作者在讲述历史典故后，一句"伟烈丰功费尽移山心力"，道出了创伟业丰功之艰难。"尽珠帘"二句化自王勃《滕王阁序》中"画栋朝飞南浦云，珠帘暮卷西山雨"，意为"伟烈丰功"所获取的雍容华贵，都像暮雨朝云一般很快便烟消云散了，就连那铭刻功绩的残碑，如今也不过横卧在苍烟和夕阳之下。"珠帘画栋"意为彩色的屋梁，红色的朱帘，形容雍容华贵的府邸。"只赢得几杵疏钟，半江渔火，两行秋雁，一枕清霜"为最后一句，是议论后的结论：那些曾经的显贵，最后只落得几声冷落的钟声，半江清冷的渔火，两行秋天的雁群，一枕冬日的霜露。

这副长联的上联主要写了滇池风光，眺望远山，气势不凡，让人浮想联翩；下联主要是叙述史实，那些伟业丰功，断碣残碑，意境深邃，发人深思。正如梁章钜在《楹联丛话》中所说："虽一纵一横，其气足以举之。"这副楹联构思新巧，对比强烈，典故迭出，气魄宏大，被誉为"古今第一联"。

《题成都南郊武侯祠》楹联

孙髯所撰的"古今第一长联"《题昆明大观楼》如今就悬挂在大观楼上,手书此联者为清代滇中四大书家之一的赵藩。他是近代历史上著名的学者、诗人和书法家。大观楼联是他在38岁时应云贵总督岑毓英之请所书的。说起来,赵藩是云南人,却长期在四川做官,1893年任职四川酉阳直隶州的知州。此后15年,他一直在四川宦游。为官期间,他体察民情,秉公办事,因此被百姓称为"赵青天"。

据说光绪二十八年(1902),赵藩时任四川代理盐茶道使,他的学生岑春煊任四川总督,成了他的顶头上司。岑春煊一到任就以重兵围剿农民起义军"红灯照",遭到万民痛恨。赵藩不便正面规劝,便另辟蹊径,以讽谏之笔,撰写了一副楹联,且令人刻好后挂到成都武侯祠诸葛亮殿,联语上款题"光绪二十八年冬十一月上旬之吉",下款署"权四川盐茶使者剑川赵藩敬撰"。一切就绪后,赵藩就借个因由将岑总督请到武侯祠赴宴,让岑看到这副楹联:

能攻心则反侧自消,从古知兵非好战
不审势即宽严皆误,后来治蜀要深思

岑春煊何等聪明，看此楹联当然知道其中之意，但他此时所考虑的只是保住官位，至于民怨沸腾并未放眼里。他对赵藩也大有不敬，唯恐赵藩阻碍他升迁之路，随后便找了个理由，将老师撤了职。岑春煊在四川镇压民众造反有功，不久就升任两广总督。他依然用昔日治蜀之法来治理两广，结果当地百姓并不买账，还搞出了一团乱局，触怒了清廷贵戚，结果他受诬而被削职为民。直到此时，岑春煊始方悟出赵藩这副楹联的精髓之所在。宣统三年（1911），岑春煊被重新起用，在四川平息保路风潮中，他从老师这副楹联中吸取了深刻的教训，从而避免了更加悲剧的下场。

　　这副楹联为后人称之为"攻心联"，虽寥寥数语，却将正反、宽严、和战、文治、武功等诸方面的深邃哲理表达出来。其上联笔墨重在"攻心"，深度剖析了诸葛亮在蜀地用兵的特点，重点赞颂了他的文治武功。其下联笔墨重在"审势"，深层概括了诸葛亮治理蜀地的特点，并亮明了自己的政见观点。

　　上联的"能攻心"是说历代用兵之道都以攻心为上，即瓦解敌方的军心，使之心归己方，失去战斗力。《三国志·蜀志·马谡传》中裴松之注引《襄阳记》就曾有"用兵之道，攻心为上"之说。"则反侧自消"中的"反侧"为不顺从的意思。《荀子·王制》中有"遁逃反侧之民"的说法，唐人杨倞注解为"反侧不安之民也"。"自消"，即反侧之心自行消除；"从古知兵非好战"中的"知兵"，即懂得用兵，懂得兵法。"好战"，即喜欢使用武力，爱好用战争取胜。上联的大意是：能采取攻心办法服人者，就会使那些疑虑不安、怀有二心的对立面自行消除；自古以来，懂得用兵之道者，不喜欢用战争解决问题。

解读上联，其重点在"攻心"上。据《三国志》载，当年诸葛亮南征孟获，马谡在送行的时候，提了个建议："夫用兵之道，攻心为上，攻城为下，心战为上，兵战为下，愿公服其心而已。"这番话实际源于《孙子兵法》中的《谋攻篇》："故上兵伐谋，其次伐交，其次伐兵，其下攻城，攻城之法，为不得已。"但对比一下就可发现，诸葛亮的"攻心"要比孙子的"伐谋""伐交"之说技高一筹。"攻心"的范畴更宽，包括智虑计谋、外交手段、民族策略等等。诸葛亮采纳了马谡"攻心"的策略，对叛乱的孟获等人，没有采取常规的战争手段，而是采取了"七擒七纵"的谋略，最后让败将孟获心悦诚服。

下联的"不审势"中的"审"，是指分析、考察、推究；"势"，是指形势。审势就是观察时机，估量形势之意。"则宽严皆误"中的"宽严"，是指宽大与严厉。"皆误"，意为都失误。"后来治蜀要深思"是撰联者的忠告。下联的大意是：不懂得审时度势者在处理政事中，无论用宽还是用严都会出差错，后代治理蜀地者应该深思慎行。

解读下联，其重点在"审势"上。据《资治通鉴》载，诸葛亮辅佐刘备治蜀，"颇尚严峻"。东汉末年谋士法正劝诸葛亮要效法汉高祖刘邦入关中的"约法三章"和"缓刑弛禁"。诸葛亮却批评他只知其一，不知其二，并向他讲述：不论宽也罢、严也罢，都要先"审势"，才能确定实行何种治国方略的道理。诸葛亮从战略高度，分析了蜀汉初期的"势"，认为秦朝因刑法过于苛严，百姓怨声载道，导致天下"土崩"。汉高祖刘邦反其道而行之，仅"约法三章"就取得了意想不到的成功。但刘璋统治益州时，由于过于软弱宽大，致使蜀中豪族专权自恣，君臣之间连正常的纲纪都没有了，这才导致其统治的瓦解。刘备的蜀汉政权就是在这个基础上建立起来的。因为当时的政权基础和社会形势都与汉高祖时有天壤之别，所以，必须与刘璋反其道而行之，"威之以法"，从严治蜀，才能从根本上巩固蜀汉政权。

  赵藩用了一副楹联就诠释了诸葛亮用兵与理政的基本观点和方法，用和与战、宽与严的关系，概括了诸葛亮治蜀理政的精华。他提出了"攻心"和"审势"两个关键点，给人以启发和警示。全联言简意赅、文采照人。无论是感时叹世，还是怀古喻今，都叙事寓情，颇富哲理，深深地打动着每个读者的心，不仅是武侯祠所有联语中位居第一的上品，而且是全国不可多得的名联之一。

《题南阳武侯祠》楹联

《题南阳武侯祠》楹联的作者顾嘉蘅在南阳为官近20年，连续五任知府，因其勤于政务、指导耕种，所以生产发展，物阜民安，南阳百姓将他与西汉的召信臣和东汉的杜诗这两位惠政于民的南阳太守相提并论，誉之为当代"召父杜母"。

顾嘉蘅进士出身，颇有学问，尤其精于诗词楹联。他注意到，在南阳武侯祠内题刻的楹联甚多。多少年来，文人墨客对诸葛亮究竟隐居在襄阳还是南阳争论不休。据诸葛亮在《出师表》中回忆："臣本布衣，躬耕于南阳"，但《三国志》又出一个"隆中对"，而隆中在湖北襄阳。鄂豫两省的文人都引经据典，声言其隐归于本省，到了明清时期更是打起了笔墨官司。这种争论虽属学术之争，却也不免夹杂着几分家乡情结和意气。

顾嘉蘅是湖北宜昌人，却认为诸葛草庐在南阳。道光二十七年（1847）秋，他初任南阳知府，就为草庐撰写对联称诸葛亮"抱膝此安居"。咸丰三年（1853）春，他三任南阳知府，为卧龙岗作诗，说自己"三仕惭来三顾地"。咸丰四年（1854）冬，他又指出"诸葛庐即躬耕旧地"。由此可见，他对隆中在哪儿，有自己的见解。但顾嘉蘅到了第五任时，突然一改风格，力排众议，挥笔在武侯祠题了一副"骑墙联"：

心在朝廷，原无论先主后主
名高天下，何必辨襄阳南阳

上联大意是说，诸葛亮一心为国，原本并不分君主是贤明的刘备还是昏庸的阿斗，都要竭力辅佐。这让人想起，诸葛亮曾说过的一句话，"先帝不以臣卑鄙，猥自枉屈，三顾臣于草庐之中，咨臣以当世之事，由是感激，遂许先帝以驱驰"。因为这份感激之情，促使他全力帮刘备建立蜀汉政权。刘备病重时特意将诸葛亮召到身边嘱托后事："君才十倍曹丕，必能安邦定国，终定大事。若嗣子可辅，则辅之。如其不才，君可自取。"诸葛亮听后曰："臣敢竭股肱之力，效忠贞之节，继之以死。"他的回答便是对刘备的承诺。因刘备托孤，他尽心尽力辅佐刘禅，并把振兴蜀汉当作自己的责任，其"一诺千金"也成为历史上的美谈。

下联大意是说，诸葛亮名垂千古，为天下所传诵赞扬，又何必分辨他究竟隐居于襄阳还是南阳呢？顾嘉蘅之所以写这副楹联，是为了结那桩历史"公案"。原来，以《出师表》提到的南阳在河南境内为依据的"南阳说"，和以《三国志》中提到的隆中在湖北襄阳境内为依据的"襄阳说"，各有各的道理。"南阳说"认为诸葛亮多次自称"躬耕于南阳"才是最可信的史料，隆中只是他游学时的"寓居地"，并非故居，汉水以北的南阳郡从未管辖汉水以南的隆中。"襄阳说"认为隆中有诸葛故居是有多处史料为证的事实，诸葛亮自叙"躬耕于南阳"指的是南阳郡，隆中当时属于南阳郡。

顾嘉蘅写下这副"骑墙联"，提议要有诸葛亮的胸怀，不要再分南阳、襄阳了，从而缓解了这场旷日持久的争论。

《题熙春山憩亭》楹联

熙春山位于福建邵武市西郊,是个依山傍水、风景秀美的好地方。那里有众多宋、元、明、清历代的古建筑遗址和风景名胜,尤以沧浪阁、熙春朝阳、六嘘高啸、惠应祠、越王台最为出名。憩亭位于其中,名不见经传,却以一副《题熙春山憩亭》楹联而知名。撰联者龚正谦也同样不知名,只知其是清初时期邵武文人,生平事迹不详。但有道是,"山不在高,有仙则明;水不在深,有龙则灵"。一副好的楹联无异于一张文化名片,让人观赏之余,眼界顿开,浮想联翩。

放开眼界,看朝日才上,夜月正圆,山雨欲来,溪云初起

洗净耳根,听林鸟争鸣,寺钟响答,渔歌远唱,牛笛横吹

上联是从视觉方面写景,所写景物都与"看"字相关联。一句"放开眼界",便像拉开一道风景的大幕。联语由"看"字引领,分别描绘出"日""月""雨""云"四种景色。"朝日才上"是说旭日刚刚升上来,这是写白天的景物。"夜月正圆"写出了夜景之美,一轮圆月当空,给人以充分的想象空间。接下来,作者又写了天气的演变。"山雨

欲来，溪云初起"化自唐代诗人许浑《咸阳城东楼》的诗句："溪云初起日沉阁，山雨欲来风满楼。"其意思是说，溪水边开始弥漫着团团云雾，太阳也从楼阁上落下去了，山中快要下雨的时候，大风刮进了高楼。此联分别引用这两句诗的前四字，恰如其分地表现熙春山的气候特点，也让读者有种身临其境的感觉，并由此及彼产生联想。人们可以从熙春山这个美丽而充满春色的名字中，领略这里的风光，从而拓宽视野，真正达到"放开眼界"的目的。

下联从听觉方面写景，所写景物都与"听"字相关联。一句"洗净耳根"，犹如走进了大自然的音乐厅，声声悦耳。联语由"听"字引领，分别描绘出"鸟""钟""歌""笛"四种事物。"林鸟争鸣"通过写鸟声，描绘了绿林之中百鸟喧哗的热闹景象。"寺钟响答"通过写钟声，描绘了山中寺庙之钟与邻近寺庙的钟声此起彼伏、回声振荡、遥相呼应的场景。"渔歌远唱"化用了唐代诗人王勃《滕王阁序》中的"渔舟唱晚，响穷彭蠡之滨"。原意是说，渔船上在黄昏时传出了嘹亮的歌声，响遍了整个鄱阳湖畔。此联则改用了"渔歌远唱"，通过写歌声，表现出一种与众不同的距离感，营造一种和平宁静的境界。"牛笛横吹"通过写笛声，描绘了一幅牧童在牛背吹笛的图画，表现的是一种田园生活，流露的是一种闲情逸致。

这副《题熙春山憩亭》楹联，从写法上沿袭了上下联各由五个短语或短句组成的模式，其中短语或短句多为四个字，所以从声律上看，只要这些短语或短句的末一字平仄相对就算符合要求。上联的"界""上""圆""来""起"，下联的"根""符""鸣""唱""吹"，平仄分别是：仄仄平平仄和平平仄仄平，正好一一相对，合于声律要求。

这是一副充满诗情画意的楹联，其最大特点是分别从视觉和听觉方面落墨，日与月、山与水、鸟与钟、歌与笛都融合在一起，让人感到美丽的熙春山和清澈的富屯溪就依偎在身旁，非常有感染力。

《题邵阳亭外亭》楹联

若想了解湖南邵阳亭外亭,就要先了解双清亭。据史载,双清亭始建于宋代,纯木结构,六角重檐,脊饰龙凤,雀替斗栱,绕以明廊,俯瞰轻舟,小憩消怀。到了元朝元贞元年,郡首三不都于亭上书"天开图画";明朝湖广巡抚赵贤书"双清胜览",双清亭便闻名遐迩。双清亭之外亭,建在资江砥柱矶上,名曰亭外亭。明朝刑部尚书顾璘题"砥柱矶"三字。亭外亭的楠木柱上镌刻有清朝文人吴德襄(一说为清末诗人徐小松)用草书题的一副楹联:

云带钟声穿树去
月移塔影过江来

吴德襄系湖南醴陵人,性恬淡,喜治朴学;擅诗文,兼工行、楷;尝师事何绍基,书法益进。吴德襄曾做过宝庆府学、永州府学教授,平生淡泊名利、志趣高洁,是学富五车、受人尊重的名士。

据考证,这副楹联问世之前,曾有一个姓赵的绅士为亭外亭题过一联:

恰于此处起危亭，亭外亭，宜风宜雨，由郭外双清而至
最是吾乡开阔景，景中景，好山好水，比城中六岭如何

这副楹联写得不错，不光叙议得法，而且对仗工稳。只是赵某才气有余，却品行不端，在民众心中形象很不好，所以楹联没挂多久，便被人改作：

恰于此处逞微才，才不才，书匾书联，由北路一都而至
常在吾乡充阔老，老非老，好嫖好赌，比南轩二爷如何

这联语一改，便从状景联变成了评论联，而且改得妙趣横生。这赵某所题楹联真就没脸挂下去了。于是，众人公推德行好的吴德襄重题联语，于是就有了吴联换赵联的楹联佳话。吴德襄的这副楹联虽短了许多，全联只有14个字，却写得很优美，又很灵动。

上联"云带钟声穿树去"，用"带""穿""去"三个动词，让云彩、钟声和树林都活了起来。从地理位置上讲，亭外亭后面是康济庙，庙后面是葱茏古木。联语借用了云彩的形和寺钟的声，将亭外亭的风景勾勒出来，仿佛钟声踩着祥云，穿越漫无边际的树林，留下了余音袅袅的回味。

下联"月移塔影过江来"，用"移""过""来"三个动词，让月亮、塔影和江水都动了起来。从地理位置上讲，北塔处于资江和邵水汇合处下游，既与东塔对峙，又与对岸砥柱矶上的亭外亭隔江相望。联

语将亭外亭对岸的景色描绘出来——明月当空，塔影摇江，宛如仙女下凡，姗姗过江而来。这是幅天然的绝妙画卷，因而有"天开画图"之称。

这副楹联虽短，却把亭外亭的妙景描绘得惟妙惟肖。"云"与"月"，"钟声"与"塔影"，在静夜中动感加声音，既有波光粼粼、水波荡漾，又有钟声回荡、余音袅袅，既有美感，也很有韵致。

这副楹联用词非常精巧，上下联的首字"云"与"月"，表现云行平地，月走高天，这一下一上，相得益彰。第二字"带"与"移"，其中云行为快，月移为慢，这一快一慢，互对得当。接下来的"钟声"与"塔影"，这一声一影，有动有静，视听相对。至于"穿树"与"过江"，树与树之间为密，岸与岸之间为阔，这一密一阔，疏密为对。最后二字，"去"与"来"，这一远一近，远近相对。联语对仗如此工妙，可谓丝丝入扣。

我们再分析一下这副楹联平仄相谐的特点，这是初学者最难掌握的技巧。楹联的传统格式是"仄起平落"，即上联末句尾字用仄声，下联末句尾字用平声。这主要是为了音韵和谐、错落起伏、悦耳动听、铿锵有力。以这副楹联为例：

云带钟声穿树去
平仄平平平仄仄

月移塔影过江来
仄平仄仄仄平平

从这副典型的楹联中，我们还可以看出，对联的特点是既要"对"，又要"联"。一副对联的上联和下联，形式上成对成双，彼此相"对"；内容上互相照应，紧密联系。只有结构完整统一，语言鲜明简练，才能构成一副好楹联。

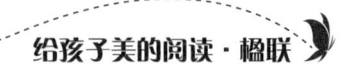

《题杭州西湖净慈寺》楹联

爱新觉罗·弘历是清朝的第六位皇帝,年号乾隆,寓意"天道昌隆",故其亦称乾隆皇帝。乾隆皇帝是个喜诗文、爱游玩的风流天子。他在位时就六次巡幸江南,饱览了江南名胜古迹和秀美风光。有一年,乾隆游玩西湖,来到南屏山慧日峰下的净慈寺,诗兴大发,御笔题下了一副楹联:

云间树色千花满
竹里泉声百道飞

这是一副名胜风景联,虽短短14字,却将云间树色和山涧泉声写得绘声绘色,将西湖净慈寺及周围景致描述得淋漓尽致。这座净慈寺始建于五代后周显德元年(954),原名慧日永明院,南宋绍兴九年(1139)改为今名。净慈寺坐落在杭州西湖南岸,雷峰塔对面的南屏山上。南屏山发自天目,千里蜿蜒而东,苏轼称之为"龙飞凤舞,萃于临安"。净慈寺依山而建,背靠翠岭,面对碧波,梵宇层叠,宏伟庄严。此风景与上述联语如此契合,以致让人误以为这副楹联就是乾隆皇帝为此处而作,其实并非如此。此联原本既非描写净慈寺,又非乾隆创作,而是选自唐代诗人沈佺期的《奉和春初幸太平公主南庄应制》一诗。乾隆皇帝不过是集诗句题写而已。原诗为："主家山第早春归,御辇春游绕翠微。买地铺金曾作埒,寻河取石旧支机。云间树色千花满,竹里泉声百道飞。自有神仙鸣凤曲,并将歌舞报恩晖。"

乾隆抽取其中的两句,御笔题写于净慈寺。此后,这两句便成为流传千古的名句。初读这副楹联就有一种清新自然的感觉,联语写了云、树、花、竹、泉,将净慈寺最有特点的景物都写活了。这中间运用了比喻、夸张的艺术技巧,将云间树色、竹里泉声描绘得栩栩如生、如梦如幻。

上联"云间树色千花满"写的是远景和静景,云为远,树色为静。远远望去,云雾中的树林在阳光的照射下出现了奇异景色,就像是树上开满着五彩的花朵,千姿百态、千娇百媚。下联"竹里泉声百道飞",写的是近景和动景,竹为近,泉声为动。走进翠绿的竹林里,悠然传出淙淙泉水声,就像是从千百道竹缝间飞出竹笛声一样萦绕耳畔,好似在演奏清脆悦耳的动人音乐。

这副楹联写景形式活泼,丰富多彩、动静结合、有声有色,让人犹如进入一种清幽高雅的仙境之中。尽管原诗是应制诗,写的是大唐太平公主的南庄,但集句用在千年佛地净慈寺,也是很恰当的。这副佳联与胜地结合,互相映衬,充满诗情画意,可谓珠联璧合,相得益彰。

这副楹联文辞优美,对仗工整,用字讲究。从文辞讲,"云间树色""竹里泉声"将每一个字用活了,把每一个景写活了。从对仗讲,"云间"对"竹里","树色"对"泉声","千花"对"百道",

"满"对"飞";名词对名词,动词对动词,数词对数词,都对得十分巧妙,且恰到好处。上联一个"满"字就将"云间树色"的灵动描摹了出来,似乎让人真的看到了林中开满千百种奇花;下联一个"飞"字就将"竹里泉声"的动感表现出来,好像真能听到山涧的泉水声,形象逼真而生动。

《题苏州沧浪亭》楹联

齐彦槐，号梅麓，在清朝历史上，可称得上奇才。论出仕，他是嘉庆十三年召试举人，次年成进士，做过江苏金匮知县、苏州同知、保擢知府；论诗文，他的诗出入韩苏，尤长骈体律赋，兼擅书法，精于鉴藏，所著有《梅麓诗文集》26卷等；论科学，他从事天文学和农田水利方面的研究，曾依据天象制造了天球仪———一种计时仪器。在苏州为官时，他有次去沧浪亭，在这处始建于北宋年间的古典园林中流连忘返，有感于沧浪亭与历史上名流的奇闻逸事，于是诗意大发，挥毫题下一副楹联：

四万青钱，明月清风今有价
一双白璧，诗人名将古无俦

这副楹联用了两个典故来抒发作者到沧浪亭一游之感悟。上联化用了宋代大作家欧阳修的诗句，以及大诗人苏舜钦当年买旧园并改建此亭的逸事，来赞美沧浪亭的胜景。下联歌颂了沧浪亭两任亭主，即北宋诗人苏舜钦和抗金名将韩世忠的功绩。名人名园、一文一武，可谓相得益彰。

上联"四万青钱"，演化自欧阳修《沧浪亭》一诗的"清风明月本无价，可惜只卖四万钱"。讲述了苏舜钦在汴京遭贬谪后，来到江南古城苏州，并花了四万青钱买下了一座旧园。所谓"青钱"是指当时以黄铜、铅、锡等混熔后浇铸的钱币。苏舜钦修筑废园，傍水筑亭，命名"沧浪亭"。苏舜钦常驾舟游玩，自号沧浪翁，并作《沧浪亭记》，且常与欧阳修、梅圣俞等作诗唱酬往还。《沧浪亭记》便是欧阳修应邀而作，题咏此事。从此沧浪之名传开。齐彦槐将欧阳修"清风明月本无价"中的"本无价"，反其意改为"今有价"，愈发反衬出"沧浪亭"的品位和人文价值。

下联"一双白璧"，赞美了曾先后寓居沧浪亭中的一文一武两位名人，犹如"一双白璧"，从建亭以来无人可及。"一双白璧"，最初源于《战国策·燕策》一文中的"足下有意为臣伯乐乎？臣请献白璧一双，黄金千镒，以为马食"。"白璧"，指平圆形而中间有孔的白玉。后来，宋代爱国词人张元干在《陇头泉》一词中，将"一双白璧"融入了爱国元素，于是便有了"奏公车，治安秘计，乐油幕，谈笑从军。百镒黄金，一双白璧，坐看同辈上青云"。到了齐彦槐这儿，他别出心裁，将"一双白璧"作了拟人化处理。沧浪亭的园主苏舜钦曾在他的《沧浪亭记》中说，当年买下的时候，这里还残存着五代末吴军节度使孙承佑园林的池馆亭台，可见沧浪亭占地主要是孙承佑的园林。宋庆历八年（1048），苏舜钦去世后，沧浪亭几易其主。到了南宋绍兴初年，沧浪亭为南宋名将韩世忠所有，并改名为"韩园"。韩世忠是与岳飞齐名的抗金将领，18岁应募从军，英勇善战，胸怀韬略，在抗击西夏和金的战争中为宋朝立下汗马功劳。因其为官正派，不肯依附秦桧，为岳飞遭陷害而鸣不平，毅然辞去枢密使官职，赋闲在家，最终忧愤而死。作者以"诗人名将古无俦"给两位历史名人以很高的评价。"古无俦"中的"俦"，在这里有相比之意，如"俦比"，即可与之相比者。

  此《题苏州沧浪亭》联，以"四万青钱"对"一双白璧"，牵出两个历史之典，颂扬了两位历史人物；以"明月清风"对"诗人名将"，将景物与人物一笔概括；以"今有价"对"古无俦"，所说皆为"价值"，一个是园的价值，一个是人的价值。文字上，浅貌深衷、蓄意深远，把沧浪亭和园主的前世今生都一一道来。联语融散文气势与韵文节奏于一体，既具有抑扬顿挫的韵律美、平仄对仗的形式美、写景状物的意境美，还有抒怀吟志的哲理美。此联确为一副赏心悦目的好联。

《题庐山虎溪三笑亭》楹联

素以"匡庐奇秀甲天下"而著称的庐山,不光是蜚声中外的避暑胜地,还是历史悠久的佛法名山。历朝历代的许多文人雅士都在这里留下了脍炙人口的名篇佳作和奇闻逸事。清朝乾隆年间,一个叫唐英的人,利用民间的佛门传说,在庐山虎溪三笑亭题了一副妙趣横生的楹联,一直流传至今。楹联是这样写的:

桥跨虎溪,三教三源流,三人三笑语
莲开僧舍,一花一世界,一叶一如来

我们赏析这副楹联之前,要先了解一下作者。唐英,字俊公,晚号蜗寄老人,擅长诗文,工于书画,做过内务府员外郎兼佐领等官。他这副楹联的上联和下联分别讲述了两段佛学历史。

上联"桥跨虎溪,三教三源流,三人三笑语"讲的是"虎溪三笑"的故事。"桥跨虎溪"说的是庐山东林寺门外的一条小河叫虎溪,《名山洞天福地记》称其为"四十七福地"。相传,东晋时,在庐山西北山麓的东林寺里,住着一位法号为慧远的高僧,潜心研究佛法。慧远虽说喜欢与当地名士交往,送客却以溪为界,若过溪,寺后老虎就会吼啸起来，因此名为虎溪。他还立过一个誓约："影不出户，迹不入俗，送客不过虎溪桥。"有一天，诗人陶渊明和道士陆修静到访东林寺，三个人谈笑风生，聊得很投缘，不觉天色已晚，慧远礼送两位好友出山门。他们三人边走边聊，以致慧远居然忘记了誓约，直至忽然从山崖密林中传出虎啸，慧远才悚然发现，自己早已跨过虎溪桥了。三人相视大笑，行礼揖手作别。据说，后人在他们分手处修建了"三笑亭"，以示纪念。联语"三教三源流"中的"三教"指的是佛、儒、道三教，暗隐慧远信佛，陶渊明信儒，陆修静信道。"源流"的本意是指水的发源地和径流，在此是借喻宗教的起源，以说明他们三人出自不同的教派。"三人三笑语"说的就是这个故事。

"虎溪三笑"的故事在唐代开始流传，这也是那个特定时代的产物，当时佛、道、儒三教融合趋势很大，政治环境也相对宽松，文学便也得到了相应的发展。但这毕竟只是传说，其中的漏洞还是很大的。从历史背景上看，慧远与陶渊明约为同时人，交往或有可能，而陆修静所处时代却晚了许多。据明代儒学提举王祎在《自建昌还径行庐山下记》考证："修静始来庐山，时慧远亡时且二十余年，靖节时亦二十余年矣，安得所谓'三笑'乎？或曰晋盖有两修静也。"王祎所言极是，史实确凿可证，所以"三笑"之说纯属子虚乌有。不过，故事本身表达的是一种兼容并蓄的正能量，加之脍炙人口，还是有一定的积极意义的。

下联"莲开僧舍，一花一世界，一叶一如来"讲的是东林寺白莲社的源流历史。汉魏两晋时期，佛教开始从印度传入中国。慧远于东晋孝武帝太元八年（383）到庐山宣扬佛法，并在江州刺史的帮助下，创建了东林寺。庐山东林寺从那时起，便成为"佛教阐化之基"。东晋时，佛法虽已传入，但尚不完备。慧远大师感于法道有缺，曾派弟子法净、法领等西行取经，得到诸多梵本佛经，遂于庐山置般若台译经，成为我国翻译史上私立译场的第一人。

联中的"莲"，是指莲花，在此处指释慧远在东林寺结创的白莲社。因寺前有白莲，故称白莲社。慧远大师在庐山东林寺结社念佛，共期西方。其率众精进念佛，凿池种莲花，在水中立十二品莲花，随波旋转，分刻昼夜作为行道的节制。联中的"僧"，是梵语"僧伽"的省称，是指出家修行的男性佛教和尚。由于白莲社的创立，佛教产生了新的分支净土宗，又称莲宗。由此，莲与佛有了密切关系，而佛在讲经说法时的座位被称为莲座、莲台。"一叶一如来"，"一叶"，是指禅宗的一个宗派。"如来"，指佛教始祖释迦牟尼，这里指佛祖或"成佛者"。

唐英在这副楹联中，没有说教，没有生搬硬套历史，而是巧妙地运用史实和历史传说，阐释了对那段历史的理解。全联借景抒情、寓教于乐、探胜猎奇，再加上对仗工整、情景交融，让人不但了解了那段佛学的历史，还得到了艺术上的享受。

《题南昌滕王阁》楹联

南昌滕王阁是江南三大名楼之一，其名气大并非因为唐太宗之弟李元婴创建此阁楼，并以其封号"滕王"命名为滕王阁，而是因为初唐诗人王勃的一篇《滕王阁序》，使滕王阁流传后世，成为古代名楼的经典。历史上的滕王阁屡建屡毁，先后重建多达29次，仅在清代就损毁了五次：康熙十八年（1679），滕王阁毁于大火，由安世鼎重建之；康熙二十四年（1685），阁又遭火焚，由中丞宋荦重建；康熙四十一年（1702），阁又大火，江西巡抚张志栋重建滕王阁落成；咸丰三年（1853），太平军进攻南昌，围城三月，滕王阁被烧成一片灰烬，后重建；光绪末年（1908），阁又遭火焚，宣统元年（1909）重建。到了1926年，滕王阁再遭劫难，被北洋军阀邓如琢一把火烧毁。今天的滕王阁为宋式建筑，于1985年正式开工重建，于1989年主阁重建竣工。

纵观历史，滕王阁多次浴火重生，足见其自身价值。历朝历代，文人雅士都倾其笔墨，题字作联甚多。清代学者李春园所题南昌滕王阁联，是很有影响力的一副好联：

我辈复登临，目极湖山千里而外
奇文共欣赏，人在水天一色之中

这是一副集句联，分别取自古代名家的两首诗和两篇散文。上联写了登临滕王阁之极目所见，咏叹了眼前美丽的湖光山色。下联写了历代文人墨客在此留下诗文，并融入了水天一色中。这副集句联，集诗句、词句、帖句、俗语、成语、格言于一炉，极富特色和感染力。

上联中的"我辈复登临"，出自唐代诗人孟浩然的《与诸子登岘山》诗句："江山留胜迹，我辈复登临。"这是一首吊古伤今的诗，原意是说，江山各处保留的名胜古迹，而今我们又可以登攀亲临。作者用在这里，是发思古之幽情，感叹世事沧桑。"我辈复登临"的"复"字之妙就在于其弦外之音，让人读后联想到历代文人雅士登临滕王阁所留下的千古文章和名人逸事。

"目极湖山千里而外"，化用了唐代文学家韩愈《新修滕王阁记》的名句，"令修于庭户数日之间，而人自得于湖山千里之外"。李春园将这两个句子巧妙地融于一体，表达了登滕王阁的所见所思。一个"目极"将千里而外的山山水水尽收眼底，让人自然而然地联想到王勃在《滕王阁序》里所描绘的登临九丈危阁、高瞻远瞩、视野广阔、一览无余、气势磅礴的万千气象。

下联中的"奇文共欣赏"，出自晋代诗人陶渊明《移居二首》的诗句："奇文共欣赏，疑义相与析。"这是陶渊明迁居至南村不久后创作的组诗作品。陶渊明在闲暇之中，不忘与文友共同欣赏奇文，一起剖析疑难文义。作者用在这里，有表示在此欣赏随处可见的滕王阁名人诗文题联之意。

"人在水天一色之中"化自唐代诗人王勃《滕王阁序》中"落霞与孤鹜齐飞，秋水共长天一色"的千秋名句。《滕王阁序》中佳句甚多，以此句最为有名。为了对仗，作者不得不将此句化为"人在水天一色之中"，但恰好这一化用，竟将所有游人都"化"了进去——人在画中游，画面顿时活了。其实，化用古人佳句，是自古以来文人雅士的传统。王勃《滕王阁序》中的这句也化用了南北朝时期文学家庾信《马射赋》中的句子，"落花与芝盖同飞，杨柳共春旗一色"。这也是一种文学的传承。

　　李春园的这副楹联，其特点就是集用现成的语句，按对联的格式、格调集结在一起，构成一种新的意境。读起来，有种浑然天成的感觉。想必，这也是这副楹联的价值之所在。

《题涿郡张飞祠》楹联

河北涿州在东汉末年时称为涿郡。涿郡是个有故事的地方,三国时期的"桃园三结义"就在此地。刘、关、张三人,除了关羽是山西运城人,刘备和张飞都是河北涿郡人。在河北涿州有个张飞庄园,里边有座张飞庙,相传为刘备、关羽、张飞当年桃园结义之处。到了清代乾隆年间,闽浙总督方维甸来过此处拜谒,留下了一副《题涿郡张飞祠》楹联。其联很怪,题的是张飞祠,写的却是刘备和关羽,很有那么一点"曲径通幽"的味道。

使君乃天下英雄,谊同骨肉
寿侯为人中神圣,美并勋名

上联主要是赞颂刘备,写了"桃园三结义"之情。"使君",指的是刘皇叔刘备。汉代以后对州郡长官的尊称为使君。因刘备曾做过豫州牧,故尊称为"刘使君"。"谊同骨肉"说的是刘关张结义后的情谊如同骨肉兄弟。刘备,字玄德,是西汉中山靖王刘胜的后裔,三国时期蜀汉开国皇帝、政治家。刘备为人宽厚,是个讲情谊的人。其在关羽和张飞的鼎力相助下,打下了一片蜀汉江山,史家又称他为先主。张飞,字益德（《华阳国志》中作翼德），是三国时蜀汉的重要将领，桃园三结义中的老三，与关羽共事刘备。刘备称帝后，张飞拜为车骑将军，封西乡侯。但张飞因暴而无恩，被部将范强、张达刺杀，当时只有55岁。刘备与关羽、张飞，虽然为异姓，但结为兄弟之后，则同心协力、救困扶危、上报国家、下安黎庶，书写了一段让人感叹不已的友情佳话。

下联主要褒奖了关羽，写了关羽的忠烈之美。"寿侯"即蜀汉大将关羽，字云长，东汉末年跟随刘备起兵镇压黄巾起义，和张飞共同辅佐刘备、忠心不贰。赤壁之战后，刘备助东吴周瑜攻打南郡曹仁，并遣关羽绝北道，阻挡曹操援军，曹仁退走后，关羽被刘备任命为襄阳太守。刘备入益州，关羽留守荆州。"美并勋名"是说关羽集忠义与勇猛于一身，留下千古美名。关羽为蜀汉"五虎上将"之首，为兄长刘备立下了赫赫战功。只可惜后来，东吴吕蒙偷袭荆州，关羽腹背受敌，兵败被杀。关羽去世后，因其忠义，而逐渐被神化，被民间尊称为"关公"。历代朝廷也多有褒封，清代奉为"忠义神武灵佑仁勇威显关圣大帝"，崇为"武圣"，与"文圣"孔子齐名。

这副楹联为张飞祠而题，上联写刘备，下联写关羽，对张飞未书一笔，却借"桃园三结义"的历史佳话，句句与张飞勾连，字字与情谊相接，可谓美哉妙哉，这也正是这副楹联的特色之所在。

《题莫愁湖胜棋楼》楹联

在历史上,古都南京的莫愁湖是个留下无数名人雅士诗文墨迹的地方。据不完全统计,这里有关莫愁湖的楹联就有200多副,最早的湖联出自明太祖朱元璋赐莫愁湖主人——中山王徐达的楹联:"破虏平蛮,功贯古今第一人;出将入相,才兼文武世无双。"这副楹联现置胜棋楼中。

胜棋楼坐落于莫愁湖畔,西临郁金堂及水院,著名的莫愁女雕塑就立于水院内。胜棋楼为两层,歇山顶,砖木结构,坐北朝南,二楼高悬"胜棋楼"三个大字。胜棋楼入口处有一副惹眼的楹联,这就是清光绪年间长沙文人张兆鹿撰写的《题莫愁湖胜棋楼》:

粉黛江山,留得半湖烟雨
王侯事业,都如一局棋枰

上联"粉黛江山,留得半湖烟雨"意为:当年的莫愁美女和大明王朝的江山,如今已经不在了,只留有半湖烟雨让人缅怀历史故事。"粉黛"在此处借指美女,特指莫愁美女。有关莫愁女的传说甚多,其中南京莫愁女的故事广为人知。莫愁湖位于南京水西门外,相传南齐时少女莫愁曾居此湖滨处，故而得名。莫愁是一位勤劳、善良、美丽的贫家女子。15岁那年，父亲采药坠崖身亡，莫愁只得卖身葬父。有卢员外见莫愁纯朴美丽，便帮莫愁料理其父后事。而后莫愁嫁进卢家，成了卢员外的儿媳。后来梁武帝偶见花容月貌的莫愁，竟神魂颠倒，设计害死卢公子，欲选莫愁进宫为妃。莫愁悲愤交加，投石城湖而死。人们深深怀念莫愁女，就将石城湖改名为莫愁湖。

"江山"指大明王朝，共传位12世，历经16帝，享国276年之久。1368年朱元璋建立明朝，国号为大明。明初历经洪武之治、永乐盛世、仁宣之治等治世，政治清明、国力强盛。中期经"土木之变"由盛转衰，后经弘治中兴、嘉靖中兴、万历中兴国势复振。晚明因东林党争和天灾外患，导致国力衰退，爆发明末农民起义。1644年李自成攻入北京，崇祯帝于煤山自缢殉国，明朝灭亡。

下联的"王侯事业，都如一局棋枰"承接了上联的回顾，感叹那些帝王将相，虽成就一番霸业，攻城略地，四处厮杀，争名夺利，但最终都像一局棋势，随着时间匆匆流逝，是非成败转眼化为过眼云烟，烟雨湖山六朝梦，多少往事都付烟雨中。

联语中"一局棋枰"中的"棋枰"，是指棋盘，棋局，可参见唐·司空图《丁巳元日》一诗："移居荒药圃，耗志在棋枰。"这"一局棋枰"指代的就是朱元璋和徐达在棋局上的对弈。

相传朱元璋喜欢莫愁湖风景，常在莫愁湖畔的对弈楼上与徐达对弈。徐达不仅有卓越的军事才能，且棋艺高超。一日，朱元璋棋兴勃发，想试试徐达的真本事，遂以"金口玉牙"许愿，以莫愁湖为赌注，若徐达赢了,便把莫愁湖赐给他。结果经过几番对弈,朱元璋败下阵来,就这样,"对弈楼"和莫愁湖就改姓徐了。"对弈楼"也由此更名为"胜棋楼"。如今走进"胜棋楼"还可看到楼里挂有徐达的肖像。后人还依据"一盘棋局,皇上就输掉了莫愁湖"的故事,戏写了一副楹联:"莫愁女观花眉飞色舞;朱元璋对弈好大喜功。"

当然,还有另外一个版本,说君臣二人从早上下到中午,难分胜负。到最后,朱元璋连吃徐达三子,以为胜券在握,笑言:"徐爱卿,这局我赢定了!"徐达笑答:"陛下且慢,请纵观全局!"朱元璋定睛一看,大惊失色,徐达的棋子竟然布成了"万岁"二字。朱元璋不禁喟叹徐达水平高超、技艺非凡,自是认赌服输,下旨将对弈楼改为"胜棋楼",同时,还将整个莫愁湖赐给了徐达。但仔细琢磨,这也可能只是一个传说,若要在棋盘上拼出繁体的"万岁"二字,还不让对手看出破绽,这几乎是不可能做到的。

《题莫愁湖胜棋楼》联,寥寥20字,不仅将莫愁湖美景、相关人物、有趣传说都一一道来,还评说了王朝的历史,令人回味,发人深思,这也许是这副楹联经久不衰、影响颇深之所在吧。

名联篇

《题昆明西山三清阁》楹联

昆明西山位于滇池的西岸,又称碧鸡山,远在元代就为"滇南八景"之首;到了明代又居"云南四大名山"之冠;当代又为"卧佛山",是"昆明十六景"之一。如今,昆明西山开辟为一个林木苍翠、百鸟争鸣、景色秀丽的森林公园。茂密的森林植被常年郁郁葱葱,华亭寺、太华寺、三清阁等古刹殿宇楼阁掩映于茂林修竹深处。其中三清阁坐落于罗汉山上,北连美女峰群峦叠嶂,南接挂榜山千仞峭壁,下接浩瀚滇池。此处不失为一个山崖险峭、石峰嶙峋、松柏苍劲、山花烂漫、鸟语花香的好地方。这里曾出过一副短小精悍的好楹联,引来无数文人雅士的赞美。

听鸟说甚
问花笑谁

这是我迄今见到的最精彩且精练的设问联,一共八个字,字字珠玑。这是典型的以拟人手法写景的联语,若身处鸟语花香、风景秀丽的景色之中,其感觉会更好。花香与鸟鸣,历来都是诗人描摹美景的对象,在气象万千的大自然中,鸟飞鸟唱、花开花落都那么自由自在、无拘无束。它们不会以人们的好恶来改变自己，也不会因大自然的严酷而逃避现实。

"听鸟说甚"，对鸟来说，崇山峻岭、翠绿山野，是快乐的家园，有一棵栖息的小树就够了。他们不会像人类那样贪得无厌，为了一己私利争吵不休，甚至互相屠戮。他们是快乐的百鸟。

"问花笑谁"，对花来说，玫瑰红得娇艳，却不会因自己美丽去讥笑路边的小花，而小花也绝不会对玫瑰心生妒意。她们是欢笑的百花。

我读到此，也不禁为联中的鸟语花香而陶醉了，突然捕捉到了一丝灵感。在物欲横流的大千世界，人们不会关心鸟在说什么、花在笑什么，但身处幽静的山林和翠绿的群山之时，人们会羡慕鸟说什么、花笑什么。全联用了"听""说""问""笑"四个字，便精辟地概括了花开似锦、群鸟争鸣的自然景观，可谓妙笔生花。

楹联从古至今千年不衰，一个很重要的原因就是其文字精练、表现力强，精悍短小。这种极强的表现力，与中国的语言文字特点有关，但更主要在于作者对联句进行高度浓缩和提炼，使其成为比赋、骈文更精练，比诗、词、曲更灵活的特殊文体。这副楹联描写了人们最常见，也最常写的"鸟语花香"，却不落俗套，不仅用词洗练、简洁，而且形象生动、表意清楚。

这副楹联的另一特色就是采用了"设问"的形式。设问联一般有三种布局形式：一是，上联提问，下联回答；二是，上下联自问自答；三是，上下联只问不答。这副写西山三清阁的楹联就采用了第三种形式。第一次读到这副楹联时，就感受到了一种内心的闲适、惬意和安宁。

"听鸟""问花"还不够，还偏要知晓他们"说甚""笑谁"，这样的联语太有新意了，很容易引发人们丰富的联想。想必，大凡游客见了此联，也会随联语陶醉于花香鸟语之中，至于鸟到底"说甚"、花在"笑谁"，都已经不重要了。

《题白公祠》楹联

白公祠，全称"唐少傅白公祠"，是为纪念唐代大诗人白居易而建的祠庙。据说，白居易调任苏州刺史没多久，就乘了一顶轿子到虎丘去，发现这一带河道淤塞、水路不通。回到府衙后，他招来有关官吏商议，要在虎丘山环山筑路，并开凿一条山塘河。这条河东起阊门渡僧桥附近，西至虎丘望山桥，有七里之长，故称"七里山塘到虎丘"，衔接阊门与运河，并在河塘旁筑堤，即山塘街。这样一来，不但解决了行路难的问题，还方便农田浇灌。昔日荒凉的僻野成了繁华的市井。苏州百姓非常感激白居易，在他离任后，就把山塘街称为白公堤，还修建了白公祠，以作纪念。由此可见，白居易确实诗如其人，其诗句不乏关心人民疾苦之作，其行为也时时为民。

所以，1000多年来，这位唐代大诗人在民间留有很好的口碑，赞美白居易的诗联也不胜枚举。苏州白公祠就存有清代名人贺长龄的一副颂联。

唐代论诗人，李杜以还，惟有几篇新乐府
苏州怀刺史，湖山之曲，尚留三亩旧祠堂

在上联中,作者客观地评价了白居易在唐代诗人中的地位。联中的"李杜",即唐代大诗人李白和杜甫。"以还",为以来之意。"新乐府",是指白居易所写的反映现实社会矛盾的著名作品《新乐府》五十首,其以平易近人、通俗易懂,为世人所称道,开中唐一代新诗风。上联的大意是说,若论唐代诗人,自李白、杜甫以来,最有影响的诗人就是白居易了,众多诗作中尤以新乐府最为著名了。这一评价可谓公正。白居易的诗歌题材广泛,形式多样,语言平易通俗,令他有"诗魔"和"诗王"之称。其作品有《白氏长庆集》传世,代表诗作有《长恨歌》《卖炭翁》《琵琶行》等。

在下联中,作者公正地追溯了白居易在苏州为官的政绩。联中的"刺史",为州官,即太守。白居易曾任苏州刺史,为一方百姓造福,因而受到人民的爱戴。联中的"湖山之曲"是说白公祠原在虎丘山脚下,依山傍水,水曲山弯,从而点明了白公祠的地理环境。下联的大意是说,苏州黎民百姓怀念他们的太守,因为他为百姓着想,了解百姓疾苦和愿望,所以人们为纪念他,保留了"三亩旧祠堂"。

这副楹联以凝练的语言,概括了白居易的文学成就,并追溯了白居易的为官功绩,平白朴实,议论中肯。这也从侧面反映出贺长龄的为人为官之道。据史载,贺长龄为官40年,勤于职守,有惠政。在山东所管辖之地多水患,他导民开沟洫,兴水利,收获倍增;在贵州,他主张查禁私种罂粟和禁食鸦片;他整饬吏治,练营伍,储粮备荒,恤孤抚幼,劝课桑棉,创建书院义塾;他主修的《遵义府志》曾被梁启超推为"天下府志第一"。

《自题宅院》楹联

赵之谦,咸丰九年的举人,书画、篆刻、诗词、楹联,无所不能,无所不精。他是"海上画派"的先驱,以书、印入画,开创了一代"金石画风"。吴昌硕、齐白石等大师级画家从他的作品中受惠甚多。他在书法上开创了魏碑体书风,使得碑派技法体系趋向完善。他在篆刻上以"印外求印"的手段,继承了邓石如"印从书出"的创作模式,开辟了一个前所未有的新境界。赵之谦也是一个通晓生活之人,从他《自题宅院》的联句中,就能感悟出他的生活情趣:

阶前碎月铺花影
天外斜阳带远山

这是一副状景联,出句写出了自家宅院的夜色近景,对句写出了宅院之外的黄昏远景,可谓远近结合,日夜相交,出神入化。作为大画家,赵之谦很懂得状景意境的妙用,他在这副楹联中用文字勾勒出了一幅写意画卷。

上联"阶前碎月铺花影",写了"阶前""碎月""花影",词语非常有特色，亦非常简练。"碎月"是形容被物体遮挡后的残余而零碎的月光。此语出自唐代诗人王建《唐昌观玉蕊花》一诗："一树笼松玉刻成，飘廊点地色轻轻；女冠夜觅香来处，唯见阶前碎月明。"这里写的也是阶前花丛下细碎的月光。"阶前"为近景，"碎月"为夜景，"花影"为前景，上联将地点、时间和景致融为一体。读之，眼前仿佛出现了一幅画面：宅院的主人站在台阶前，望着一地零碎的月光铺就的斑驳花影。

下联"天外斜阳带远山"，写了"天外""斜阳""远山"，同样非常简练、形象。"天外"，意为天之外，极言高远，参见战国时期楚国诗人宋玉在《大言赋》中有"长剑耿耿倚天外"之句。"斜阳"是指黄昏前要落山的太阳。"天外"为远景，"斜阳"为日景，"远山"为背景；天外为蓝，斜阳为红，远山为绿，这一蓝，一红，一绿，将美景描述得色彩缤纷，十分壮观。读之，眼前犹如展示出一幅油画：宅院的主人走到户外，遥望远方蓝天高远，夕阳绚烂，远山苍翠，其色彩真可谓分外妖娆。

赵之谦不愧为绘画大师，连题写楹联都融入了色彩搭配。他从不同的时间、空间摄取奇妙景色入联，尤为重视词语的色彩搭配，用"碎月"对"斜阳"，意境深幽，颇有尺幅千里之妙；用"花影"对"远山"，对仗工稳，辞彩鲜丽，形成了一种色调对比。读到此联，犹如身临其境，此景让人赏心悦目。

《题黄平飞云洞》楹联

我国有两处知名的飞云洞,一处在湖北黄石,一处在贵州黄平。

黄石飞云洞在湖北黄石市区以南的狮子山上。据载,晚唐文学家元结,为避安禄山兵祸之乱,曾在洞前结庐读书,因写下《异泉铭》《石宫四咏》等诗文而使黄石飞云洞闻名。

黄平飞云洞在贵州黄平县的东坡山上,又称飞云崖。据载,明朝大学士王阳明在贬谪贵州龙场驿后,曾在此一游,他所写《月潭寺公馆记》一诗中"天下之山聚于云贵,云贵之秀萃于斯崖"的名句,使得黄平飞云洞闻名遐迩。

跨过月潭寺水池小桥,顺石阶盘旋而上,阶旁树根盘绕于石壁,出没于石缝,忽又峰回路转,眼前豁然开朗处就是飞云洞主厅。大厅宽约60平方米,高20余米,洞顶钟乳石形如片片飞云,栩栩如生,故得名"飞云洞"。

历数贵州名胜,留下的名人题咏笔墨以飞云洞为最,故这里被称为贵州的"文化富矿"。在黄平飞云洞,留有清代文人龚学海的一副设问联,联语文辞优美、简练洒脱。

洞辟几时?抚孤松而不语

云飞何处？输老鹤以长闲

与之前所讲的设问联《题昆明西山三清阁》不同，这副联不是只问不答，而是自问自答。上联从时间角度发问，"洞辟几时？"随即以"抚孤松而不语"作答。虽同未答，但有"此时无答胜有答"之妙，巧妙地写出飞云洞年代之久远，引人深思。考究飞云洞何时生成，的确不是文人的事情，讲述其神奇才为应有之义。联语中的"抚"在此有轻轻敲打之意。早在明朝时，当地僧人依洞建一寺庙，名为飞云寺。庙门刻有"黔南第一洞天"，据考证，为明代哲学家、教育家和政治家王阳明所题。飞云寺中多有古松，每棵树至少有上百年的历史，需要两至三个成年人手拉手方能合抱。所谓"孤松"，想必是取相对而孤之意。

下联扣住洞名，从空间角度发问，"云飞何处？"随之以"输老鹤以长闲"作答，其中的"输"为输送、转运之意，在此做赠送解释。这种自问自答，将虚幻的云与长寿的仙鹤联系到一起，点明飞云洞天然胜景之美，其语气舒缓，韵味悠长。

这副楹联两次发问，构思巧妙，耐人玩味。联语将飞云洞绮丽的自然景观与作者的淡泊情怀融于一体，看似写景，实则寄情于山水之间。据载，当年，林则徐在赴任云南途中途经飞云洞，曾留有"天惊石破云倒垂，须起悬崖一千尺"的诗句。这也是对飞云洞很好的解读。

《题独秀峰五咏堂》楹联

"桂林山水甲天下"离不开其山其水,其水当为"漓江",其山当为"三山"即象鼻山、叠彩山和独秀峰。而"三山"中当属独秀峰最有文化底蕴了。十余年前,我第一次去桂林,独秀峰就给我留下了深刻的印象。此山在漓江之畔,靖江王城之中。南朝诗人颜延之咏独秀峰"未若独秀者,峨峨郛邑间",可谓现存最早写桂林山水的诗歌。自古以来,独秀峰就为名人雅士所向往之地,登306级石阶就可抵达峰顶,峰顶又有独秀亭,登其顶便有杜甫"一览众山小"之感。据说,明代大旅行家徐霞客旅行桂林一月有余,却因未能登此峰而遗憾。

独秀峰之美在于孤峰突起、陡峭高峻、气势雄伟,有"南天一柱"之美誉。独秀峰之雅在于有"读书岩""五咏堂",享"文人雅士"之尊。到了清代,有位嘉庆年间的进士王惟诚至此挥毫泼墨,留下一副传世的楹联:

造物本无私,移来槛外烟云,适开胜境
会心原不远,就此眼前山水,犹见古人

上联"造物本无私"中"造物"一词,即造物主,指天、大自然的主宰。在古代，人们迷信地认为，世界上一切事物都是由造物主创造的。"移来槛外烟云"中的"槛"，即栏杆，可参见唐代诗人王勃《滕王阁序》中的诗句，"阁中帝子今何在？槛外长江空自流"。"适开胜境"在联中指的就是五咏堂。此堂自宋以后就荒毁了，直到道光十九年（1839），才由当时的广西巡抚梁章钜发起重建。五咏堂重建后，许多文人雅士来此聚会。作者在上联采用否定语气来表达肯定的意思，以说明造物主有意"移来"自然风物，才使这里的山水奇甲天下，五咏堂如此风光。

下联"会心原不远，就此眼前山水"化用了《世说新语·言语第二》中的句子："简文（帝）入华林园，顾谓左右曰：'会心处不必在远，翳然林水，便自有濠、濮间想也。'"其意是说，领悟胜景，不必求远，其实就在眼前。"犹见古人"中的"古人"，是指南朝诗人颜延之。颜延之是琅邪临沂人，为南朝著名诗人，官至金紫光禄大夫。南朝刘宋少帝景平二年，他因触怒权贵受到排挤，出任始安郡（今桂林）太守。在任时，为纪念晋代"竹林七贤"中的阮籍、嵇康、向秀、刘伶和阮咸五人，他在读书岩旁建了"五咏堂"。作者在下联里提及"古人"，意在表明人们欣赏独秀峰之时，会想起曾在此读书的颜延之。

这副楹联的特色是立意明确，借景抒怀，将自然风光与人义景观融于一联，把自己的主观想象寄寓于客观的山水之中，创造一种物我同欣的意象。读后，会留下充分的想象空间。

《楼对》楹联

丁日昌是中国近代洋务运动的风云人物和中国近代四大藏书家之一。

称他是"洋务运动的风云人物",是因为他官至福建巡抚,主政福州船政局,会办南洋海防,兼总理各国事务大臣。在任期间,他推动和促成派遣第一批留美学童,挑选船政学堂优等生赴欧留学,组织翻译出版西方科技书籍和编撰府志政书,主张在通商口岸创办报馆。

称他是"藏书家",是因为他雅好藏书。为官之余,他搜罗古刻善本,不遗余力。其藏书之富称雄一时,共十余万卷,藏书楼名"实事求是斋",后改名为"百兰山馆",又命名为"持静斋""读五千卷书室"。当时,其与瞿氏"铁琴铜剑楼"、杨氏"海源阁"并驾齐驱,并延请著名版本目录学家莫友芝、江标等学者为他整理校勘。有道是,书读多了,"下笔如有神",丁日昌曾在自己的府宅题《楼对》联,读之,颇有气势:

如此江山,对海碧天青,万里烟云归咫尺
莫辞樽酒,值蕉黄荔紫,一楼风雨话平生

上联以"如此江山"一语引出眼前波澜壮阔的大海美景，万里海疆尽收眼底。从联语上看，丁日昌的私家寓所应在福州一带，而且还是一座高层的海景楼房。登高，眺可望远；落座，餐可为宴。联中"海碧天青"，即碧海蓝天，意指高远的海天。"咫尺"中的"咫"，古时八寸曰咫，此处指距离很近。这句上联以一目之光，写出了万里之势，可谓从大处落笔，一展"万里海疆收归眼底"的惬意，体现了作者开阔的胸襟。

下联以"莫辞樽酒，值蕉黄荔紫"一语道出作者把酒临风，且为人好客。联语中历数了宴席上的金樽美酒和香蕉、荔枝等珍果，可见主人不光喜欢交友，还喜欢宴客。"一楼风雨话平生"，可见主人不光喜好藏书，且喜欢和朋友诗酒唱和，谈论风雨人生的经历。丁日昌身居高位，生活在一个动乱与变革的时代，纵观其一生，曾为国家呕心沥血，死而后已。在那个时代，他的许多主张具有开拓性，很多见解是精辟的，但晚清的没落使得他空怀报国之情、强国之志，却既无决策之权，又无回天之力，充满悲情。

这副楹联语句凝练，寥寥数语，却表意清晰，字里行间流露出对祖国山河的依恋之情，以及对自己风雨人生的感怀。从艺术的角度讲，这副楹联对仗工整、措辞讲究、语句得体，体现出作者渊博的学识和旷达的胸怀，确为一副内容、思想俱佳的好联。

《题秦淮河停云水榭》楹联

秦淮河是南京的母亲河,古称龙藏浦,汉代起称淮水,唐以后改称秦淮,为长江下游右岸的支流。秦淮河的名气源于其流淌的文化气息,在中国历史上极负盛名,堪称"中国第一历史文化名河"。自古以来,不知有多少文人墨客流连于秦淮河畔,又留下多少流传后世的经典诗文。到了清代,有位名叫潘恩的雅士,在秦淮河的停云水榭题了一副怀古的楹联,将秦淮河的前世今生说了个明白。所谓停云水榭,是秦淮河畔的一个亭台。这座亭台名字中的"停云",意为停止不动的云,最初源自晋代大诗人陶潜的《停云》诗中的"霭霭停云,濛濛时雨",他在自序中称"停云,思亲友也",所以后世多用此表达思念亲友之意。潘恩的楹联是这般写的:

一曲后庭花,夜泊销魂,究是三生杜牧
东边旧时月,女墙怀古,我如前度刘郎

上联有三个分句,化用了两首古诗词,讲了一个发人沉思的故事。
"一曲后庭花"中的"后庭花"是唐教坊曲名,即乐曲《玉树后庭花》,属宫体诗,被称为"亡国之音",其作者是南朝陈后主陈叔宝,即南朝陈最后一个皇帝。

"夜泊销魂"化用唐代诗人杜牧的名诗《泊秦淮》："烟笼寒水月笼沙，夜泊秦淮近酒家。商女不知亡国恨，隔江犹唱后庭花。"诗中的"夜泊"是说夜晚停船靠岸于秦淮河。"销魂"是指为情所感，若魂魄离散。杜牧在诗里嘲笑了沉醉"后庭花"的陈后主和不知亡国恨的"商女"，表现了作者对国家命运的无比关怀和深切的忧虑。此联作者借用杜牧的诗，抒发自己的触景感怀。

"究是三生杜牧"是指杜牧去官之后，郁郁不得志，落拓扬州，好青楼之游，以风流出名。其有《遣怀》诗云："十年一觉扬州梦，赢得青楼薄幸名。"后人多以"三生杜牧"比况风流才士。由此看来，陈叔宝也好，杜牧也罢，无论多有才华，一旦沉湎于男欢女爱之中，就难免会醉生梦死，荒废生命。嘲讽陈后主的诗人杜牧，在变化了的环境中，也未能超凡脱俗。

下联也有三个分句，化用了两首诗，解读了一个让人扼腕叹息的典故。

"东边旧时月"是唐代诗人刘禹锡《石头城》中的句子，"山围故国周遭在，潮打空城寂寞回。淮水东边旧时月，夜深还过女墙来。"写的是淮水东边，一轮古老而清冷的圆月，在夜半时分还忍不住窥视昔日的皇宫。"旧时月"见证了六朝由盛转衰的全过程，一种故国萧条、人生凄凉的感伤油然而生。

"女墙怀古"中的"女墙"，是指城墙上呈凹凸形的城垛子。这一分句化用了刘禹锡上述诗中"夜深还过女墙来"的意蕴，感叹旧城墙犹存，但世事已非，六代豪华旧景已不复存在。究其根本原因，也是应了唐代李商隐《咏史》中提到的一条历史的定律："历览前贤国与家，成由勤俭败由奢。"

"前度刘郎"出自刘禹锡《再游玄都观绝句》中的诗句："种桃道士归何处？前度刘郎今又来。"诗中的"种桃道士"借指当年打击王叔文革新集团、贬逐刘禹锡和柳宗元等八人，制造"八司马事件"的当权者。"前度刘郎"指作者自己。其实，"前度刘郎"最初源于南朝宋刘义庆的《幽明录》。相传，东汉永平年间，刘晨和阮肇两人入山采药，在天台桃源遇仙。至晋太康年间，两人重到天台，但一切都不见了。后世因此称去而复来的人为"前度刘郎"。这和陶渊明《桃花源记》中的"不知有汉，无论魏晋"有异曲同工之妙。历史是一面镜子，咏史反思，以史鉴今，古往今来，历来如此。

这副楹联讲了两个发人沉思的故事，一个是陈后主的醉生梦死与杜牧的步其后尘；一个是金陵古城历尽岁月沧桑，六代奢豪景象已是昨日云烟。即便"前度刘郎"重归故里，也只能是即景生情、怀古抚今，发思古之忧思而已。从这副楹联中，我们可以看到作者是乘兴吟怀秦淮河旧景旧事，却别有寄寓，联语中有对沉迷"后庭花"的君王、"夜泊销魂"的诗人，以及"灰飞烟灭"的古都的描写和有感而发的慨叹。联语在内容上情景交融、化典自然、语意相关、寓意深邃；在形式上对仗工整、用词考究、结构严谨。读起来，历史的烟云如行云流水，在眼前飘过，仿佛置身秦淮河畔，聆听历史的长河在波涛中倾诉一个美丽而凄婉的故事。

名联篇

《题苏州留园五峰仙馆》楹联

陆润庠,清代名臣,苏州籍状元,善诗文,喜书画,爱交友,且能联擅书。他在家乡苏州留下不少墨迹,曾为留园、狮子林、网师园等园林题文撰联,还为拙政园写下"十八曼陀罗花馆"七个擘窠大字,又为"远香堂"写了一副52字的长联:"旧雨集名园,风前煎茗,琴酒留题,诸公回望燕云,应喜清游同茂苑;德星临吴会,花外停旌,桑麻时闲课,笑我徒寻鸿雪,竟无佳句续梅村。"

陆润庠又是个御用文人,慈禧太后晚年喜好作画,常命他与同治元年状元徐郙等为之题志;光绪年间,八国联军入侵,慈禧太后西逃途中,由他代言草制,后任工部尚书、吏部尚书,官至太保、东阁大学士、体仁阁大学士;辛亥革命后,他还留在清宫,做了几年溥仪的老师。至今,故宫博物院仍留存不少陆润庠的书法作品。

陆润庠很喜欢留园五峰仙馆,在苏州期间多次游览过此地。五峰仙馆前峰石挺秀,当年因园主盛康从文徵明停云馆中得峰石而放在园内,又取李白"庐山东南五老峰,青天削出金芙蓉"诗句之意,命名为"五峰仙馆"。馆内梁柱以楠木建造,俗名楠木厅;大厅面阔五开间,高大豪华;厅内装修精丽,陈设雅洁大方,为江南厅堂的典型代表。陆润庠是这里的常客,还受邀为五峰仙馆题了副楹联,颇具韵味:

读书取正，读易取变，读骚取幽，读庄取达，读汉文取坚，最有味卷中岁月

与菊同野，与梅同疏，与莲同洁，与兰同芳，与海棠同韵，定自称花里神仙

这副楹联上联是写读书，突出了一个"读"字，写出了读书的乐趣；下联是写景物，突出了一个"与"字，写出了与景的情致，将其人生理念和追求全盘托出，当是一副言志抒怀联。

上联开篇，陆润庠一连用了五个"读"字，感悟了《尚书》《易经》《离骚》《庄子》《汉书》五部经典的魅力。陆润庠一生酷爱读书，博古通今，他认为，读书就要读好书，读长知识的书，以好书为伴，当为人生的一大乐事。

联中的"书"，是指《尚书》，古时又称《书》或《书经》，是中国第一部古典文集和最早的历史文献，以记言为主。"读书取正"的含义是，从读《尚书》中，懂得了为人如何正道直行的道理。

联中的"易"，是指《周易》，即《易经》，是传统经典之一，相传为周文王姬昌所作，包括《经》和《传》两个部分。"读易取变"的含义是，从读《易经》中，知道了"穷则变，变则通"的道理。

联中的"骚"，是指《离骚》，是战国时期伟大诗人屈原的作品，倾诉了对楚国命运和人民生活的关心。作品以大量的比喻和丰富的想象，表现出积极的浪漫主义精神，开创了中国文学上的"骚体"诗歌形

式，对后世有深远影响。"读骚取幽"的含义是，从读《离骚》中，为屈原诗句中的幽雅不凡所倾倒。

联中的"庄"，是指《庄子》，约成书于先秦时期。全书以"寓言""重言""卮言"为主要表现形式，继承老子学说而倡导无为而治，蔑视礼法权贵而倡言逍遥自由。《庄子》具有很高的文学价值。其行文汪洋恣肆、瑰丽诡谲、意出尘外，乃先秦诸子文章的典范之作。"读庄取达"的含义是，从读《庄子》中，体会到庄子的旷达大度和逍遥处世的精神。

联中的"汉文"，是指《汉书》，中国第一部纪传体断代史，由东汉史学家班固编撰。"读汉文取坚"总结了作者对历史悠久的汉文化的由衷热爱。正是汉文中那种清澈明朗的大气和正气，让他从中受益，也让他变得更加成熟，更加坚强。

上联的结尾"最有味卷中岁月"，是对这么多年来读书的总结：人生最大的快乐，莫过于在书卷中品味人生的滋味。

下联的开篇，陆润庠一连用了五个"与"字，将人与菊、梅、莲、兰、海棠五种花卉相关联。陆润庠借用留园中的花卉特点，以花卉喻人，以言志励行。苏州留园是我国古代造园艺术典范的特色，这里山石奇美、花卉满园、庭院幽深、流水依依，使作者触景生情，在上联写尽读书感悟后，又以拟人的手法，用花草来抒发自己的情感。

"与菊同野"一语，作者赞美了野菊的随遇而安，愿与其同感野趣，有晋人陶渊明"采菊东篱下，悠然见南山"的感觉。这说明他虽贵为官宦，但仍向往那种悠闲自得的平民生活。

"与梅同疏"一语，作者欣赏寒梅的铮铮傲骨，敢于向严冬挑战，有宋人王安石诗中"墙角数枝梅，凌寒独自开"的意蕴。这说明他发自内心地赞美有骨气、有担当的君子形象。

"与莲同洁"一语，作者表达了愿像莲花一样高洁优雅，不为权贵而折腰，有宋人周敦颐《爱莲说》中"出淤泥而不染，濯清涟而不妖"的性格。这体现了他坚韧、清廉的品质。

"与兰同芳"一语，作者意在愿与兰草的朴实芬芳为伍，清清白白做人，明明白白做事，有元人谢宗可《并蒂兰》中"霜节百年期共老，国香一点为谁争"的情结。这体现了他的做人理念。

"与海棠同韵"一语，作者展现了海棠花不随波逐流，不畏春寒的恬恬神韵，有宋人陈与义《春寒》中"海棠不惜胭脂色，独立蒙蒙细雨中"的孤傲。这体现了他对海棠的雅致、风骨、品格的向往，并以花草作喻，巧妙地表达了自己鄙视名利富贵，不与世人同流合污的高尚情操和志气。

最后结语"定自称花里神仙"，是对全联的总结，也是作者所追求的人生目标。

这副楹联的特色有二：其一，重复用字，排比用联。上联的"读"与"取"和下联的"与"与"同"联合组成了两组排比句式，使得全联语势回肠跌宕、舒展飘逸。上下联各句首、句中分别用同一个字相对，加之每句都简洁凝练，所以读起来韵味十足，朗朗上口。其二，以书言志，花草喻人。上联表面是教人读书，强调读书之乐趣，但透过读书，却阐明了做人的取向；下联表面是写对花草的钟爱，但细细品味，却寓意深刻。作者以花喻人而言志，人之于花草，情同友人，怡然自得。这境界非俗人所能企及，他将文士那种与世不群的超脱感表达得淋漓尽致。

《题汤阴岳庙》楹联

岳飞不仅是精忠报国的名将,还颇具文臣风范,一首《满江红》脍炙人口、慷慨悲壮,道出一腔忠诚、壮怀激烈,尽显大将之风。遥想当年,岳飞率岳家军抗击金兵,六战六捷,屡建奇功。宋高宗却听信奸相秦桧谗言,一天连下12道金牌,强令岳飞撤兵,并将其罢官,以"莫须有"的罪名,将年仅39岁的岳飞杀害于杭州。安阳汤阴岳飞的父老乡亲于故里建"精忠庙",以寄托对英雄的无限敬仰之情。岳庙现名宋岳忠武王庙,始建时间无考,今址为明代景泰元年重建,历代曾多次做修葺、增建,现为六进院落,殿堂雄伟,碑碣林立。庙的东西厢房为岳飞生平事迹陈列馆;后院为寝殿,殿内陈列着著名的书法珍品《出师表》石刻;寝殿后还有岳云祠、四子祠、岳珂祠、孝娥祠等。在岳庙众多名人题写的楹联中,有一位大清官员的墨宝颇有影响。他名为吴芳培,乾隆年间进士,官至左都御史、兵部侍郎。且看其赞缅岳飞的楹联:

千秋冤案莫须有
百战忠魂归去来

上联"千秋冤案莫须有",讲述了历史上一个令人扼腕叹息的千古奇冤，表达了作者的义愤之慨。"莫须有"，指不一定有，形容无中生有，罗织罪名。其语出《宋史·岳飞传》："狱之将上也，韩世忠不平，诣桧诘其实。桧曰：'飞子云与张宪书虽不明，其事体莫须有。'世忠曰：'莫须有三字何以服天下？'""莫须有"三个字后来用以表示凭空诬陷，如清代作家孔尚任《桃花扇·辞院》中便有："这也是莫须有之事，况阮老先生罢闲之人，国家大事也不可乱讲。"

岳飞奇冤的罪魁祸首就是力主"绍兴和议"的奸相秦桧。在南宋与金订立和约前，岳飞统率宋军在反击金兵的入侵中已取得一定胜利，但宋高宗与秦桧唯恐其有碍于与金议和，解除了韩世忠、张俊、岳飞三大将的兵权，甚至诬陷岳飞入狱。"绍兴和议"后，秦桧唆使其同党万俟卨向宋高宗呈上一道捏造岳飞抗金时拥兵不救、放弃阵地等诸多"罪名"的奏折。秦桧又收买张俊、王贵、王俊去诬告岳飞儿子岳云曾写信给张宪，欲与之共同发动兵变。当年九月，张宪被捕入狱；十月岳飞、岳云两父子也被捕入狱。同年十二月，高宗赐死了岳飞。但历史毕竟是公正的，秦桧之流谋害忠良虽然得逞，但到头来，自己被钉在了历史的耻辱柱上。在岳庙，有秦桧、秦桧夫人王氏、万俟卨、张俊四个人的跪像，他们因残害岳飞而成为千古罪人。其两侧还有一副楹联："蓬头垢面跪当前，想想当年宰相；端冕垂旒临座上，看看今日将军。"

下联"百战忠魂归去来"，述说了人们对爱国英雄的怀念之情。"归去来"，出自晋代诗人陶渊明的《归去来辞》："归去来兮，田园将芜胡不归？既自以心为形役，奚惆怅而独悲？悟已往之不谏，知来者之可追。"陶渊明创作的这篇抒情小赋，也是脱离仕途回归田园的宣言。文中的"归去来"有辞官归隐故乡之意，而楹联里的"归去来"是"归来"的意思，岳飞是河南汤阴人，而此联题于汤阴岳庙，含魂兮归来之意，饱含生者对逝者的追思之情。"百战忠魂"是对岳飞的崇高评价。他的忠义和英勇，不但得到了家乡父老的追思怀念，也让他成为中华民族历史上的英雄。

　　吴芳培对岳飞的忠勇作了中肯的评价，在这副楹联中，采用了对比的手法，愤怒地抨击了秦桧之流的倒行逆施，歌颂了岳飞的浩然正气，其爱憎分明，充满了正能量。另外，从艺术角度上讲，楹联用典精彩、对仗工整、字字带情，可谓楹联中上品之作。

《题汨罗屈子祠》楹联

屈原是我国历史上第一位伟大的爱国诗人,曾在楚国做过左徒和三闾大夫,后因奸臣排挤而被放逐江南;当楚国被秦兵攻破时,他愤然投汨罗江而死。其留下的《离骚》《九章》《九歌》等千古华章,文贯古今,蜚声中外。

汨罗屈子祠始建于汉代,原址无考,到了清代乾隆二十一年(1756)移建至湖南汨罗江边的玉笥山上。其缘由为屈原被流放时,曾在汨罗江畔的玉笥山上住过。后来屈原感到救国无望,投江而死,后人为了纪念他,便在此修祠。现存建筑有正殿、信芳亭、屈子祠碑等。正殿为砖木结构,单层单檐,青砖砌墙,黄琉璃瓦覆顶,风格古朴秀雅,全殿三进,中、后两进间置一过亭,前后左右各设一天井,布局谨严宏敞。祠内有百年桂树多株,每逢中秋时节,黄、白花盛开,馨香四溢。

屈子祠对研究屈原文化具有相当重要的价值。千百年来,历代文人雅士都愿意到此拜谒屈原,感受屈原那种爱国情怀。晚清雅士郭嵩焘就是其中的一位。

郭嵩焘是近代洋务思想家,是中国19世纪末维新派的先行者。他力主开眼看世界,但生前没有知音、没有同道,内心寂寞烦闷。无奈之余,他前来拜谒屈原,寻找精神寄托,留以下楹联,也是他心灵的真实写照。

哀郢矢孤忠，三百篇中，独宗变雅开新路
怀沙沉此地，两千年后，惟有滩声似旧时

上联三个分句，主要颂扬了屈原的政治理念和文学成就。

第一分句"哀郢矢孤忠"中的"哀郢"，是指屈原作品《楚辞》九章之一。"哀郢"，即哀悼楚国郢都被秦国攻陷，楚怀王受辱于秦，百姓流离失所之事。这首诗采用了倒叙法，先从九年前秦军进攻楚国，自己被放逐，并随流亡百姓一起东行说起，到后面抒写了作诗当时的心情。全诗有回忆，有抒情，有思考。联语中的"孤忠"，可解释为忠贞自持、不求人体察的节操，源自宋代诗人曾巩《韩魏公挽歌词》中"覆冒荒遐知大度，委蛇艰急见孤忠"。明代王世贞在《鸣凤记·忠良会边》言："只恐孤忠有功难建，须期个地转天旋，要使离人再得圆。"联语中"矢"通"誓"，为诉说之意。这个分句写了屈原虽日夜思念郢都，却因被放逐，失去了回朝效力祖国的痛苦和忧伤。第二个分句中的"三百篇"，指的是《诗经》，可参见《论语·为政》中的"诗三百，一言以蔽之，曰：思无邪"。第三分句"独宗变雅开新路"的"宗"为尊崇之意。"变雅"是指《诗经》中《大雅》《小雅》都有正变。《小雅》自《六月》至《何草不黄》五十八篇，为变《小雅》；《大雅》自《民劳》至《召旻》十三篇，为变《大雅》，总称为变雅。这个分句肯定了屈原的文学成就。

下联三个分句，主要借古思今，感慨在屈原逝世两千年之后，人们对屈原的怀念之情，像汨罗江的涛声一样，未曾消失。

第一分句"怀沙沉此地"中的"怀沙"，是《楚辞》中的第五篇，为屈原临终前所作的"绝命词"，大意是指怀抱沙石以自沉，以死明志。诗中的屈原讲述了遭遇的不幸与感伤，愿最后以自身肉体的毁灭来震撼民心、君主，唤起国民、国君的警醒。《怀沙》以屈原临终前抒发的慨叹与歌唱为主要内容，以《楚辞》这种新的诗歌形式表达内心的激情。"沉此地"是指屈原最终投汨罗江而死。第二分句"两千年后"是指距屈原投汨罗江而死已经有两千年了，表达了郭嵩焘的追思之情。第三分句"惟有滩声似旧时"是对屈原之死的喟叹，也是对自身遭遇的慨叹。郭嵩焘题此联也是在感慨自己的壮志难酬，遭受不公正的待遇。

郭嵩焘当年辅佐曾国藩创建湘军，做过两淮盐运使、广东巡抚。光绪元年，他经军机大臣文祥举荐进入总理衙门，不久出任驻英公使；光绪四年兼任驻法使臣，次年迫于压力称病辞归。他在这副楹联里，流露出对历史的反思和对现实的忧虑。但他相信未来，内心始终怀抱着乐观。这副楹联用典贴切、感情凝重，表达了作者对屈原的仰慕，颂扬了屈原在文学艺术上的伟大成就，读后能发人深思，并能有所得。

《题盟鸥馆》楹联

龚自珍是我国近代伟大的启蒙思想家,也是近代文学的开山鼻祖。他具有强烈的爱国主义精神,主张改革内政,抵御外辱。他的文学作品对当时和后世的影响极大,尤其以《己亥杂诗》最为著名。"我劝天公重抖擞,不拘一格降人才"是诗人对时代发出的强烈呐喊。但是,面对清廷的加速腐败和日益没落,龚自珍清醒地认识到,清廷腐朽、残酷的统治,禁锢思想、扼杀人才,到处是一片昏沉、一片庸俗、一片愚昧、一片死寂的现实状况。正是在这种状况下,龚自珍题写了以"盟鸥馆"为题的楹联,以抒发内心复杂的情感。

别馆署盟鸥,列两行玉佩珠帘,幻出空中楼阁
新巢容社燕,约几个星晨旧雨,来寻梦里家山

上联介绍了"盟鸥馆"的来历,并描写了馆内的奢华大气。"别馆署盟鸥"分句中的"别馆",即别墅;"盟鸥"即与鸥鸟为盟友。据载,此馆位于江苏武进,为周仪伟先世所辟,结客极盛,后家道衰落,卖与别人。"玉佩"是指玉制佩挂的饰品,"珠帘"是指以珍珠缀饰的帘子,"列两行玉佩珠帘"描摹出了"盟鸥馆"内装饰华美的气派。

"幻出空中楼阁"是作者观景后的想象。"空中楼阁"原是指海市蜃楼,借此比喻"盟鸥馆"犹如空中幻现的楼台观阁。这种比喻高明通达、玲珑奇巧,表现出了作者驾驭文字的功力。

下联是借景抒情,作者通过对"社燕新巢"的感慨,用隐讳的联语将隐退的情思蕴含于不言之中。"新巢容社燕"中的"社燕"是指燕子春社时来,秋社时去。春社、秋社,为祭祀土地神的日子,大约在春分和秋分前后。这里的"新巢容社燕",有感于"盟鸥馆"易主,颇有几分唐朝诗人刘禹锡《乌衣巷》诗中"旧时王谢堂前燕,飞入寻常百姓家"的味道。"约几个星晨旧雨",大意是说约几个老友相聚。句中的"星晨"是指星星至晨而渐没,后人常以此比喻稀少。"旧雨",则出于《全唐文》卷360《杜甫二·秋述》中的典故:"常时车马之客,旧,雨来;今,雨不来。"其意思是说,过去宾客遇雨也来,而今天遇雨却不来了。后来,人们常以"旧雨"作为老友的代称。"来寻梦里家山"是此楹联中关键的一个分句,袒露出作者内心的所思所想。联语中的"家山",即为家乡,源自龚自珍自己的《己亥杂诗》中的诗句,"踏遍中华窥两戒,无双毕竟是家山"。

这副楹联是在龚自珍强烈的政治抱负无以实现,眼见自己的政治理想和主张得不到统治者认可的环境下,所流露出来的思想。他与几个朋友相约,欲回归乡隐,这也是一种无奈的选择。龚自珍来游"盟鸥馆",留题此联,其立意婉曲,别有寄寓。他将隐退情思寄予在"盟鸥"两字之中,披露出"人生在世不称意,明朝散发弄扁舟"的退隐情怀。

《自题春联》楹联

方地山，原名方尔谦，清末民初著名学者、书法家、楹联家，被称为民国"联圣"。他生于书香世家，但幼年失怙，与小他3岁的弟弟方泽山全倚仗长姊抚养成人。方地山13岁那年考中秀才，后在北洋武备学堂教书，因常在天津《大公报》上发表文章，被时任直隶总督的袁世凯看中，重金聘为家庭教师，教授袁氏几个儿子诗词作文，后又和袁世凯次子袁克文成为莫逆之交和儿女亲家，与画家张大千也为忘年之交。

方地山被称为"联圣"，并非虚名。他善制联语，尤擅撰嵌名联、趣联，其才学与明代解缙、清代纪昀一脉相承。他题写的嵌名联，从不起草，全为即兴，将典故随手拈来，自然融入，浑然天成，词意极工，堪称一绝。有一年春节，他引经据典，写了一副楹联，颇有味道：

出有车，入有鱼，当代孟尝能客我
裘未敝，金未尽，今年季子不回家

这副楹联述说了一件很普通的事情：东家待我非常好，今年过年不回家了。但方地山的用词却很高明，把东家捧为孟尝君，把自己比作苏秦，既取悦了东家，又美化了自己，可谓一举两得。

上联"出有车,入有鱼",讲的是《战国策·齐策》中"冯谖客孟尝君"的故事,冯谖初到孟尝君门下做食客,受到"食以草具"的待遇。他三次弹铗而歌,分别提出了要"食有鱼,出有车,能养家"的要求,都得到了孟尝君的应允。孟尝君的宽容大度,赢得了冯谖的认可。冯谖逐渐显露其有胆有识、处事果敢迅速的卓越才能,为孟尝君收债买义和回齐复命提供计谋,使孟尝君生无灾患。

"当代孟尝能客我",作者从古代的故事一下子转到了现实,谈到了东家就像孟尝君那般把我当客人来对待。言外之意是,我也会像优秀的食客那样,物有所值,人有所用。联中的"孟尝"是孟尝君的简称。孟尝君名田文,是战国时期齐威王田因齐之孙,靖郭君田婴之子,因封袭其父爵于薛国,又称薛公,号孟尝君。他门下有食客数千,因为其宁肯舍弃家业也给他们丰厚的待遇,故天下的贤士无不倾心向往。方地山为袁世凯门客,此联是在回答袁世凯问其过年是否归乡。当代孟尝是谁?那么其指代就明显了。

下联"裘未敝,金未尽,今年季子不回家",讲的是《战国策》中"苏秦以连横说秦"的故事。联语中,方地山承接上联,将自己喻作"季子"。这个"季子",指的是战国时期著名的纵横家、外交家和谋略家——苏秦。苏秦曾以三寸不烂之舌,劝说六国国君联合抗秦,并身佩六国相印,进军秦国。"裘未敝,金未尽"说的是自己目前在东家的门下也像苏秦一样衣食无忧。所以,他才会"乐不思蜀",索性今年过年不回家了。

不同于一般的春联,多为"富贵吉祥"的拜年话,方地山的这副春联是一首对东家的赞美诗,表达了对自己境状的满意。他的联语看似随意,实则用心,明在夸东家,实在夸自己,堪称绝顶的聪明。

《题成都崇丽阁》楹联

成都崇丽阁内有两副楹联可称得上是楹联中的上品。一副出自清代"长联圣手"钟云舫之手,此联长达212个字,以景达情、说古论今、洋洋洒洒、气吞山河。另一副的上联初始于晚清,下联出自现代,历尽百年沧桑,终成一段楹联史上的佳话。

望江楼,望江流,望江楼上望江流,江楼千古,江流千古

这副上联,一连用了四个"望"字,六个"江"字,三个"楼"字,用朗朗上口的简短文字,勾勒出一幅楼阁伴江水的秀美图画。望江楼,指的就是成都崇丽阁,建于清代光绪十五年,是时任四川总督刘秉璋一手策划筹建的。他当时约集蜀中士绅筹集建楼银两,并在原来的回澜塔旧址上修建楼阁,取西晋诗人左思《蜀都赋》中"既丽且崇,实号成都"之意,命名为"崇丽阁",又因楼位于锦江河畔,故又名"望江楼"。

登上望江楼,就可以看见蜿蜒的锦江从眼前流过。上联中"望江楼,望江流"讲的就是这种感觉。"望江楼",朱柱碧瓦,为四层楼宇;楼高39米,下两层四方飞檐,上两层八角攒尖,每层的屋脊、雀替

都饰有精美的禽兽泥塑和人物雕刻，有旋梯可达阁顶。阁顶为鎏金宝顶，金光闪闪，望江楼可谓精美壮观。再说这"望江流"，是指登上望江楼，举目四望，滔滔江水，崇丽阁与锦江水浑然一体、刚柔相济、雄浑与灵性合二为一，构成了一幅壮美的雄楼伴江河的画卷。据说，清代一位江南才子登上望江楼后，看到锦江之水天上来，伫立楼上，看江水流逝，望西北群山雄姿，此景美不胜收，一时兴起，就挥毫写下了上联。周边一片喝彩，连连称绝。江南才子顿时沉醉于上联的优美意境中，看到人们还期待他推出更美的下联，他才从兴奋里解脱出来，可几番尝试，却怎么也对不出能与之相媲美的下联来，只得抱憾将上联书于望江楼上。

尔后，来望江楼游览的文人雅士络绎不绝，走到这里，无不驻足观看，惊叹之余，也有许多人尝试对出下联，但都不够称意。人们无不喟叹："这让人心醉的下联，何时才能有绝对？"

据传，20世纪30年代，家住四川什邡市的学者李吉玉，在一个皓月当空的夜晚，独自在什邡县城北的珠市坝休闲漫步，走着走着，猛然发现坝中有一口古井，边上竖立一块清代嘉庆年间的古碑，上镌"古井印月"四个字。他伫立在井口旁，见到月光下印月古井波光粼粼，好一番诗意！他倏然想到成都望江楼那副千古奇联，这眼前美景勾起他的创作灵感，致使他文如泉涌，下联不禁脱口而出：

印月井，印月影，印月井中印月影，月井万年，月影万年这副下联与上联如出一辙，一连用了四个"印"字，六个"月"字，三个"井"字，将"印月井"的神奇刻画得栩栩如生。四川什邡这口古井在什邡古城北门原永正门外，筏子河与护城河交汇处有一拱形石桥，桥旁有一天然泉眼，当地人以八层石板将其围成井形。井中长年喷水，清澈见底，常印明月，故称印月井，而旁边的拱桥则为印月桥。桥边就是那块在清代嘉庆年间竖立的镌刻有"古井印月"的石碑。曾有诗云："传是仙女菱花镜，井泉印月月长圆。人生几得长圆夜，长住雍城抱月眠。"

什邡与成都相距约70公里，也就是说，"印月井"与"望江楼"也有数十公里之隔，但一副楹联就将两处美景融为一体，这句下联也不胫而走，令人拍手称绝。这副楹联对得如此精巧，无论是内容上的精致确切，还是形式上的对仗工整，都可称得上是精品佳联，可谓"文章本天成，妙手偶得之"。

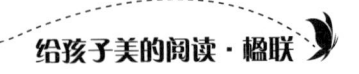

《题台北阳明山》楹联

在祖国宝岛台湾的北端,有一座风光秀丽的阳明山。阳明山原名为草山,位于台北市近郊。后来,蒋介石为纪念明代学者王阳明,改称此山为"阳明山"。

阳明山为台湾的旅游观光胜地。有许多名人在此题作楹联。现代书画家、文学家、实业家陈定山就在此地留有一副状景名联:

水清鱼读月
花静鸟谈天

从这副10个字的楹联里,人们就可以看出撰联者才华横溢,寥寥数语就使阳明山的清幽雅致和山水风情跃然纸上。上联写了水、鱼、月,下联写了花、鸟、天,将阳明山水陆两种不同的景观,用衬托和比拟相结合的艺术手法,生动地描摹出来。

上联"水清鱼读月",以水之清突显鱼之"读月"。这个"读"字绝对是绝妙之笔,一下子便将阳明湖写活了。上联让人想象到阳明山的湖光水色:一泓流淌的清泉,一池清澈见底的湖水,精灵乖巧的游鱼成群结队地观赏天空的一轮明月。作者把鱼儿比作了人,赋予鱼以灵性。

"鱼读月"就是对鱼在水中游动的形象比拟，好像鱼和人一样会"读月"。"鱼读月"为动，"水清"为静，这一动一静相互衬托，巧妙结合，又反过来对水的清澈程度进行渲染，足以看出作者的才气。

下联"花静鸟谈天"，以花之静，来突显鸟之"谈天"。这个"谈"字，同样是神来之笔，将宁静的阳明山写活了。下联让人感受到阳明山的山林风光：一个风和日丽的天空，一片姹紫嫣红的花海，在幽静的环境里，连鸟在花丛中"谈天"的窃窃私语也听得清清楚楚。"鸟谈天"就是对花海中的鸟鸣声作了拟人化的处理，同时也对繁花似锦的幽静景色进行了细致的描述。这以动衬静、动静结合的艺术技巧，使这副楹联充满诗情画意。

上下联的第二个字分别为"清"和"静"，合起来就是清静二字，这便是楹联的藏字手法。所谓藏字，即是将要表达的意思用字藏入联内，让人细心琢磨、慢慢思索。这里面包含两层含义，其一是对阳明山清幽深邃和世外桃源的感觉的总结，客观上达到了画龙点睛的效果；其二，披露了自己的内心世界，经历大半生的奋斗，在暮年之际产生一种追求清逸和超脱世俗的思想情感。

陈定山，浙江杭州人，富文翰，解音律，诗文、词曲、书画、戏曲、小说，无不精通，著作甚富，对楹联艺术也有很深造诣。他的这副楹联，不光文辞优美、笔法考究、寓意深刻、对仗精工，而且在区区十字联语中，充分运用了衬托、比拟、藏字等多种艺术技巧，可见他的文学功力和创作灵气非一般人所能企及。

《"春秋传"与"北西厢"》楹联

梁启超和黄炎培都是中国历史上很有影响的人物。梁启超被公认为中国历史上一位百科全书式的人物。他涉猎广泛，勤于学术研究，著述宏富，留下很多传世的文学之作。黄炎培是中国近现代爱国主义者和民主主义教育家。他与毛泽东在延安窑洞里有关"跳出历史周期律"的谈话，至今仍有着深刻的影响。他们同是社会活动家，也都对中国古典文化有着很深的造诣。他们曾共同创作了一副《"春秋传"与"北西厢"》的奇联，时间跨度居然有近40年之久，堪称楹坛佳话。

1912年冬，梁启超结束14年流亡生活，自日本归来后，受邀去好友夏曾佑家做客。夏曾佑，字遂卿，一作穗卿，号别士、碎佛，是近代诗人、历史学家。他在清代光绪年间曾在天津与严复等人创办了《国闻报》，宣传新学，鼓吹变法，和梁启超是志同道合的老友。他对经学、佛学有精深的研究，对诗文也有相当的素养。梁启超见到夏曾佑书桌上堆着好多线装书，其中有一部是《春秋左传》，顿时来了兴趣，一边翻，一边对老友说："我这里有个上联，你来对下联。"梁启超说罢便吟道："冬蛰庵中，夏穗卿研究春秋传。"

夏曾佑冥思苦想好一会儿，坦然说："老兄，我对不出来，还是你来对下联吧！"梁启超摇了摇头，说："我也是看到你案头上摆着《春秋左传》，才想出来的上联，这下联我一时也想不出来。"两人相视一笑，就转而说起别的事情了。

这件事，梁启超很快就忘却了，可夏曾佑却耿耿于怀。有文人相聚之时，他就会旧事重提，以此上联向朋友征求下联，竟无一人对得出来。随着岁月的更替，人们已经渐渐淡忘了这副对联的事了，只是偶尔好友聚会，还会有人提一提。

到了1951年冬，郭沫若先生邀请在北京的文艺界的老友到他的寓所相聚小酌。那天到场的客人有周扬、夏衍、楚图南、黄炎培、沈钧儒等文化名人。他们坐在一起谈笑风生，讲起了文化界的趣闻逸事，不知谁又提起了当年梁启超在夏曾佑府宅对对联的往事。众人正说在兴头上，郭沫若夫人于立群走进来问郭老："还有哪几位没有来？快到五点钟了。"话音刚落，没等郭沫若解释，南汉宸、张瑞芳一行四人推门而入。这四位自知迟到，连连道歉。

南汉宸还解释说："是田老大（指田汉）拉我们几个去东华门外看梅老板彩排《红娘》了，太棒了，果然是精妙绝伦！"

说者无意，听者有心。此时，坐在一旁的黄炎培突然一跃而起，大声说道："我得之矣！"随后，黄炎培清了清嗓子，高声涌道："东华门外，南汉宸欣赏北西厢。"众人不明所以，于是黄炎培将事情始末讲了一遍，众人才恍然大悟，原来黄炎培是将间隔近40年的一副楹联对出来了。郭沫若感叹道："此联浑然天成，真是天造地设，无意中得以巧合。梁启超先生若能知晓，一定分外高兴。"

冬蛰庵中，夏穗卿研究春秋传

东华门外，南汉宸欣赏北西厢

这副历经了近40度春秋才合成的楹联，可谓一副奇联。黄炎培用地名"东华门"，人名"南汉宸"，剧名"北西厢"中的"东""南""北""西"的四个方位，巧妙地对出了梁启超的"冬""夏""春""秋"。难怪这么多年无人对出，若想天衣无缝地找到合适且对应的字，实在是太难了。如果不是偶然的机缘，这副楹联的出句，还不知要过多少年才能找到对句呢。

当然了，对这样的奇联并巧联，一般来说，对平仄的要求相对要宽松一些，不做严格约束；对联语的词性也没有那么苛刻，特别是在句内有"当句自对"时更不作过分要求，以名词对不及物动词、以数词对方位词等也时有出现。这里所说的"当句自对"，是指在上联内某处自行对仗。与此同时，在下联对应处也自行对仗。有了上下联的当句工整自对，上下联间的对应处便可以不用工对，甚至不似对仗，而全联即被视为已经对仗，并且是工对了。譬如这副联的平仄就有多处不合韵律，词性也有不对称处，但这都瑕不掩瑜。

《"拼命酒"与"断肠诗"》楹联

洪深是中国早期电影的开拓者、著名导演、剧作家、社会活动家。他早年留学美国专攻戏剧，20世纪20年代初回国后，在上海从事戏剧活动，并参加了30年代的中国左翼戏剧运动。他从中国话剧和电影的草创时期开始，就进行了编剧、导演、表演等全面的实践和理论探索，是中国现代话剧和电影的奠基人之一。抗日战争初期，洪深随大批进步文人集聚重庆北碚。当时整个社会环境险恶，生活也十分窘迫，就是在这种情况下，洪深题写了一副楹联，以发泄内心的苦楚。

大胆文章拼命酒

坎坷生涯断肠诗

上联"大胆文章拼命酒"，是洪深对自己创作生活的真实写照。"大胆文章"，袒露了他的创作态度。他1922年春回国，次年上演了他的第一部剧作《赵阎王》，并自饰主角。通过此剧作，洪深"大胆"揭露了封建军阀的罪恶统治，同情贫民的苦难生活，无情地抨击了当时的社会黑暗。1929年，美国辱华影片《不怕死》在上海放映，洪深当场愤怒抗议、演讲，鼓舞了群众的爱国热情。"拼命酒"是他在重庆时的生活与心情的写照。早在1930年，洪深加入中国左翼作家联盟，并与田汉等发起成立光明剧社，后以剧社名义加入中国左翼剧团联盟，任总书记。抗日战争爆发后，他立即投身抗日洪流之中，参加上海救亡演剧第二队，并任队长一职，积极推动了戏剧界的抗日救亡宣传工作。当时的重庆是抗战的后方，是中华民国的首府，但左翼作家的抗战热情并未得到重庆政府的积极鼓励，反而受到冷落和打击，进步文人不仅生活十分艰苦，精神上也极度苦闷，借酒消愁仍解除不了内心的苦闷。

　　下联"坎坷生涯断肠诗"是洪深对自己人生的一次总结。"坎坷生涯"概括了他前半生的坎坷经历。1917年，他从清华大学毕业赴美留学，先学建筑，后攻戏剧。五年后，他毅然放弃国外的优厚生活回国任教，从事戏剧活动。1928年，洪深提议用"话剧"一词统一当时的戏剧称谓，组织了"复旦剧社""戏剧协社"等，并参加了"南国社"。他曾任中华电影学校校长，历任复旦大学、暨南大学、中山大学、厦门大学、北京师范大学等校外文系教授、主任。洪深曾于1925年至1937年任明星影片公司编导，写出了中国第一部较完整的电影文学剧本《申屠氏》，并引进了有声电影技术。抗战爆发后，他又断然辞去大学教授的职务，投入宣传抗战活动中。"断肠诗"中的"断肠"，意指断魂、销魂，使人荡气回肠，多用以形容悲伤到极点。汉代蔡文姬《胡笳十八拍》中就有"空断肠兮思愔愔"的诗句。洪深基于其"坎坷生涯"，以及愤懑的心情无法释怀，便寄情于诗文中。在那些让人荡气回肠的诗句中，发泄心中愤懑之情，并将希望与光明寄托未来。

　　洪深这副楹联属于流水对。一般的对联，上联和下联是平行的两句话，各自意思完整。但洪深这副楹联的上联和下联是一气呵成，内容非常连贯，对仗也很工整。"大胆文章"对"坎坷生涯"，"拼命酒"对"断肠诗"，都是偏正结构对偏正结构。洪深的联语质朴无华，并将浓烈的情感和丰富的思想，以朴素的语言道出，且说理透彻、表意实在，毫无浮华之感。读过之后，令人感受到了一种伤感的情怀。

《自题妙联》

徐悲鸿是绘画艺术大师,曾留学法国学西画,归国后,先后任教于南京中央大学艺术系、北平大学艺术学院和北平艺专。新中国成立后任中央美术学院院长。他擅长油画、中国画,尤其精通素描,主张现实主义。在继承传统上,他尤其推崇任伯年,强调国画改革融入西画技法,作画主张光线、造型,讲求对象的解剖结构、骨骼的准确把握,并强调作品的思想内涵,被称为中国现代美术教育的奠基者。他对中国画坛影响甚大,所作国画彩墨浑成,尤以所绘《奔马图》享名于世。他的传世之作《愚公移山》,取材于《列子·汤问》中的寓言,展示出中华民族的万众一心、坚韧不拔,鼓舞人民大众争取抗日战争最后胜利的信念。抗战期间,徐悲鸿多次将自己的作品在国外展售,以得款救济国内难民,并积极参加抗日救亡的爱国民主运动。

徐悲鸿"先天下之忧而忧,后天下之乐而乐"的爱国情怀和凛然正气,与苟安于国统区大后方的一批画家形成了鲜明的对照。1943年之后,国统区美术界出现了一批不思抗日救亡,沉醉安逸、自甘堕落的画家。他们大肆宣扬颓废派艺术,使人们斗志涣散,还自鸣得意。徐悲鸿曾自题一副对联用以自省:

独特偏见
一意孤行

　　这副楹联寥寥八字，言简意赅、寓意深刻，像一份宣言，既表明了不与那些所谓文人画家同流合污的意志和决心，也表明了他不愿趋炎附势的铮铮傲骨。徐悲鸿为什么写这副对联呢？据说，有一次，国民政府中央文化运动委员会主任张道藩为讨好蒋介石，登门拜访徐悲鸿先生，请他为蒋介石画一张半身标准像。张道藩毕业于伦敦大学美术部，与徐悲鸿是老相识，但徐悲鸿不给他面子，一口回绝了。他说："我是画家，对你们的蒋委员长没有丝毫兴趣，你还是另请高明吧！"张道藩十分吃惊地说："给蒋委员长画像你没有兴趣，那你还对什么有兴趣？"徐悲鸿冷冷一笑："我对抗日救国感兴趣，对人民大众感兴趣。"张道藩无可奈何地说："这么说，你决定不给蒋委员长画像了？"徐悲鸿斩钉截铁地说："没错，是这样！"张道藩急了，说："你是才华横溢的大艺术家，我奉劝你不要做这样愚蠢的事，免得后悔。"徐悲鸿扫了张道藩一眼，说："后悔？我只能感到自豪，因为你的座右铭是'升官发财，金钱美女'，而我的座右铭是'人不可有傲气，但不可无傲骨！'"张道藩怒气冲冲地走了，徐悲鸿坦然地笑了笑，挥毫写下了这八个大字。

　　上联"独特偏见"贵在一个"独"字，好在一个"偏"字。徐悲鸿在艺术创作上与众不同，此为"独"；讲究创新，别出心裁，此为"偏"。他创作了大量的艺术珍品，在中国现代绘画史上独树一帜。他的代表作《田横五百士》《九方皋》《徯我后》等，都有着鲜明的创意和艺术风格。

  下联"一意孤行"，属于正话反说，体现了徐悲鸿"不为五斗米折腰"的君子风范。七七事变后，国难当头，徐悲鸿"遥看群息动，仁工待奔雷"，以画笔为枪，投身到抗日救亡斗争中去。他画跃起的雄狮、长征的奔马、威武的灵鹫等，抒发对中华民族奋起觉醒的热切期望。他团结美术界的爱国画家，全身心地投入到抗日救亡的斗争中，可谓"一意"；他身在国统区，却不愿趋炎附势，连蒋委员长那样的大人物都敢得罪，大有李白那种"安能摧眉折腰事权贵，使我不得开心颜"的"孤行"。

  这副楹联让人从侧面了解了徐悲鸿的创作风格和处世准则。徐悲鸿的创作风格体现了明确的现实主义，作品集中体现了爱国主义和人道主义创作思想，也代表着他一生的创作道路。徐悲鸿的处世准则表现了一个真正的艺术家应有的独立人格和做人底线，这也是一个有成就的艺术家最值得人们尊重的地方。

《人名趣联》

华罗庚是享有国际盛誉的数学大师。美国著名数学家贝特曼著文称："华罗庚是中国的爱因斯坦，足够成为全世界所有著名科学院的院士。"他的名字列在美国施密斯松尼博物馆、芝加哥科技博物馆等著名博物馆中，与一些著名的数学家列在一起，被列为"芝加哥科学技术博物馆中当今世界88位数学伟人"之一。他为中国数学发展做出了突出贡献，被誉为"中国现代数学之父"。

在人们印象中，数学家都是一板一眼，甚至不苟言笑的人。可华罗庚在工作中作风严谨，但闲暇时很风趣。他文思敏捷，出口成章，创作的楹联也很有趣味。20世纪80年代，华罗庚在苏州指导统筹法和优选法时，就写下过一副楹联："观棋不语非君子，互相帮助；落子有悔大丈夫，纠正错误。"这种借助谈论游戏，很风趣地寓教于乐，可以说把思想工作做到家了。

华罗庚题写的楹联，构思巧妙、语言风趣、意味深长，在陶冶情操之余，可使读者从中得到教益，亦获得乐趣。他的一副人名趣联就流传甚广，至今仍被科学界传为佳话。

1953年，中国科学院组织科学家考察团出国交流访问。考察团由著名科学家钱三强任团长，团员有华罗庚、张钰哲、赵九章、朱洗等许多著名科学家。他们在考察途中的闲暇之余，自然少不了谈古论今，闲侃天文地理。一日，华罗庚即景生情，当众出了一副上联："三强韩赵魏"，以此求对。

这句上联从字面上讲，是在说战国七雄中的"三强"，即韩国、赵国、魏国，却又隐语着团长钱三强的名字。这种趣味数字联，要求下联要嵌入另一位科学家的名字，而且对应韩赵魏，还要与那个名字相关联，可见难度之大。

华罗庚的上联一出，让在座的科学家大伤脑筋。大家冥思苦想，议论了好半天，都找不到合适的下联。在大家的一再催促下，早就胸有成竹的华罗庚将自己想好的下联说出来："九章勾股弦。"众科学家听罢，无不拍手叫绝。

原来联语中的"九章"，是我国古代著名的数学著作《九章算术》的简称，该著作是对战国、秦、汉等封建社会创立并巩固时期数学发展的总结。就其数学成就来说，书中首次记载了我国数学家发现的勾股弦定理，价值非凡，而"九章"则恰好是这个出访代表团的另一成员、大物理学家赵九章的名字。这般妙趣横生的楹联，让科学家们在旅途中忘记了疲劳，增加了乐趣。

三强韩赵魏

九章勾股弦

我们通过这副趣联，也可了解人名趣联的特点。它的趣味性往往产生于对细节的刻画上，通过巧妙的文字或数字的组合，用生动而简练的语言将人名嵌入联中；透过枯燥的人名或数字，构成一副鲜活而生动的楹联。这就是华罗庚的智慧之所在。

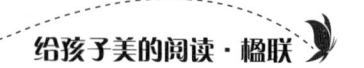

《书名巧联》

金庸可称为一代通俗文学大师，其武侠小说开创一代先河，是中国当代新武侠小说的代表。金庸的武侠小说之所以引人入胜，就在于其拥有丰富的阅历、渊博的知识、敏捷的文思和独到的眼光。他独树一帜的创作手法，将曲折的情节、细腻的描写和人物的侠肝义胆都熔于一炉，其作品中的深厚意蕴是其他武侠小说家的作品难以企及的。

金庸不仅是一个顶级的武侠小说大师，还是一个楹联高手。他与香港著名武侠小说家梁羽生在楹联创作上都有很高的造诣。金庸在《鹿鼎记》后记中，曾将自己创作的武侠小说名字的首字集在一起，对成一副楹联：

飞雪连天射白鹿
笑书神侠倚碧鸳

金庸的这副楹联推出后，他的书迷粉丝们根据联语马上将书名逐一对了上来。这副楹联囊括了金庸14部武侠小说，解读后，人们不禁为金庸独具匠心的排列和缜密精巧的构思所折服。

上联"飞雪连天射白鹿"，一口气罗列了他的七部作品。联中的"飞"是指《飞狐外传》,"雪"是指《雪山飞狐》,"连"是指《连城诀》,"天"是指《天龙八部》,"射"是指《射雕英雄传》,"白"是指《白马啸西风》,"鹿"是指《鹿鼎记》。

下联"笑书神侠倚碧鸳",也以他的七部作品相对。"笑"是指《笑傲江湖》,"书"是指《书剑恩仇录》,"神"是指《神雕侠侣》,"侠"是指《侠客行》,"倚"是指《倚天屠龙记》,"碧"是指《碧血剑》,"鸳"是指《鸳鸯刀》。

这副楹联虽说不太合乎楹联的体例和规则,但能将金庸14本书的首字入联,也确实下了一番功夫。尤其是上联构成了很有气势的场景:漫天飞雪中,神侠英武射杀白鹿的豪气跃然纸上。遗憾的是,相比之下,下联就苍白多了,不光没有了上联的气势,就连对仗也不很准确。其中"笑书神侠"为动宾结构,与"飞雪连天"的主谓结构不搭配,难以对应。

其实,金庸在楹联方面的才气,主要表现在他的武侠小说里。书中有许多脍炙人口的好楹联,足以传世,比如《射雕英雄传》中的"风摆棕榈,千手佛摇折叠扇;霜凋荷叶,独脚鬼戴逍遥巾",将景物写得沽灵活现,将人物写得栩栩如生;《雪山飞狐》中借苗人凤之手所写的楹联,"不来辽东,大言天下无敌手;邂逅冀北,方信世间有英雄",将英雄的气势信手拈来,让人一览无余。这才是金庸楹联创作的功力之所在。

附录：和孩子聊一聊民间楹联

楹联谈到这里，就该结束了，可我还有几分意犹未尽的感觉。就楹联本身来讲，它起源于民间，应属雅俗共赏的文艺创作。因而，文人雅士称之为"楹联"，平民百姓称之为"对联"。这个读本，从文学欣赏的角度，主要谈了名人和名联，意在弘扬中华民族传统文化精华，但限于篇幅，书中对流传于民间的楹联涉猎不多。为了弥补缺憾，读本增添了附录，帮助孩子更多地了解楹联的知识。

流传于民间的楹联妙趣横生，口口相传，是中华民俗文化的瑰宝，也是华夏大地上一道亮丽的风景。在我国，逢年过节，对对子，写春联，贴对联，总是一件惬意的事。

我在书中《开头的话》里也谈了一些有关民间楹联的发展概况。作为一种独特的文学形式，楹联在我国有着悠久的文化源流和广泛的群众基础。它肇始于五代十国，兴盛于明清两代，发展至今全是劳动人民智慧的结晶。尽管在历史上，楹联也作为皇室贵族的宫廷文化和文人雅士的休闲形式而存在，但之所以延续到今天，其根本还在于人民群众。这可以从流传甚广的民间楹联趣闻中得到验证。民间的楹联，大多言简意深、通俗易懂、贴近生活，是人们喜闻乐见的文化艺术形式。民间楹

附录：和孩子聊一聊民间楹联

联出自民间，写自民间，用自民间，大致可分为春联、门联、堂室联、书斋联、婚联、寿联、新居联、挽联、馈赠联等形式。在此作一简略解读。

春 联

春联在楹联这个大家族中是最接地气的，最早称之为桃符，是中华民族过春节的重要标志之一。春联除了称"桃符"，又称"春贴""门对""对联"。每逢春节，家家户户会将春联贴到大门两旁，吸引周围老老少少围观，嬉笑声满院，这是多么的惬意啊！春联通常由对联和横批组合而成。对联与横批有着密不可分的关系，好的横批，还可起到锦上添花之妙用。譬如对联"新春富贵年年好，佳岁平安步步高"的横批"吉星高照"，就将这副对联的内容加以升华，是诠释对联主题的点睛之笔。

春联分为上联和下联，联语字数不限，但必须对仗工整。横批多为四字，过去写横批是从右往左横写，此为正式写法，现今多从左往右写。对联应贴在大门两侧，横批应贴在门楣的正中间，上下联字体风格应当一致，上下呼应。春联的基本内容是描绘美好、抒发心愿、向往未来。当人们在自家的大门两旁贴上写在红纸上的春联和"福"字的时候，红纸华彩，乌墨飘香，年味就丰富起来了。

门 联

门联是指贴在门上的楹联。春节时张贴的称"春联"；喜事时张贴的称"喜联"。有的门联用木板雕刻，有的直接题刻在大门两侧的墙壁上，常见于公园、寺院、名胜等公共场所和城市的标志性建筑，以及企业的大门口，很多门联的内容出自名人诗句，对仗工整，通常代表了主人的身份和志向，以及对治国、修身等方面的追求。譬如在老北京胡同四合院就有许多刻在大门上的门联，也叫"门心对"，是整个四合院的"亮点"。在两扇大门外侧涂上黑漆，门心涂红漆，先把对联内容描摹在红漆上，再用黑漆描写，最后将字双钩刻出，一副"门联"就诞生了。门联的特点是既要高雅，又要贴切。其内容可分为治家、福寿、吉祥、报国、传承等方面，总之，是把人生的志向、期待与愿望刻写在大门上。

堂室联

堂室联是民间楹联中很有个性化的一种，又叫"宅第联"，往往悬挂于中堂、客厅、卧室等处，也是装饰联中的一种。古往今来，很多文人雅士都很看重堂室联的内容，常用来表达书香门第的品位高雅，以及主人的学识修养、家国情怀和用于励志自勉。譬如将"劲松迎客人同寿；清风满堂气自高"悬于客厅里，以表达主人的好客和志趣；将"爱客襟怀春满庭；照人肝胆月盈厅"挂在中堂，以表达主人的心胸和襟怀。

书斋联

书斋联是文人雅士在自己读书和写作的地方挂的楹联。这种对联的主题大都是明心怡性、治学修养、述志抒怀、惕厉自勉等。譬如明末抗清名将史可法的书斋联"斗酒纵观廿四史，炉香静对十三经"，就形象地刻画出书斋主人的读书观,即看不同的书要有不同的心态,读史要有豪情,斗酒壮胆,方可纵横于历史长河;读经需要练静功,一炷清香,万念俱灭。如果将"宝剑锋从磨砺出,梅花香自苦寒来"联挂在书斋,就意味着书斋的主人在表达其刻苦读书的决心和意志。

婚 联

婚联是民间楹联中最常见的一种,一般指用于喜庆婚嫁时贴挂的楹联。结婚是人生的大喜事,我国向来就有结婚贴对联增添喜事气氛的传统,恰如联语所言"金屋笙歌偕彩凤,洞房花烛喜乘龙"。每逢婚嫁大喜的日子,人们就喜欢将"海阔天空双比翼,月圆花好两知心""长天欢翔比翼鸟,大地喜结连理枝"等婚联悬挂或粘贴在墙壁间、廊柱上、门首或门两旁,并配上红双喜字。人们会将对新人的祝福写在婚联上。婚联的特色就在于喜庆,宣扬自主恋爱、美满幸福、男女平等、互敬互爱等内容。

寿 联

寿联是指民间为老人祝寿的楹联。尊老敬老是中华民族的传统美德,千百年来,寿联延续到今天,内容非常丰富。从身份上,寿联可分为男寿、女寿、双寿等;从内容上,寿联要凸显"福、寿"的特征,并根据寿者情况,选择不同的表述方式。譬如,男寿用联宜用"福如东海,寿比南山""鹤算千年寿,松龄万古春"等来表述;女寿用联宜用"岁寒松晚翠,春暖蕙先芳""梅子绽时酣夏雨,萱花称满霭慈云"等来表述。也就是说,要针对寿者的性别、年龄、身份、职业等特点来题写寿联。

新居联

新居联是指贴在新居门上的楹联。在我国民间自古便有新居落成、入宅、乔迁张贴对联的习俗，贴新居联本身也代表着喜庆吉祥之意。在传统习俗中，新居落成都会择日入住，对联的内容自然也融入了喜庆的内涵。比如对乔迁新居表示祝福的楹联"彩饰新楼，居福地全家行好运；云飞画栋，建乐园四季享清佳"，用"好运"和"清佳"表达了美好的祝愿；"立奏欢歌雅乐，建成华厦千般美；刚逢吉日良辰，入住福居万象新"，用"千般美"和"万象新"表达了对新居的赞美。

挽 联

挽联，指的是用于吊唁亡人的楹联。其内容限于对亡人的吊唁、缅怀、评价、祝愿；其风格一般是哀痛、肃穆、深沉、庄严的。挽联可从多种角度划分，如挽老年人联、挽中年人联、挽年少者联等，或者挽长辈联、挽同辈联、挽晚辈联等。比如灵堂门联中"难忘手泽，永忆天伦继承遗志，克颂先芬"，多为亡父选用；"丹心照日月，刚正炳千秋；正气留千古，丹心照万年"，多为英雄人物选用。另外，还可分出挽名人联、自挽联等，也可将祭祀联作为挽联的一个子类。挽联要有真实性，不能把挽联写成通用联，要表达对逝者的哀悼和对活人的慰勉。

馈赠联

馈赠联是指亲友、朋友之间平日相互往来、相互赠送的楹联，内容多为称羡和表彰对方、互道情谊、寄慨抒怀、互相勉励等。如"人生得一知己足矣；斯世当以同怀视之"，是鲁迅书赠瞿秋白的馈赠联；"劝子勿为官所腐；知君欲以诗相磨"，是清代梁章钜赠余应松的馈赠联。两副联分别表述了寄情和勉励的含义。

民间楹联来自民间，趣味性强，且与人们的日常生活联系密切。同时，它也具备了楹联的全部特征，对仗工整、讲究平仄、简洁精巧、相互对应，主要表现在以下七个方面：

字数相等
楹联的文字可以长短随意，少到几个字，多到百余字，但无论长短，上下联的字数必须相等。

词性相同
楹联要词性相对，位置相同，做到"虚对虚，实对实"，也就是说，名词对名词，动词对动词，形容词对形容词，数量词对数量词等，而且相对的词也必须在相对应的位置上。

平仄相协
楹联要平仄相合，音调和谐。传统习惯是"仄起平落"，就是说上联末句尾字用仄声，下联末句尾字用平声。

句式相同
楹联的上联若是四、三句式，下联也必须是四、三句式；上联若是

二、四句式,下联也必须是二、四句式。

内容相关

楹联上下联的内容、构成大致分为并列关系、转折关系、连贯关系、递进关系、因果关系、造反关系等。这包含内容构成并列关系的"正对",内容构成上有转折(变换)关系和目的关系的"反对",以及上下联有因果、连贯、递进、条件、假设等关系的"串对"。

文字相异

楹联的上下联文字应有区别,不宜有重复字,尤其是处于同一位置的字。只有两种情况除外:其一,个别衬字性质的虚词可以重复,但要放在同一位置上;其二,上下联异位重字,但必须交错相对。

强弱相当

楹联的上下联强弱相当是指针对内容而言,大致有三种关系:一,上弱下强,注意反差不宜过大;二,上下同等,这是最佳的;三,上强下弱,这是必须克服的缺点。

总之,民间楹联既具有民俗性和艺术性,又具有文学性和实用性。它萌发于民间具有对偶特点的对句,而后孕育于诗歌、骈赋,最后脱体于律诗,成为讲求声韵、格式自由的独立的文学艺术。楹联自古以来,不仅文人雅士孜孜以求,普通民众亦乐此不疲。对孩子来讲,了解民间楹联的创作路子和技巧,既可以促进学习、启迪智慧、陶冶性情,又可以提高素养、有益交际,何乐而不为呢?